FRANKENSTEIN

Mary Shelley

Edimat Libros, SA

Copyright © EDIMAT LIBROS, SA
C/ Primavera,10, nave 35
28500 Arganda del Rey
MADRID-ESPAÑA
www.edimat.es

ISBN: 978-84-9794-595-0
Depósito Legal: M-1302-2024

Título: Frankenstein
Título original: *Frankenstein*
Autora: Mary Shelley
Traductora: Diana Gibson
Introducción: Rocío Pizarro
Diseño e ilustraciones de cubierta: Karakachoff Estudio

Impreso en España - *Printed in Spain*

INTRODUCCIÓN

Contexto histórico

Mary Shelley nació en 1797, momento histórico en el que la Revolución Industrial había empezado ya a dar sus frutos y había convertido a Inglaterra en el centro de todos los desarrollos científicos y económicos, propiciando también la aparición de nuevos grupos sociales y la desaparición de otros. Muchos se vieron perjudicados por este proceso, como pasaría con la familia de Mary Wollstonecraft, madre de Mary Shelley, cuya categoría social era difícil de definir debido a los cambios sociales que se habían producido. La familia Wollstonecraft se había empobrecido hasta tal punto que rozaba el estado de indigencia, sin embargo, su antigua posición social le impedía dar a sus hijos una educación que les formara como meros trabajadores. Esto les convertía en una familia pobre, sin posibilidad de encontrar soluciones prácticas para poder sobrevivir. Este no era un caso aislado y particular: miles de familias se encontraron en graves problemas por la convulsa situación social.

Uno de los aspectos más negativos que conllevó la Revolución Industrial fue el abaratamiento de la mano de obra y los horarios abusivos —de 16 y 17 horas— en trabajos inhumanos. La necesidad de mano de obra barata, para el acumulamiento del capital y el crecimiento de las empresas, llevó a la contratación de mujeres y niños, que percibían salarios aún más bajos y trabajando bajo unas condiciones infrahumanas. Estas pésimas condiciones hicieron estragos entre la clase trabajadora y propiciaron el surgimiento de los primeros movimientos obreros. Entre ellos destacó la Primera Internacional, fundada en Londres en 1864, que fracasaría más por disensiones internas que por motivos externos.

Inglaterra experimentó una gran expansión económica durante la segunda mitad del siglo XVIII que hizo inevitable un cambio significativo en la estructura social. El crecimiento de la población originó la transformación de una Inglaterra primordialmente agrícola en industrial. Las guerras de independencia de Estados Unidos y contra Francia generaron flujos sucesivos de crisis económica. Los avances tecnológicos dejaron unas secuelas de desempleados y una fuerte y descontrolada emigración del campo a la ciudad.

La vida de Mary Shelley transcurrió entre el romanticismo inglés y la época victoriana. El inicio de la literatura romántica inglesa está marcado por uno de los acontecimientos históricos más importantes de los últimos siglos: la Revolución francesa, cuyo inicio como corriente literaria se fija en la publicación en 1798 de las *Baladas líricas* de Wordsworth y Coleridge. En el Romanticismo inglés encontramos un retorno a la simplicidad y a la exploración de la emotividad conjugado con unos principios revolucionarios, puesto que los románticos ingleses sintieron una gran simpatía por este movimiento.

El Romanticismo como movimiento cultural europeo en la primera mitad del siglo XIX surge como contrapartida al racionalismo imperante del siglo de las luces. Los románticos pretenden impregnar toda la literatura con los tintes del subjetivismo, la pasión y los sentimientos desmesurados, ampliando así los límites de las formas clásicas.

El término «romanticismo» es de origen inglés y se utilizaba para nombrar lo extraordinario, lo novelesco y todo aquello que rompe las barreras de la imaginación. La importancia del Romanticismo reside más en sus novedosos contenidos que en su aportación formal. Los románticos profundizan en los misterios del alma humana como nunca antes se había hecho.

Por otro lado, y dentro de los límites de la vida de nuestra autora, el uso del término «victorianismo» data de la época misma a la que hace referencia. Este vocablo se forjó en el seno de la Exposición Universal que tuvo lugar en Londres en 1851 —año en el que murió Mary Shelley—, cuando los incondicionales exacerbados del Imperio y de la reina Victoria empezaron a hablar de la Inglaterra victoriana, para hacer aún más patente la grandeza y el poder de una época que marcaría profundamente la historia de Inglaterra. El largo reinado de Victoria de Hannover, período comprendido entre 1837 y 1901, supuso un cambio esencial en todos los campos de la puritana vida inglesa. Seis décadas y media de reinado en los que se fue preparando el terreno hacia la democracia política y donde el ámbito social y económico sufrieron una gran y acelerada transformación. Inglaterra había pasado de ser un país fundamentalmente rural y con un gran número de artesanos a ser un país industrial con mayoría de población urbana. Socialmente pasó de ser una sociedad sumisa y deferente hacia los nobles, temerosa de Dios y en su mayoría analfabeta, a ser una sociedad más o menos alfabetizada que se va a enfrentar a las viejas jerarquías y al poderoso clero.

Esta época representó para Inglaterra años de convulsiones y significativos cambios sociales y económicos. En el terreno político estos cambios no fueron muy pronunciados debido, en parte, al éxito de la reforma política en el interior y del imperialismo en política exterior.

La era victoriana comprende y entraña realidades demasiado heterogéneas para poder ser analizadas bajo un mismo apéndice. Por ello, vamos a dividirla en tres diferentes fases: primeros años del reinado, en los cuales el sistema asienta sus bases y que abarca desde 1837 a 1850; los años medios del reinado, en los que se alcanza la plenitud y que se extiende desde 1850 a 1874; y los años tardíos del reinado, llenos de incertidumbres, que se alargan hasta el año 1901. Estas tres etapas conllevan, como podremos comprobar en este apartado sobre el contexto histórico, diferencias tan esenciales que podríamos llegar a cuestionarnos la unidad de lo que normalmente se entiende como época victoriana.

SITUACIÓN PREVIA Y PRIMEROS AÑOS DEL REINADO

En 1830 la desigualdad y la jerarquía eran los cimientos sobre los que se sustentaba la sociedad británica. El panorama político y social del país estaba en manos de unas cuantas familias que poseían también la mitad de la tierra. La explotación agrícola de estas tierras representaba el fundamento económico del país, pues aunque existían numerosos artesanos rurales y modestos propietarios, representaban un papel muy secundario en la economía del país.

Tres grupos sociales detentaban el poder sobre la vasta masa de agricultores y trabajadores domésticos: la aristocracia de los Landlords, a la que estaban supeditados la pequeña nobleza de la gentry y los arrendatarios. El gran poder social de la aristocracia terrateniente se veía reforzado por el fuerte vínculo que les unía con la Iglesia anglicana. Los grandes señores tenían a su servicio a los pastores de la

Iglesia, con lo que se aseguraban el poder económico y religioso. Un control absoluto si tenemos en cuenta la importancia de la religión para los campesinos.

Esta era la base social sobre la que el Estado británico actuaba de acuerdo a una obsoleta Constitución liberal que arrastraba tradiciones heredadas del Medievo. Menos del 3 por ciento de la población británica elegía a los 658 diputados de la Cámara de los Comunes. El proceso estaba dominado por la corrupción y el tráfico de influencias en el que la Corona, la Iglesia y la aristocracia terrateniente jugaban un papel fundamental. Un candidato que tuviera como patrocinador a un aristócrata tenía prácticamente asegurada su elección como diputado. Los dos grandes partidos que se enfrentaban en la Cámara de los Comunes, los *Whigs* (liberales) y los *Tories* (conservadores), provenían del mismo estrato social y luchaban por los mismos intereses, es decir, el de los grandes terratenientes. Y si esto fuera poco, esta cámara compartía el poder legislativo con una cámara formada por miembros de la aristocracia y la Iglesia, la Cámara de los Lores. Este sistema, como podemos observar, dista mucho de los principios de la Revolución francesa, que se fundamentan en la soberanía del pueblo, pero sí enlaza con una línea del pensamiento inglés que defiende que el poder debe estar en manos de aquellos que tengan bienes por los que luchar y posean una independencia económica que garantice, teóricamente, la incorruptibilidad. Además esgrimían el poderoso argumento de la falta de una educación adecuada, imprescindible para aquellos que deseen elegir correctamente a sus representantes y no dejarse manipular por charlatanes y demagogos, y a la cual la analfabeta gente del pueblo no tenía acceso.

Paulatinamente esta idea del gobierno de los mejores para la felicidad de todos, como dijera el gran pensador Edmund Burke (1727-795), se fue haciendo más débil gracias al progreso científico y técnico. El espíritu positivo de la firme creencia en el progreso y de un mayor bienestar común hacía entrever, incluso entre las clases más elitistas, la posibilidad de la ampliación del derecho al voto a medida que una creciente mano de obra más cualificada y con posibilidades de obtener una cierta educación fuera surgiendo en el seno de la Revolución Industrial. Por otro lado, Inglaterra terminaría poco a poco haciéndose eco de las ideas políticas de la Revolución francesa, que tendría en las revoluciones de 1830 un buen ejemplo de ello.

En 1830 Inglaterra poseía una agricultura basada en la utilización de métodos muy avanzados y había acelerado el proceso de industrialización situándola por delante de la Europa continental. Este proceso de industrialización generó un surgimiento acelerado de una burguesía consciente de su poder económico y dispuesta por ello a exigir reformas políticas y sociales. Reclamaban mano de obra más barata y el libre acceso de sus mercancías por aduanas no proteccionistas. Mientras tanto, hombres, mujeres y niños trabajaban alrededor de 16 y 17 horas al día. Los obreros no estaban organizados y desde luego no contaban con una representación política, a lo más que llegaban como conjunto era a la organización de pequeñas revueltas callejeras producto de la situación de explotación y miseria en la que se hallaban. La emergente burguesía tampoco tenía apenas representación parlamentaria debido al elitista y corrupto sistema electoral, pero apoyaba la política del libre-cambio de los *Whigs,* que favorecía sus intereses. Estaba claro que Inglaterra necesitaba urgentemente una reforma. Las primeras transformaciones las llevó a cabo un sector reformista de los *Tories* encabezado por Robert Peel, que logró reformar el sistema penitenciario y consiguió, a pesar de la presión de los patronos, una ley que consentía la asociación obrera.

La religión también era motivo de luchas internas y malestar social. Los católicos se sentían oprimidos, tratados como ciudadanos de segunda y al igual que los judíos, exigían igualdad. No fue hasta 1829 cuando los católicos se emanciparon, pudiendo así acceder a cargos públicos, antes sólo reservados a aquellos que profesaban su devoción a la Iglesia anglicana. Los judíos, sin embargo, tuvieron que esperar hasta 1858 para dejar de ser discriminados. La mayoría católica de Irlanda había sido expropiada de sus tierras por los aristócratas ingleses, despreciados por sus creencias, aunque debían donar el diezmo a la Iglesia anglicana. Irlanda parecía más una colonia que una parte del país. La reforma religiosa fue sin duda un punto muy importante para el Gobierno británico pero nada comparable con lo que debía ser la reforma electoral que afectaba directamente a los más poderosos: la aristocracia; por ello la reforma de 1832 fue una reforma muy moderada, en la que básicamente se amplió el derecho de voto a arrendatarios y otros propietarios con un potencial económico muy elevado. La tan esperada reforma no puso fin a la corrupción ni restó poder a los ya poderosos.

En todos estos años la corona inglesa estaba totalmente desprestigiada a causa de los poco afortunados reinados de los Hannover. No fue hasta la llegada al trono de la reina Victoria en 1837 cuando la corona se recubrió de un cierto prestigio. En los primeros años de reinado los dos grandes partidos políticos que paulatinamente se habían ido renovando, el Partido Liberal, los antes llamados *Whigs,* y el Partido Conservador, antes los *Tories,* se alternaban sucesivamente en el poder. Los liberales habían introducido en su programa la defensa de los grandes empresarios y contaban entre sus filas con Melburne, Russell y Palmerston. Los conservadores seguían defendiendo a ultranza los intereses de la aristocracia y de la Iglesia anglicana.

La economía inglesa, impulsada por el fuerte desarrollo de la industria, fomentado por el ferrocarril, la abundancia de carbón y la libre circulación de mercancías lejos de la protección del Estado, sobrepasó a la economía continental. Se impuso la doctrina del liberalismo como reguladora de la ley de mercado. Pero los obreros, a pesar de la boyante economía del país, eran cada vez más explotados y pobres. Las asociaciones obreras no servían para nada, entre ellas no se ponían de acuerdo y carecían de un programa político. Entre 1836-1839 apareció el movimiento cartista, un movimiento que aunaba a una desfavorecida burguesía y a la clase obrera, que originó numerosas huelgas y revueltas violentas, que no sirvieron para cambiar las cosas, pero dejaría una impronta en el sentir de los obreros y cierto temor en las capas sociales enriquecidas gracias a los más oprimidos.

Los años medios del reinado

Esta etapa es la más fructífera del período victoriano. Inglaterra se hallaba a la cabeza del comercio mundial. Sus mercancías eran distribuidas por todo el mundo y recibían sin cortapisas los productos necesarios, sin que por ello se viera perjudicada su agricultura por la competencia. La clase media, que aumentó considerablemente, se vio fuertemente favorecida en esta etapa. Algunas de las desigualdades sociales más preocupantes se fueron atenuando a través de una serie de reformas. Los años cincuenta y los setenta del siglo xix dan paso a un prodigioso crecimiento económico. La renta nacional se incrementó notablemente al igual que la población. Londres se convirtió en la ciudad más grande del mundo y en el mayor centro de finanzas. La opinión pública pensaba que el florecimiento de su economía se debía al Partido Liberal y salió elegido consecutivamente hasta la crisis de 1873 en la que los conservadores volvieron al poder. En los primeros años de los años medios del victorianismo, la aristocracia terrateniente continuaba dominando el Gobierno, los ministerios, parte de la Cámara de los Comunes y la Cámara de los Lores. Los representantes del Parlamento no recibían ningún tipo de remuneración económica, ya que se daba por sentado que podían vivir de sus rentas. Los electores se reducían a un millón de ciudadanos varones cuando Inglaterra contaba con más de veintinueve millones de habitantes. Ante el éxito político del Partido Liberal los conservadores se dividieron y debilitaron. Algunos de sus máximos representantes se pasaron a los liberales.

El 1 de mayo de 1851 la reina Victoria y su esposo Alberto de Sajonia-Coburgo inauguraron la Exposición Universal de Londres, como muestra de poder y de confirmación de la superioridad inglesa en el ámbito de la industria. Los nuevos descubrimientos científicos (Darwin), la exploración del continente africano (Livingstone y Stanley), la conquista de la India y la Revolución Industrial animaron al príncipe Alberto a organizar esta Exposición Universal para dar muestra de todo ello. El 1 de mayo de 1851 —escribe la reina Victoria— ha sido el día más grande de nuestra historia, el más grande, inmenso y conmovedor espectáculo que se ha visto jamás, y el triunfo de mi amado Alberto... Su nombre quedará inmortalizado en esta gran idea suya.

A pesar del poder y el enriquecimiento de la burguesía, la sociedad de los años medios está dominada por la aristocracia, que mantiene su fiel alianza con la Iglesia anglicana. La burguesía inglesa se halla dividida, a grandes rasgos, en tres escalafones: burguesía alta, media y baja. La primera se compone de banqueros, propietarios del ferrocarril y de las minas, dueños de los altos hornos... Estos mantienen relaciones con la aristocracia hasta el punto que llegará un momento que formen una única clase. La burguesía media está formada por patronos e importantes comerciantes. La baja burguesía está compuesta por tenderos, empleados de banca, funcionarios... Todos ellos, marcados por una serie de valores morales puritanos en los que predominaba el ensalzamiento del trabajo, el ahorro, la disciplina más estricta y el sacrificio. Por debajo de esta burguesía se encontraba la clase obrera, explotados, con jornadas excesivas de trabajo embrutecedor, salarios que les permitían apenas sobrevivir y sujetos a la inseguridad que proporcionaban las constantes fluctuaciones económicas.

A pesar de los profundos cambios sociales y económicos de la Inglaterra de mediados del siglo XIX la Constitución histórica que apenas había sido reformada en 1832 continuaba rigiendo la vida política del país. La reina Victoria deseaba que su consorte Alberto tomara parte en las funciones reales. Esto produjo numerosos problemas puesto que la vieja Constitución no contemplaba esta posibilidad y algunos sectores políticos se rebelaron contra la reina. La cuestión se zanjó con la temprana muerte del príncipe Alberto en 1861. La reina, derrumbada, se vistió de luto y se encerró en la más profunda intimidad, llegando incluso a negarse a asistir a actos públicos y a desatender algunos asuntos de su competencia. Cuentan que si alguna vez ofrecía una cena para sus huéspedes, esta se mostraba cortante y austera, interrumpiéndoles muy bruscamente: Esto no es de nuestro agrado, y daba por terminado el acto. El retiro voluntario de la reina, que duró hasta 1874, facilitó el desarrollo del sistema parlamentario, desligándose el Gobierno de la corona y apoyándose fundamentalmente en el Parlamento.

El liberal reformista Gladstone, que fue Primer Ministro desde 1868 hasta 1874, introdujo las primeras grandes reformas desde 1832. Los sindicatos fueron reconocidos por la ley, el voto pasó a ser secreto, se amplió el número de electores y en 1870 impulsó la implantación de una educación primaria pública. Este impulso fue frenado por la Iglesia anglicana, que veía en este proyecto un peligro para sus propias escuelas. Finalmente se crearon escuelas públicas allí donde las privadas no satisfacían la demanda. En estas nuevas escuelas no se impartía Religión pero sí se recomendaba la lectura de la Biblia. Gladstone también se dispuso a resolver el problema de Irlanda. La Iglesia anglicana continuaba siendo la Iglesia estatal a pesar de que la mayoría de los irlandeses eran católicos. Al problema religioso se unía el económico y político, puesto que trabajaban en condiciones miserables para los aristócratas ingleses y anglicanos. Las condiciones de vida tan pésimas, el vasallaje a los ingleses, el rotundo fracaso del cartismo, el nacimiento de un sentimiento nacional que se expandió rápidamente y la falta de una solución política llevaron a la creación de grupos que emprendieron una campaña de violencia contra el pueblo opresor. En 1869 se logró que la Iglesia anglicana se disolviera y cediera sus tierras a la Iglesia católica y a la presbiteriana del Ulster. Pero el resto de medidas que adoptaron para solucionar los demás problemas fracasó.

Años tardíos del reinado

En 1873 el panorama económico empezó a cambiar, una aguda crisis económica oscurecía a los países industriales. Inglaterra empezaba a ser consciente de la naturaleza efímera del poder y de las riquezas. Un período lleno de incertidumbres políticas y económicas estaba por llegar. Los ingleses veían con miedo cómo otras potencias europeas se hacían más fuertes. Los liberales dejaron de convencer y el conservador Disraeli, que alimentaba a las masas con la idea de un imperio británico frente a los continentales, salió elegido en 1874. Su política de prestigio imperial y las reformas de leyes sociales aportaron una transitoria seguridad al país. Entre estas leyes se disponía a convertir a los obreros que disponían de un cierto capital en votantes. Disraeli estaba dispuesto a mejorar las condiciones de vida de las clases más humildes. Los ayuntamientos, a través de la expropiación de terrenos, pudieron construir numerosas viviendas para las familias sin recursos. También se crearon leyes para regular la vida laboral de mujeres y niños. Pero la política exterior imperialista llevada a cabo por Disraeli, tras cosechar algunos éxitos, terminó dando problemas y derrochando mucho dinero. Además, la gran depresión de 1873 hacía fuerte mella en la economía británica, la agricultura se veía fuertemente amenazada por los productos norteamericanos y rusos, que pasaban libremente por la aduana como resultado de la política liberal. Esta depresión se extendió hasta finales de siglo. La agricultura se vio gravemente perjudicada: el trigo que antes cultivaban ahora llega del exterior. La crisis no impidió que la población dejara de crecer y sus necesidades se iban cubriendo con mercancías importadas que a veces eran pagadas con las exportaciones de sus propias mercancías. La preocupación apareció cuando observaron que su industria perdía importancia en el panorama internacional, una industria a la que habían dedicado la mayoría de su desarrollo económico. Veían con preocupación cómo

Estados Unidos y Alemania exportaban más acero y Estados Unidos representaba una competencia casi invencible en el terreno del carbón.

El problema de Irlanda se agudizó. Charles Stewart Parnell consiguió canalizar las protestas de los campesinos por una vía política. El partido de Parnell exigía que las tierras les fueran devueltas a sus antiguos propietarios y pedía la independencia política de Irlanda. Los agricultores irlandeses aumentaban su pobreza a medida que la crisis económica se agudizaba. Las respuestas violentas no se hicieron esperar.

Disraeli no pudo hacerse cargo de la difícil situación política y económica y en 1880 tuvo la respuesta electoral: los liberales liderados por Gladstone ganaron las elecciones. Este también introdujo reformas en el sistema electoral ampliando significativamente el derecho a voto de tres a cinco millones de electores, allanando así el camino hacia la democracia política. Gladstone se propuso acabar con el problema de Irlanda otorgándole la autonomía. Esta decisión planteó numerosos conflictos en el seno del Partido Liberal. Buena parte de los ministros dimitió o hizo pública su protesta alegando que de esa manera se desmembraba el reino y se dejaba desamparados a los presbiterianos del Ulster. El Partido Liberal se dividió y se presentaron por separado en las elecciones de 1886, que terminó ganando una coalición entre los conservadores y los liberales que no deseaban la autonomía de Irlanda. Estos gobernaron durante veinte años.

La aristocracia empezaba a tener pérdidas debido a que sus grandes posesiones territoriales les costaban más dinero que el que producían, por ello invertían en banca y en la industria. Muchos jóvenes aristócratas se casaron con ricas herederas norteamericanas. La aristocracia se abría a la alta burguesía e incluso permitió que esta se fuera introduciendo en la Cámara de los Lores. El Partido Conservador, ahora en el poder, representaba a esta clase constituida por aristócratas y burgueses muy ricos. El Partido Liberal, por el contrario, reclutó a sus votantes entre la clase media y los disidentes. En 1892 volvió al poder. Persistentes con la independencia de Irlanda consiguieron que la Cámara de los Comunes la aprobara finalmente, pero la Cámara de los Lores la rechazó por completo y el proceso quedó paralizado. Las siguientes elecciones las volverán a ganar los conservadores.

La sociedad del victorianismo tardío soportó fuertes tensiones sociales y la aparición de un partido laborista. Aproximadamente una quinta parte de los obreros varones británicos pertenecía a un sindicato a finales del siglo XIX. En 1892 se fundó un partido laborista que lamentablemente no tuvo mucho éxito. En 1900 se creó con nuevos líderes el Partido Laborista, que irá adquiriendo con el tiempo una gran importancia política.

VIDA DE MARY SHELLEY

Mary Shelley nació en 1797 en Londres en el seno de una familia culta y progresista. La madre de Mary Shelley, Mary Wollstonecraft, mujer cultivada y de pensamiento liberal, falleció a los pocos días del alumbramiento, dejando a su hija Fanny, producto de una relación anterior, y a Mary al cuidado de su marido, Willian Godwin. Godwin, filósofo de renombre, preocupado por la educación de sus hijas, volvió a casarse pasados cuatro años de la muerte de su amada. La nueva señora Godwin, quien aportó dos hijos más al matrimonio —Charles y Jane—, nunca estuvo a la altura de Mary Wollstonecraft, ni en su calidad humana ni en su formación.

Mary creció en un ambiente hostil debido a la rivalidad que mantenía con su madrastra, ya que desde muy pequeña, Mary sentía un rechazo visceral por esta. A medida que iba creciendo y debido a su enemistad con la señora Godwin, iba aumentando en ella un sentimiento de admiración por su verdadera madre, a la que nunca conoció, pero de la que todo el mundo hablaba. El propio señor Godwin se lamentó, en varias ocasiones, de que Fanny y Mary no habían sido educadas en los valores que habían regido la vida de su fallecida madre. A partir de los catorce años, nuestra escritora empezó a viajar largas temporadas a Escocia con familias amigas de la suya propia, como vía de escape del ambiente opresor de su hogar. Esta opresión la sentía sólo por vía materna, con su padre mantenía buena relación, pero lamentablemente no podía prestarle, ni a ella ni a sus hermanastros, mucha atención. Pero en el escaso tiempo que pasaba con ellos se preocupaba de inculcarles la semilla de mantener y alimentar un espíritu libre y progresista.

Godwin recibía en su casa las visitas de hombres ilustres, entre los que se encontraban el joven y apuesto poeta Shelley. Cuando Mary conoció en 1814 al poeta, este estaba casado y era cuatro años mayor que ella. Las cada vez más frecuentes visitas del poeta y el interés que mostraba por la joven Mary hicieron que Godwin se diera cuenta de lo peligroso que podía resultar este acercamiento. Pero para cuando Godwin quiso actuar, ya era demasiado tarde. El 28 de julio de 1814, acompañados por Jane, que ahora se hacía llamar Claire, la hermanastra de Mary, Shelley y nuestra joven escritora se fugaron, encaminándose hacia Francia. Este periplo duró casi dos meses. Durante este tiempo el amor que sentían el uno por el otro se hizo más fuerte y apasionado. Las enormes penurias económicas no impidieron que disfrutaran de su aventura. En este período, Mary leía a su amado los escritos de su fallecida madre y juntos descubrían nuevas lecturas que estimulaban su amor por la belleza y la libertad. Los dos comienzan a escribir sus propias obras, alentados por el apoyo mutuo.

La vuelta a Inglaterra fue realmente dura, forzada por la carencia de dinero y la imposibilidad de conseguirlo, se vieron obligados a regresar a Londres. Godwin se negó a recibir y a ayudar económicamente a sus dos hijas —hay que señalar que se encontraba en una difícil posición económica, perseguido por algunos acreedores—. Claire, Mary y Shelley vivían en unas condiciones miserables, pidiendo dinero a amigos y conocidos para poder sobrevivir. A pesar de todo, la relación entre Mary y Shelley se veía cada día más robustecida, sólo el inesperado embarazo de Mary hizo que la relación se enrareciera momentáneamente, puesto que esta tuvo que guardar cama y Shelley se dedicó a viajar y a estar fuera de casa, buscando la frecuente compañía de Claire. Teóricamente, esto no debía de resultar extraño ni conllevar complicaciones a la relación, puesto que las ideas progresistas de la pareja incluían la total libertad del individuo y solapadamente la posibilidad de mantener otras relaciones. Aunque se cree que Shelley no mantuvo ninguna relación amorosa con Claire, Mary no pudo más que sentirse celosa y molesta con su hermanastra.

Tras un terrible año, en el que se habían encontrado prácticamente en la indigencia, Shelley recibió una herencia que le permitiría vivir dignamente hasta el final de sus días, aun descontando la pensión asignada a su mujer. Desgraciadamente la tranquilidad económica no trajo la emocional, puesto que el bebé de la pareja murió al poco tiempo del nacimiento. Mary quedó marcada por este fallecimiento y se obsesionó durante una temporada con la idea de su bebé muerto. Tras este trágico suceso, la pareja se marchó al campo, para que Mary pudiera restablecerse en medio de la tranquilidad y el sosiego. A pesar de la tristeza de los acontecimientos, el padre de Mary, no quiso hacer las paces con ellos, aunque sí aceptaba el dinero que el poeta Shelley le enviaba para alejar transitoriamente a los acreedores.

En 1816, Claire se quedó embarazada de lord Byron, el cual demostró no tener ningún interés especial por ella y años más tarde comentó sobre Claire a Mary: «Me alegró la novedad de vivir una aventura». Claire, en estado de buena esperanza, se reunió de nuevo con Shelley y Mary, que acababan de tener a su segundo hijo, William. Ese mismo verano se trasladaron, todos juntos, a Ginebra, donde también veraneaba lord Byron. Este último congenió rápidamente con Shelley. En una de las veladas que se celebraban en la residencia de verano de Byron, este propuso a sus invitados que escribieran cada uno de ellos una historia de fantasmas. De esta propuesta, que todos aceptaron con entusiasmo, surgió el relato de *Frankenstein*.

A finales de septiembre de ese mismo año, regresaron a Inglaterra. Lord Byron había roto toda relación posible con la futura madre de su hijo, y Shelley y Mary tuvieron que hacerse cargo de ella, puesto que sus padres renegaban de ella. El matrimonio Godwin se encontraba cada vez más en una terrible situación financiera y la hermanastra de Mary, Fany, se hallaba sumida en una profunda depresión, debido a la situación familiar en general. El 9 de octubre Fany se quitó la vida. Junto al cadáver encontraron la siguiente nota:

Hace tiempo que decidí que lo mejor que podía hacer era poner fin a la existencia de un ser cuyo nacimiento fue desgraciado y que a lo largo de su vida no ha hecho sino causar dolor a aquellos que arriesgaron la salud en aras de su bienestar. Tal vez os entristezca enteraros de mi muerte, pero pronto tendréis la bendición de olvidar que existió una criatura llamada...

Fanny tenía razón, la noticia de su muerte resultó muy dolorosa, pero fue rápidamente olvidada. Mary comenzó a pintar y consideró la proposición de Shelley de hacer del relato de Frankenstein una novela. En una ausencia de Shelley nuestra autora le escribe:

Mi dulce elfo: esta mañana me despertó mi precioso bebé y me vestí, justo a tiempo para mi clase con el señor West, y terminé ese

tedioso cuadro en el que llevaba trabajando tanto tiempo; también he
concluido el cuarto capítulo de Frankenstein, que es muy largo y creo
que te gustará.

Pero la muerte de Fanny no fue la única que afectó a Mary y a
Shelley, unos meses más tarde recibieron la noticia de que la todavía
mujer de Shelley se había suicidado dejando desamparados a los dos
hijos del matrimonio. Mary, muy comprensiva ante semejante suceso,
expresó a Shelley el deseo de acoger a esos niños en su hogar:

Deseo más que nunca —escribió Mary a su amado— que nuestra
casa esté lista cuanto antes para acoger a esos dos queridos niños
a los que quiero con ternura y que serán un dulce hermano y una
dulce hermana para mi William.

Mary y Shelley decidieron casarse para obtener más fácilmente
la custodia de los niños que era reclamada por los parientes de su
mujer. El 30 de diciembre de 1816, se produjo la unión. Al enlace
acudieron los Godwin. Esta boda no sirvió de nada, puesto que la mala
reputación de Shelley, de hombre inmoral en una sociedad de moral
puritana, fue decisiva para que el juez le denegara la custodia de sus
hijos. El dolor que este hecho causó al poeta hizo que se encerrara en
sí mismo y dificultó su relación con su joven esposa, que siempre se
mantuvo a su lado paciente y cariñosa. Mary se volvió a quedar embarazada y concentró todas sus energías en el cuidado de sus hijos y de
su melancólico marido.

Shelley enfermó y el médico le recomendó que se trasladara a
Italia. Además, los acreedores de su exmujer le perseguían y corría el
riesgo de ser arrestado, puesto que poseer deudas en el siglo XIX era
una cosa penada con cárcel. El 12 de marzo de 1818 partieron rumbo
a Italia. Allí la salud de Shelley mejoró notablemente. Pero lamentablemente, la recién nacida hija de Mary y Shelley enfermó y murió
en pocos días. Intentaron reponerse del duro golpe, no dejándose abatir y recorriendo Italia. Un viaje trepidante, con el que pretendían no
quedarse a solas con su pensamiento. Mary se recuperó ligeramente
al descubrir que esperaba un hijo para ese mismo otoño. Mary y Shelley se enamoraron de la Ciudad Eterna y decidieron permanecer una

temporada allí. Con la llegada del calor, el pequeño William, cayó enfermo, sufría malaria. Mary, alarmada y temerosa, escribió a una buena amiga la siguiente nota:

William corre mucho peligro. No desesperamos del todo, aunque apenas hay motivos de esperanza. Ayer padeció convulsiones de muerte y se salvó (...) La aflicción de estas horas es infinita. Las esperanzas de mi vida dependen de él.

William fue enterrado el 8 de junio de 1819 en Roma. Mary cayó en una profunda depresión. El hecho de esperar otro hijo sólo le hacía pensar en una nueva desgracia. Su marido, entristecido por este nuevo fallecimiento, se encontraba, sin embargo, más entero y consciente del lamentable estado en el que se hallaba sumida su mujer:

¿Adónde te has ido, Mary querida,
dejándome solo en esta triste vida?
Y aunque parezcas estar aquí —adorada—
lejos te vas por la senda perdida.

En agosto, Mary, comenzó a escribir una breve novela titulada *Matilda*. Este relato le sirvió para apartar momentáneamente las terribles tinieblas que asolaban su corazón.

... cuando escribía Matilda, pese a lo afligida que estaba, la inspiración bastó para calmar por un tiempo mis desdichas.

El 12 de noviembre de 1819 nació su cuarto hijo, Percy. Este acontecimiento elevó y mejoró el estado de ánimo de nuestra desdichada autora. Recuperada hasta cierto punto, decidió sobreponerse y comenzar a escribir su tercera novela, *Valperga*. En 1820, su marido escribirá la que se considera su mejor obra lírica, *Prometheus unbound*. La belleza de sus versos emocionó profundamente a su triste esposa:

To defy Power, which seems omnipotent;
To love, and bear; to hope till Hope creates
From its own wreck the thing it contemplates;

19

Neither to change, nor falter, nor repent;
This, like thy glory, Titan, is to be
Good, great and joyous, beautiful and free;
This is alone Life, Joy, Empire and Victory.

(Desafiar el poder, que parece omnipotente;
amar y sufrir; esperar hasta que la esperanza cree
desde sus propias ruinas la idea que contempla;
no cambiar, ni vacilar, ni arrepentirse;
esto, como tu gloria, Titán, es ser
bueno, grande y dichoso, bello y libre;
sólo esto es la vida, dicha, imperio y victoria).

En los tres años siguientes, Mary y Shelley se rodearán de nuevos amigos, que les ayudarán a recuperar la ilusión y el interés por su trabajo. Mary iniciará una etapa de introspección y ahondará en nuevos caminos alejados del influjo del pensamiento de Shelley. En este tiempo la familia Shelley volvió a sufrir otro gran contratiempo, puesto que la pequeña hija de Claire y Byron, Allegra, murió en un convento italiano, en el cual había sido recluida por su padre para mantenerla alejada de su inestable madre. El sufrimiento de su hermana hizo revivir a Mary el suyo propio por la pérdida de sus hijos. Este sufrimiento repercutió especialmente en su estado de salud, ya que por aquel entonces se hallaba nuevamente embarazada. El 16 de junio de 1822 tuvo un aborto y cayó gravemente enferma. La recuperación fue lenta y dolorosa. No estando aún del todo recuperada, su marido partió en barca junto con un amigo para recoger a la familia Hunt, familia amiga de los Shelley. Lamentablemente la señora Hunt enfermó y no pudo realizar el viaje de vuelta. Shelley y su amigo regresaron solos, a pesar del mal tiempo. Mary supuso que con ese temporal aplazarían su vuelta. En los días siguientes volvió a reinar la calma, pero su marido no apareció. Fue entonces cuando Mary recibió una carta del señor Hunt preguntando a Shelley por el viaje de vuelta. Mary supo en ese momento que su marido había muerto.

Tras la muerte de Shelley, Mary decidió mudarse a Génova, junto a los Hunt. Mary se encontraba en serias dificultades económicas. Byron, conmovido por esta situación y por el aprecio hacia el poeta, decidió hablar con el padre de Shelley para que este ayudara económicamente a Mary y a su hijo. Este sólo accedió a mantener al muchacho con la condición de que regresara a Inglaterra y fuera entregado a un tutor elegido por él.

Puedes imaginar —escribió Mary a un amigo— *que ni siquiera me planteo llevar allí a mi hijo. Él lo es todo para mí. He perdido a mis otros hijos y tan terribles fueron las punzadas de dolor que hube de soportar entonces que incluso ahora, habituada como estoy al dolor mental, recuerdo con espanto aquellos períodos de agonía. (...) No puedo vivir ni un día más sin mi hijito.*

Ante la situación de Mary y su negativa a ser ayudada por el padre de Shelley, Byron decidió financiarla durante los primeros meses. Mary a cambio transcribía los poemas de este. Pero la relación con Byron no duró mucho tiempo y nuestra autora decidió alejarse de él. En julio de 1823, cuando su situación era desesperada, Mary decidió abandonar Italia y regresar a su país.

Gracias a una pequeña ayuda que *lady* Shelley decidió darle, Mary pudo encontrar un alojamiento digno para ella y para su pequeño hijo. Mary volvió a contactar con sus viejas amistades y se rodeó de un pequeño círculo de contertulios para hacer más llevaderas sus veladas, privada ya de la conversación de su marido.

Mary comenzó una nueva novela, *The last man*, la cual publicó en 1826. A partir de ese momento Mary se refugió en la escritura. Nuestra autora consiguió, paulatinamente, que el abuelo de su hijo se interesara cada vez más por este; así logró que aumentara poco a poco la pensión que había destinado al hijo de Mary.

Mary publicó varias novelas y consiguió hacerse un nombre entre sus contemporáneos. Hacia 1832, Mary había conseguido una cierta seguridad económica y un cierto reconocimiento por parte de la comunidad intelectual. A finales de septiembre de ese mismo año decide abandonar Londres para que su hijo pueda educarse en Harrow. Mary escribió a una amiga:

Ir a vivir al hermoso Harrow, con mi hijo, que mejora cada día y colma mis deseos...

Mary había dejado de ser una persona apasionada y entusiasta, la desgracia que había marcado toda su vida había hecho de ella una mujer desencantada guiada por una inercia por la vida. Mary ya no esperaba nada de la vida, tan sólo su amor y dedicación a su hijo y a sus obras le proporcionaban aliento para proseguir. Lamentablemente el traslado a Harrow hizo de Mary una mujer aún más infeliz, alejada de sus amistades, y lo que fue aún más doloroso, el hecho de comprobar que su adolescente hijo no correspondía a las expectativas que en él había depositado. Carente de actividad intelectual, indolente y conformista se mostraba el vástago del gran poeta.

En 1836, murió el padre de Mary. Esta muerte no afectó demasiado a su hija, que había visto cómo su relación con su padre se había ido desgastando hasta el mero contacto convencional. En este mismo año se publicó *Falkner,* la última novela de nuestra autora. A Mary le propusieron que preparara una biografía de Shelley para que apareciera junto a una edición completa de sus poemas. Esta labor fue muy dura para ella, pero sentía que debía hacerlo. En su diario podemos leer cómo esta tarea le resultó verdaderamente dolorosa:

> *La memoria me está destrozando (...) ¡Qué enferma me siento! (...) A menudo creo que la cuerda se va a romper y que ya no seré capaz de controlar mis pensamientos.*

Mary temía por su salud mental. En 1840, salieron a la luz las obras en prosa de Shelley y una nueva edición de *Historia de un viaje de seis semanas,* una obra menor sobre los primeros viajes de la pareja, redactados principalmente por nuestra autora. La holgura económica, en parte debida a los propios méritos de Mary y en parte gracias al abuelo de su hijo, que se había encariñado con este, propiciaron que madre e hijo pudieran viajar en varias ocasiones por el continente europeo. Mary no perdía la esperanza de despertar en su hijo un gusto y una sensibilidad por todo aquello que su marido y ella misma habían amado y disfrutado.

A mediados de la década de los cuarenta del siglo XIX Mary Shelley se vio sometida a la extorsión de tres chantajistas diferentes. Uno de ellos amenazaba con publicar unas cartas de Shelley que no beneficiarían en absoluto la imagen de este. Mary hizo todo lo posible por hacerse con estos documentos, pero el chantajista no parecía querer dejarla tranquila. Todo esto supuso un revés en su salud del que ya no llegó nunca a recuperarse del todo. En el verano de 1850 Mary sufrió una enfermedad que paralizó la mitad de su debilitado cuerpo. A finales de enero de 1851, nuestra autora había sufrido ya varios ataques que la paralizaron por completo. El uno de febrero, Mary abandonó por siempre el sufrimiento que la había perseguido durante toda su vida.

FRANKENSTEIN

Cuando Mary escribió esta historia era una jovencita de dieciocho años. En el verano de 1816 —escribió Mary en la introducción a su libro— visitamos Suiza y nos convertimos en vecinos de lord Byron. Esta vecindad dio lugar a una serie de reuniones en las que se contaban y leían historias fantásticas y de terror. En una de esas veladas, lord Byron propuso a todos sus invitados que escribieran una historia de fantasmas. Y de esta propuesta surgió *Frankenstein.*

«Yo me urgí a mí misma a pensar una historia, una historia que pudiese rivalizar con las que nos habían arrastrado a aquella empresa. Una historia que hablase de los misteriosos temores de nuestra naturaleza y que despertase el más intenso de los terrores, una historia que creara en el lector miedo a mirar a su alrededor, que helase la sangre y acelerase los latidos del corazón. Si no conseguía todas esas cosas, mi historia de fantasmas demostraría ser indigna de ese nombre. Pensé y reflexioné en vano. Sentía esa desolada incapacidad para inventar, que es la mayor miseria de los escritores, cuando la sombría Nada responde a nuestras invocaciones más ansiosas (...) Muchas fueron las conversaciones entre lord Byron y Shelley, a las que yo asistía como una devota pero, casi siempre, silenciosa oyente. Durante una de esas conversaciones, se discutieron varias doctrinas filosóficas y, entre ellas, las referidas a la naturaleza del principio de la vida, también de que dicho principio llegara a ser algún día descubierto y divulgado. Hablaron de los experimentos del doctor Darwin (hablo no de lo que el doctor realmente dijo o hizo, sino de lo que se decía entonces que había hecho), quien fue capaz de conservar un trozo de *vermicelli* en una caja de cristal hasta que, por algún medio extraordinario, este comenzó a moverse por voluntad propia. No de esta forma, pero quizás de otra, se podía dar la vida. Quizá un cadáver podría ser reanimado; el galvanismo había dado pruebas de esa posibilidad.»

Así pues, la idea principal surgió de una conversación mantenida entre su marido y lord Byron. Mary se obsesionó con la posibilidad de la reanimación de un organismo muerto y se puso a trabajar sobre esta idea.

Frecuentemente se ha encasillado *Frankenstein* entre las numerosas novelas góticas de la época. Si bien es verdad que posee muchas de las características de este género, se aparta de su objetivo principal: el terror. Indudablemente el primer impulso de nuestra autora es el de crear una historia aterradora, pero el proceso creativo posterior al génesis de la historia hace de la novela una obra cuyo hilo vertebrador es la profundización y el estudio del alma humana. *Frankenstein o el moderno Prometeo,* que es título completo de la novela, nos desvela los más misteriosos secretos escondidos en el alma humana. El hombre suplantando a Dios, el hombre de aspiración divina, es el hombre que se encarna en Frankenstein. Conocer el principio de la vida supone adquirir el poder sobre la humanidad. Pero al igual que Prometeo, la osadía de robar y de poseer ese secreto —el fuego de la vida— no puede quedar sin castigo. En el caso de nuestro moderno Prometeo, será su propia creación la encargada de martirizarle, el buitre que no le abandona.

Es muy interesante la relación que se establece entre creador y criatura, se crea un vínculo tan extraño que se ha llegado a confundir al propio Frankenstein con el monstruo, al transferirle a este el nombre de aquel. Muchos son los que identifican el nombre de Frankenstein con la creación y no con el creador. Esto es debido a que su relación es en esencia. El monstruo, carente de nombre, es en su creador y el creador sólo lo es en cuanto creador de algo. Tras la creación del monstruo, se produce el momento de fractura entre el dios creador y su criatura. Frankenstein, asustado por lo terrible de su acción, aborrece su obra y reniega de ella. Su propio juego se ha vuelto contra él. Querer ser un dios y no estar preparado para las consecuencias propicia esta repulsa. Así, el repudiado monstruo, al no comprender el rechazo que ejerce su creador hacia él, huye y se convierte en un «demonio». Solo y sin cariño, lo único que desea es el amor de su dios.

Sin embargo, tú, mi creador —reprocha el monstruo a quien le dio la vida—, detestas y desprecias a tu criatura, a la que tu arte te ligó con lazos que sólo disolverá la desesperación de uno de los dos. Pretendes matarme. ¿Cómo te atreves a jugar de este modo con la vida? Cumple tu deber para conmigo y yo cumpliré el mío respecto a ti (...) Debería ser tu Adán, pero soy más bien el ángel caído, a quien privaste de la alegría sin haber cometido mal alguno. En todas partes veo la felicidad, de la que sólo yo me encuentro irrevocablemente excluido. Yo era afectuoso y bueno y la aflicción me ha convertido en demonio. Haz que sea feliz y seré virtuoso otra vez.

Como hemos comprobado, el monstruo era bueno por naturaleza, no debemos olvidar que el espíritu del *Emilio* de Rousseau impregnaba el ambiente de la época, son las circunstancias y la falta de cariño las que hacen de él un ser terrible. Ese deber que exige el monstruo al creador no es otro que el de crear una mujer semejante a él, con el fin de que esta no huya ante tan desagradable presencia. La criatura exige que la injusticia sea compensada y el orden, restablecido. Pero el inseguro hacedor se siente asustado ante la posibilidad de una nueva creación y aunque en un principio accede, por parecerle hasta cierto punto justo, termina por negarse a ello. Al monstruo no le queda otra alternativa que la venganza.

FRANKENSTEIN

PREFACIO

[Por Mary Shelley, 1818]

El suceso en que se basa esta ficción ha sido considerado posible por el doctor Darwin y por algunos de los fisiólogos alemanes. No debería suponerse que yo creo, siquiera en alguna medida, en tales fantasías; sin embargo, al asumir que eran parte de una ficción, no he creído que sólo estuviese tejiendo una serie de horrores sobrenaturales. El suceso del que depende el interés del relato carece de las desventajas del mero cuento de espectros o fantasmas. La novedad de las situaciones que produce lo hacen interesante y, sin embargo, aunque fuese imposible como hecho físico, ofrece a la imaginación, debido a la descripción de las pasiones humanas, un punto de vista más amplio y comprensivo que el que puede dar cualquier narración de sucesos reales.

De modo que he procurado preservar la veracidad de los principios elementales de la naturaleza humana, mientras no he tenido escrúpulos a la hora de innovar en torno a sus combinaciones. La *Ilíada,* el poema trágico griego, Shakespeare en *La tempestad,* y *Sueño de una noche de verano,* y especialmente Milton, en *El paraíso perdido,* siguen esta regla, y el más humilde de los novelistas, que busca proporcionar o recibir entretenimiento a partir de su obra, puede, sin presumir, utilizar en la prosa de ficción licencias, o más bien reglas, gracias a las cuales han resultado tantas exquisitas combinaciones de sentimientos humanos en los mejores ejemplos de la poesía.

La circunstancia en que se basa mi novela fue propuesta en una conversación informal. Comenzó en parte como una diversión y en parte como medio de ejercitar cualquier posibilidad de la mente aún no puesta a prueba. Otros motivos se confundieron con estos mientras realizaba el trabajo. De ninguna manera soy indiferente al modo en que el lector pudiese ser afectado por las tendencias morales que existen en los juicios y en los personajes que contiene; sin embargo, mi principal esfuerzo en ese sentido se ha limitado a evitar los efectos enervantes de las actuales novelas y a mostrar la bondad del cariño familiar y la excelencia de la virtud universal. Bajo ningún concepto debe considerarse que las opiniones que surgen naturalmente del carácter y la situación del héroe responden siempre a mis convicciones; a partir de las siguientes páginas tampoco debe inferirse nada que perjudique a alguna doctrina filosófica sea del tipo que sea.

También es un asunto que aumenta el interés del autor el hecho de que este relato fue iniciado en la majestuosa región donde está ambientada la mayor parte de la obra y en compañía de personas cuya presencia añora. Pasé el verano de 1816 cerca de Ginebra. La estación se presentó fría y lluviosa, y por las tardes nos reuníamos en torno al fuego de un hogar; a veces nos divertíamos con unas historias alemanas de fantasmas que casualmente llegaron a nuestras manos. Estos relatos estimularon en nosotros un deseo lúdico de imitarlos. Otros dos amigos —la pluma de uno de los cuales era capaz de producir una historia mucho más interesante para el público que cualquiera que yo pueda aspirar a escribir— y yo acordamos escribir cada uno una historia basada en algún suceso sobrenatural.

Sin embargo, el tiempo cambió de pronto y mis dos amigos me dejaron para emprender un viaje por los Alpes y, ante el magnífico paisaje, se olvidaron de sus visiones fantasmales. El siguiente relato es el único que fue concluido.

CARTA 1

A la señora Saville, Inglaterra.
San Petersburgo, 11 de diciembre de 1717.

Te alegrará saber que ningún desastre ha acompañado el inicio de una empresa con respecto a la cual tenías tan malos presentimientos. Llegué ayer, y mi primera tarea es confirmar a mi querida hermana mi bienestar y el aumento de mi confianza en el éxito de mi empresa.

Ya me encuentro muy al norte de Londres, y mientras camino por las calles de San Petersburgo siento sobre mis mejillas una fría brisa proveniente del Norte, que me anima y me llena de alegría. ¿Comprendes estos sentimientos? Esta brisa, que proviene de las regiones hacia las cuales yo me dirijo, es un anticipo de aquellos climas helados. Inspirado por este viento prometedor, mis sueños se vuelven más fervientes y claros. Trato en vano de convencerme de que el Polo es un sitio helado y desolado; siempre me lo imagino como una región bella y alegre. Allí, Margaret, el Sol siempre está visible, con su ancho disco bordeando el horizonte e irradiando un perpetuo esplendor. Allí —con tu permiso, hermana, daré algo de crédito a los navegantes que me precedieron— la nieve y las heladas se desvanecen y, navegando sobre un mar sereno, podemos llegar hasta un territorio que supera en belleza a todas las regiones que han sido descubiertas hasta ahora en las zonas habitables del globo. Puede que estos parajes y sus características no tengan comparación, debido a los fenómenos de los cuerpos celestes que se ponen de manifiesto en aquellas soledades aún no exploradas. ¿Hay algo que no se pueda esperar encontrar en una región donde la luz es eterna? Puede que allí descubra el sorprendente poder que atrae la aguja y gobierna mil observaciones celestes que requieren sólo de este viaje para hacer consistentes para siempre sus aparentes excentricidades. Puedo saciar mi ardiente curiosidad sólo con ver una parte del mundo que nunca antes ha sido visitada y pisar una tierra donde nunca antes ha estado impresa la huella del hombre. Esto es lo que me atrae, que es suficiente para vencer todo el miedo al peligro y la muerte, y para incitarme a comenzar este laborioso viaje con la misma alegría que siente un niño cuando se embarca en un pequeño bote, con sus compañeros de vacaciones, para emprender una expedición de descubrimiento por su río natal. Pero, suponiendo que todas estas conjeturas fueran falsas, no puedes negar el inestimable beneficio que otorgaré a toda la humanidad, hasta la última generación, al descubrir, cerca del Polo, un pasaje hacia aquellos países para llegar a los cuales se requieren actualmente tantos meses; o al averiguar el secreto del imán, cosa que, si llega a ser posible, sólo puede realizarse mediante una empresa como la mía.

Estas reflexiones han disipado la inquietud con que había comenzado mi carta y siento que mi corazón rebosa de un entusiasmo que me eleva al cielo; dado que nada contribuye tanto a tranquilizar mi mente como un objetivo claro, un punto en el cual el alma puede fijar su ojo intelectual. Esta expedición ha sido el sueño favorito de mi juventud. He leído con fervor los relatos de varios viajes que se han hecho a través de los mares que rodean el Polo con la esperanza de llegar al océano Pacífico Norte. Podrás recordar que la biblioteca de nuestro querido tío Thomas estaba compuesta en su totalidad por crónicas de todos los viajes hechos con fines de descubrimiento. Mi educación fue descuidada, pero fui un apasionado de la lectura. Estos volúmenes fueron mis estudios durante el día y la noche, y mi familiaridad con ellos aumentó la pena que había sentido, cuando niño, al saber que la última voluntad de mi padre había prohibido a mi tío que me permitiera embarcarme en una vida marinera.

Estas visiones se desvanecieron cuando leí detenidamente, por primera vez, a aquellos poetas cuyos efluvios encantaron mi alma y la elevaron al cielo. También yo me convertí en un poeta y durante un año viví en el paraíso de mi propia creación; imaginé que yo también podía conseguir un sitio en el templo donde están consagrados Homero y Shakespeare. Tú conoces mi fracaso y sabes qué terrible fue mi decepción. Pero justo en ese momento heredé la fortuna de mi primo y mis pensamientos volvieron a los canales de su primera inclinación.

Han pasado seis años desde que decidí emprender mi actual empresa. Puedo, aún hoy, recordar el momento exacto a partir del cual me entregué a ella. Comencé por acostumbrar mi cuerpo a las privaciones. Acompañé a los balleneros en varias expediciones al mar del Norte; soporté voluntariamente el frío, el hambre, la sed y el sueño; frecuentemente trabajaba durante el día más arduamente que los marineros comunes y dedicaba mis noches al estudio de las matemáticas, de las teorías de la medicina y de aquellas ramas de la física de las que un aventurero naval puede obtener mayores conocimientos prácticos. Incluso me empleé dos veces como segundo de a bordo en un ballenero groenlandés y conseguí la admiración de mis compañeros. Debo admitir que me sentí un poco orgulloso cuando mi capitán me ofreció la segunda dignidad del barco y me suplicó encendidamente que permaneciera; tan valiosos consideraba mis servicios.

Y ahora, querida Margaret, ¿acaso no merezco llevar a cabo un gran propósito? Mi vida podría haber transcurrido con holgura y lujo; pero preferí la gloria a cualquier tentación que la riqueza puso en mi camino. ¡Ay, si alguna voz alentadora me respondiera afirmativamente! Mi coraje y mi resolución se mantienen firmes, pero mis esperanzas fluctúan y algunas veces mi ánimo se encuentra deprimido. Estoy a punto de emprender un largo y dificultoso viaje, cuyas contingencias reclamarán toda mi fortaleza: no sólo tendré que levantar el ánimo a los demás, sino que, por momentos, tendré que sostener el mío propio, cuando los suyos estén decaídos.

Esta es la mejor época para viajar por Rusia. Los trineos se desplazan rápidamente sobre la nieve; el movimiento es agradable y, en mi opinión, mucho más placentero que el de una diligencia inglesa. El frío no es excesivo, si estás envuelto en pieles, una vestimenta que ya he adoptado, puesto que hay una gran diferencia entre caminar por cubierta y permanecer sentado sin moverse durante horas, cuando ningún ejercicio evita que la sangre realmente se hiele en tus venas. No es mi ambición perder la vida en la posta entre San Petersburgo y Arjángel.

Debo partir para esta última ciudad dentro de quince días; tengo la intención de alquilar un barco allí, lo cual puede hacerse fácilmente pagando el seguro al dueño y contratando los marineros que crea necesarios entre quienes están acostumbrados a la pesca de la ballena. También tengo la intención de navegar hasta el mes de junio; pero, ¿cuándo volveré? Ah, querida hermana, ¿cómo puedo responder esta pregunta? Si tengo éxito, muchos, muchos meses pasarán, tal vez años, antes de que tú y yo podamos volver a vernos. Si fallo, me verás pronto, o nunca.

Adiós, mi querida y magnífica Margaret. Que la lluvia del cielo te bendiga y me salve, que yo testificaré una y otra vez mi gratitud por todo tu amor y tu amabilidad.

Tu querido hermano,
R. Walton.

CARTA 2

A la señora Saville, Inglaterra.
Arjángel, 28 de marzo de 17..

¡Qué lento pasa el tiempo aquí, rodeado como estoy de hielo y nieve! Ya he dado un segundo paso con respecto a mi empresa. He alquilado un barco y me estoy dedicando a reunir a mis marineros; los que ya he contratado parecen ser hombres en los cuales puedo confiar y, sin duda, poseen un intrépido coraje.

Pero tengo un deseo que nunca he podido satisfacer, y la ausencia de cuyo objeto ahora siento como el peor de los males. No tengo amigos, Margaret: cuando esté radiante por el entusiasmo del éxito, no tendré a nadie con quien compartir mi alegría; si me asalta la decepción, nadie intentará sostenerme en el desaliento. Pondré en papel mis pensamientos, es verdad; pero ese es un medio pobre para comunicar los sentimientos. Deseo la compañía de un hombre que simpatice conmigo, cuyos ojos respondan a los míos. Me considerarás romántico, mi querida hermana, pero siento amargamente la falta de un amigo. No tengo ninguno cerca, afectuoso y al mismo tiempo valiente; dueño de una mente cultivada y amplia, cuyos gustos sean como los míos, para aprobar o corregir mis planes. ¡Cómo compensaría un amigo así las carencias de tu pobre hermano! Soy demasiado ardiente en la ejecución y demasiado impaciente con las dificultades. Pero hay algo peor y es que me he educado a mí mismo: durante los primeros catorce años de mi vida corrí salvajemente por el campo y no leí nada excepto los libros de viajes de nuestro tío Thomas. A esa edad estudié a los más célebres poetas de nuestro país; pero sólo cuando dejó de estar a mi alcance la posibilidad de obtener de ellos los beneficios más importantes, percibí la necesidad de conocer otras lenguas además de las de mi país natal. Ahora tengo veintiocho años y, en realidad, soy más iletrado que muchos colegiales de quince. Es cierto que he pensado más y que mis sueños son más ricos y magníficos, pero requieren (como dicen los pintores) congruencia, y necesito mucho a un amigo que tenga el suficiente sentido común como para despreciarme por romántico, y el suficiente afecto como para intentar ordenar mi mente.

En fin, estas quejas son inútiles; seguramente no encontraré un amigo en el ancho océano, ni siquiera aquí en Arjángel, entre mercaderes y marinos. No obstante, algunos sentimientos no asociados a la escoria de la naturaleza humana laten en estos toscos pechos. Mi alférez, por ejemplo, es un hombre de un coraje e iniciativa maravillosos; tiene un loco deseo de gloria o, mejor dicho, para ser más preciso, de progresar profesionalmente. Es inglés y, en medio de prejuicios nacionales y profesionales, no pulidos por la cultura, alberga algunas de las más nobles cualidades humanas. Lo conocí a bordo de un ballenero: al encontrar que estaba sin empleo en esta ciudad, fue fácil contratarlo para colaborar en mi empresa.

El segundo de a bordo es una persona de excelente disposición, que se destaca en el barco por su amabilidad y la moderación de su disciplina. Esta circunstancia, junto con su bien conocida integridad y un coraje que no conoce el desánimo, ha hecho que tuviera mucho interés en contratarlo. Una juventud pasada en soledad y mis mejores años pasados bajo tu tierno y femenino aliento han forjado de tal modo mi carácter que no puedo dominar el intenso desagrado hacia la brutalidad que se ejerce a bordo de un barco: nunca la he creído necesaria, y cuando oí hablar de un marinero que era igualmente célebre por la bondad de su corazón como por el respeto y obediencia que le tiene su tripulación, me sentí especialmente afortunado por poder contar con sus servicios. La primera vez que oí hablar de él fue, de una forma bastante romántica, a una mujer que le debe a él la felicidad de su vida. Esta es, brevemente, su historia. Hace algunos años él amaba a una joven rusa de moderada fortuna, y cuando hubo acumulado una suma considerable procedente de botines, el padre de la chica dio su consentimiento para el matrimonio. Él visitó a su amada antes de la ceremonia acordada y la encontró bañada en llanto. Cayendo a sus pies, ella le suplicó que la perdonara y le confesó que amaba a otro, pero que, como era pobre, su padre nunca consentiría la unión. Mi generoso amigo tranquilizó a la suplicante y, en cuanto se enteró del nombre de su amado, abandonó sus intenciones. Ya había comprado una granja con su dinero, en la cual pensaba pasar el resto de su vida;

pero se la ofreció íntegra a su rival, junto con restos del dinero procedente de los botines, para comprar ganado, y luego él mismo solicitó al padre de la joven que consintiera el matrimonio con su amado. Pero el anciano rehusó sin dudarlo, dado que sentía una deuda de honor hacia mi amigo, quien, al ver que el padre era inexorable, abandonó su país y no volvió hasta que supo que su antigua novia se había casado según su voluntad. «¡Qué hombre más noble!», dirás. Así es él; pero luego no tiene educación alguna: es más callado que un turco y tiene cierto ignorante descuido en su aspecto, que mientras hace más sorprendente su conducta, le quita mérito al interés y simpatía que, de otra forma, despertaría.

Sin embargo, no supongas, puesto que protesto un poco, o imagino un consuelo para posibles contratiempos, que estoy flaqueando en mis propósitos. Están tan establecidos como el destino y mi viaje sólo se retrasará hasta que el tiempo permita que me embarque. El invierno ha sido espantosamente severo, pero la primavera ofrece buenas perspectivas, y consideran que ha comenzado notablemente temprano, de modo que tal vez zarpe antes de lo que esperaba. Nada de lo que haga será imprudente; tú me conoces lo suficiente como para confiar en mi prudencia y consideración cuando tengo bajo mi responsabilidad la seguridad de otros.

No puedo describirte mis sensaciones al ver tan próximo el inicio de mi empresa. Es imposible comunicarte la sensación de ansiedad, mitad placer y mitad temor, con la que me preparo a partir. Me voy hacia regiones no exploradas, a «tierras de neblina y nieve», pero no mataré albatros alguno; por tanto no te preocupes por mi seguridad o por si volveré a ti tan agotado y afligido como el «Antiguo Marinero». Te reirás de mi alusión, pero te revelaré un secreto: con frecuencia he atribuido mi cariño y mi apasionada afición hacia los peligros del océano, a esa obra del más imaginativo de los poetas modernos. No comprendo a mi alma. Soy, en la práctica, laborioso —esmerado, un trabajador que se aplica con perseverancia y laboriosidad—, pero aparte de esto tengo un amor por lo maravilloso, una fe en lo maravilloso, que se entrelaza en todos mis proyectos y me aleja de los caminos comunes de los hombres, llevándome incluso hasta el bravo mar y las regiones nunca visitadas que estoy a punto de explorar.

Pero, para volver a mis cuestiones más queridas: ¿volveré a verte después de atravesar inmensos mares y volver por el cabo más austral de África o América? No me atrevo a esperar un éxito semejante, sin embargo, no puedo soportar la idea del reverso de esta imagen. Continúa escribiéndome siempre que puedas: puede que reciba tus cartas en las ocasiones en que más necesite levantar mi ánimo. Te amo cariñosamente. Recuérdame con afecto si nunca vuelves a saber de mí.

Con afecto, tu hermano,
Robert Walton.

CARTA 3

A la señora Saville, Inglaterra.

7 de julio de 17..

Mi querida hermana:

Te escribo unas pocas líneas a la carrera para decirte que estoy bien, con mi viaje muy avanzado. Esta carta llegará a Inglaterra por medio de un mercader que regresa a casa desde Arjángel; es más afortunado que yo, que, tal vez, no veré mi tierra natal hasta dentro de varios años. Sin embargo, estoy bien de ánimo: mis hombres son valientes y, aparentemente, de propósitos firmes; ni siquiera la capa de hielo que flota continuamente a nuestro alrededor, preanunciando los peligros que nos esperan, parece abatir mi ánimo. Ya hemos alcanzado una latitud muy alta; pero es pleno verano, aunque no tan cálido como en Inglaterra, y los ventarrones del Sur, que nos llevan velozmente hacia aquellas costas que yo deseo tan ardientemente alcanzar, dan una cierta calidez que no esperaba.

Hasta ahora no nos ha acontecido nada que merezca la pena ser contado en una carta. Uno o dos ventarrones fuertes y la aparición de una filtración de agua son accidentes que los navegantes apenas recuerdan para relatarlos, y yo estaré bien contento si nada peor nos sucediera durante nuestro viaje.

Adiós, mi querida Margaret. Te aseguro que, por mi propio bien, y también por el tuyo, no saldré imprudentemente al encuentro del peligro. Seré sereno, perseverante y prudente.

Pero el éxito seguramente coronará mis esfuerzos. ¿Por qué no? Tan lejos he llegado, trazando un camino seguro sobre los mares sin sendas, siendo las mismas estrellas testigo y testimonio de mi triunfo. ¿Por qué no continuar sobre este elemento no sometido pero sí obediente? ¿Qué puede frenar el corazón decidido y la resuelta voluntad de un hombre?

Mi corazón está rebosante, pero debo terminar. ¡Que Dios te bendiga, mi querida hermana!

R. W.

CARTA 4

A la señora Saville, Inglaterra.
5 de agosto de 17..

Ha ocurrido un incidente tan extraño que no puedo dejar de relatarlo, aunque es muy probable que me veas antes de que estos papeles lleguen a tus manos.

El lunes pasado (31 de julio) estábamos prácticamente rodeados por el hielo, que encerraba al barco por varios lados, dejando apenas libre el espacio en que flotaba. Nuestra situación era en cierto modo peligrosa, especialmente porque estábamos inmersos en una niebla muy densa. Así estábamos, esperando que tuviera lugar algún cambio en la atmósfera o en el tiempo.

Cerca de las dos la niebla se despejó y divisamos planicies de hielo, vastas e irregulares, que parecían no tener fin y se extendían en todas direcciones. Al ver esto, algunos de mis compañeros gimieron y mi propia mente se puso en tensión con pensamientos ansiosos. En ese momento, una extraña imagen atrajo nuestra atención, distrayendo nuestra mente de nuestra propia situación. Vimos un carruaje bajo, sujeto a un trineo y llevado por perros, que pasaba hacia el Norte, a una distancia de media milla; un ser que tenía la forma de un hombre, pero que aparentemente tenía estatura gigante, estaba sentado en el trineo y guiaba los perros. Observamos el rápido avance del viajero con nuestro telescopio, hasta que se perdió en los distantes desniveles del hielo.

Esta aparición excitó nuestro incondicional asombro. Estábamos, según creíamos, a muchos cientos de millas de tierra firme, pero esta aparición parecía sugerir que no estábamos tan lejos como suponíamos. Sin embargo, encerrados como estábamos por el hielo, fue imposible seguir su rastro, que observamos con la mayor atención.

Unas dos horas más tarde oímos el tronar del mar bajo el hielo, y antes del anochecer el hielo se rompió y liberó nuestro barco; sin

41

embargo, esperamos hasta la mañana, temiendo encontrar en la oscuridad esas grandes masas sueltas que flotan por todas partes una vez que el hielo se ha hecho pedazos. Aproveché ese tiempo para descansar durante unas pocas horas.

Por la mañana, sin embargo, no bien hubo luz, fui a cubierta y encontré a todos los marineros ocupados a un lado del barco, aparentemente hablando con alguien que estaba en el mar. En efecto, era un trineo, como el que habíamos visto antes, que durante la noche se había acercado, navegando sobre un gran fragmento de hielo, hacia donde estábamos nosotros. Sólo un perro permanecía con vida, pero había un ser humano dentro de él a quien los marineros estaban intentando convencer de que subiera al barco. No era, como parecía ser el otro viajero, un salvaje habitante de cierta isla aún no descubierta, sino un europeo. Cuando aparecí sobre la cubierta el segundo de a bordo dijo: «Aquí está nuestro capitán, y él no permitirá que usted muera en mar abierto».

Al verme, el desconocido se dirigió a mí en inglés, aunque con un acento extranjero. «Antes de subir a su barco», dijo, «tendría la amabilidad de informarme de hacia dónde se dirige».

¿Te imaginas mi asombro al oír tal pregunta proveniente de un hombre al borde de la destrucción y para quien yo suponía que mi barco debía ser un recurso que no cambiaría por nada en el mundo? Respondí, sin embargo, que íbamos en un viaje de descubrimiento hacia el Polo Norte.

Al oír esto pareció satisfecho y aceptó subir a bordo. ¡Por Dios, Margaret, si hubieses visto al hombre que con esa condición aceptó ser salvado, tu sorpresa no tendría límites! Estaba casi congelado y espantosamente demacrado por la fatiga y el sufrimiento. Nunca vi un hombre en unas condiciones tan espantosas. Intentamos llevarlo dentro del camarote, pero no bien salió del aire fresco se desmayó. De modo que lo llevamos nuevamente a cubierta y lo reanimamos frotándole con brandy y forzándole a tragar una pequeña cantidad. No bien mostró signos de vida, lo envolvimos en mantas y lo colocamos cerca de la chimenea de la cocina. Se recobró paulatinamente y comió un poco de sopa, lo cual hizo que se recuperara maravillosamente.

Pasó dos días así antes de poder hablar y yo frecuentemente temía que los padecimientos le hubiesen privado de su entendimiento. En cuanto se hubo recuperado un poco, lo llevé a mi propio camarote y lo atendí todo lo que mis obligaciones me permitieron. Nunca he visto una criatura tan interesante: sus ojos tienen generalmente una expresión salvaje, y hasta de locura, pero hay momentos en que, si alguien tiene un gesto de amabilidad con él o le hace una atención de lo más insignificante, todo su semblante se enciende con la sonrisa más afectuosa y dulce que he visto. Pero generalmente está melancólico y desesperado, y algunas veces rechina los dientes como si lo oprimiera alguna desgracia.

Cuando mi huésped estuvo algo recuperado, me dio bastante trabajo mantener alejados a los marineros, los cuales querían hacerle mil preguntas; pero no permití que le atormentaran con su frívola curiosidad, puesto que su cuerpo y su mente estaban en un estado cuya recuperación dependía evidentemente del reposo. Una vez, sin embargo, el alférez preguntó con qué propósito había ido tan lejos sobre la nieve en un vehículo tan extraño.

Su semblante asumió instantáneamente un aspecto de lo más melancólico, y respondió: «Para buscar a alguien que se me escapó».

«Y el hombre que persigue, ¿viaja de la misma forma?»

«Sí.»

«Entonces creo que lo hemos visto, dado que el día en que le recogimos vimos unos perros llevando un trineo a través del hielo con un hombre sobre él.»

Esto llamó la atención del desconocido, quien hizo múltiples preguntas en relación con la dirección que había seguido el demonio, que era el modo en que él lo llamaba. Poco después, cuando quedó solo conmigo, dijo: «Sin duda, he despertado su curiosidad, al igual que la de esta buena gente; pero usted es demasiado considerado para hacerme preguntas.»

«Desde luego; sería muy impertinente e inhumano de mi parte molestarle con un interrogatorio para satisfacer mi curiosidad.»

«Pero, sin embargo, usted me ha salvado de una situación extraña y peligrosa; usted, con su benevolencia, me ha devuelto la vida.»

Enseguida, después de esto me preguntó si creía que al quebrarse el hielo habría desaparecido el otro trineo. Le respondí que no podía responder con certeza, puesto que el hielo no se había quebrado hasta cerca de la medianoche, y que el viajero podría haber llegado a un lugar seguro antes de esa hora; pero que no podía asegurarlo.

A partir de ese momento un nuevo espíritu animó el deprimido cuerpo del desconocido. Demostraba el mayor interés por estar en cubierta esperando ver el trineo que había aparecido antes; pero le he convencido de que se quede en el camarote, puesto que está muy débil para sufrir la crudeza de la atmósfera. Le prometí que alguien vigilaría por él y le avisaría inmediatamente si aparecía cualquier nuevo objeto a la vista.

Esta es mi crónica de lo relacionado con este extraño suceso hasta el presente. El desconocido ha recobrado paulatinamente su salud, pero está muy callado y parece inquietarse cuando alguien que no sea yo entra en el camarote. Sin embargo, su forma de ser es tan conciliadora y amable que todos los marineros están interesados en él, aunque han tenido muy poca comunicación. Por mi parte, yo comencé a quererle como a un hermano, y su constante y profunda tristeza me llena de simpatía y comprensión. Pero debe de haber sido una criatura muy noble en sus mejores días, si es tan interesante y amistoso en la desgracia.

Dije en una de mis cartas, mi querida Margaret, que no encontraría un amigo en el amplio océano; sin embargo, he encontrado un hombre a quien me hubiese gustado tener en mi corazón como a un hermano antes de que su espíritu hubiese sido destruido por el dolor.

Continuaré mi crónica en relación al desconocido a intervalos, si es que tengo nuevos incidentes para registrar.

13 de agosto de 17..

Mi afecto por mi huésped crece cada día. Despierta rápidamente mi admiración y mi compasión de una forma asombrosa. ¿Cómo podría ver a una criatura tan noble destruida por el dolor sin sentirme conmovido por la pena? Es tan amable, tan sabio; su mente es tan cultivada, y cuando habla, a pesar de que sus palabras son escogidas con el arte más selecto, fluye con rapidez y con una elocuencia sin paralelos.

Ya se ha recuperado de su enfermedad y está continuamente en cubierta, aparentemente para vigilar si aparece el trineo que precedió al suyo. A pesar de que se siente desdichado, no está permanentemente entregado a su propio dolor, sino que muestra gran interés por los proyectos de los demás. Ha conversado frecuentemente conmigo acerca del mío, del cual yo le he hablado sin ocultar nada. Se ha interesado por todos los argumentos a favor de mi posible éxito y por cada ínfimo detalle de las medidas que yo he tomado para asegurarlo. La comprensión que demuestra rápidamente me ha animado a usar el lenguaje de mi corazón, a expresar la ardiente pasión de mi alma y a contarle, con todo el fervor que me alentaba, que alegremente sacrificaría mi fortuna, mi existencia y toda ilusión por el éxito de esta empresa. La vida o la muerte de un hombre eran un precio demasiado pequeño para obtener los conocimientos que yo buscaba, debido al dominio que yo adquiriría y transmitiría acerca de los poderes de la naturaleza que amenazan la humanidad. Mientras yo hablaba, una triste melancolía invadió el rostro de mi interlocutor. Al principio vi que trataba de dominar sus emociones, pero, de pronto, se tapó los ojos con las manos y sus lágrimas brotaron entre sus dedos; un gemido se escapó de su palpitante pecho. Al ver esto, mi voz se conmovió y se quebró; finalmente guardé silencio. Y entonces, él habló con voz entrecortada: «¡Es un hombre desdichado! ¿Tiene mi misma locura? ¿Usted también ha bebido la embriagadora bebida? ¡Escúcheme; deje que le revele mi historia y apartará esa copa de sus labios!».

Como te puedes imaginar, estas palabras despertaron fuertemente mi curiosidad; pero el acceso de pena que había invadido al desconocido dominó sus debilitadas fuerzas, por lo que necesitó muchas horas de reposo y conversación tranquila para recuperar su compostura.

Una vez que hubo dominado la turbación producida por sus sentimientos, pareció despreciarse a sí mismo por ser esclavo de su pasión, y cuando consiguió sofocar la sombría tiranía de su desesperación, me indujo a conversar nuevamente sobre mi propia personalidad. Me preguntó acerca de los primeros años de mi vida. El relato fue contado rápidamente, pero abrió varias líneas de reflexión. Le hablé de mi deseo de encontrar un amigo, de mi interés por encontrar una mente semejante que hubiese corrido una suerte semejante a la mía y pudiese brindarme una comprensión más íntima, y expresé mi convicción de que un hombre podía presumir de poca felicidad si no gozaba de esta bendición.

«Estoy de acuerdo con usted», repitió el desconocido; «somos criaturas mal hechas, y a medio terminar si alguien más sabio, mejor y más encantador que nosotros mismos —porque así debería ser un amigo— no hiciera su aporte para perfeccionar nuestras naturalezas débiles e imperfectas. Una vez yo tuve un amigo, la más noble de las criaturas humanas y, por tanto, tengo derecho a juzgar en lo relacionado con la amistad. Usted tiene ilusiones y al mundo ante usted, y no tiene ninguna razón para desesperarse. Pero yo lo he perdido todo y no puedo comenzar la vida otra vez».

Mientras decía esto, en su rostro se expresaba una pena serena y sosegada que me llegó al corazón. Pero se quedó en silencio, y poco después se retiró a su camarote.

A pesar de estar derrotado como lo está, nadie puede sentir más intensamente que él las bellezas de la naturaleza. El cielo estrellado, el mar y cada vista ofrecida por estas regiones maravillosas parecen tener también la capacidad de elevar su alma desde el suelo. Un hombre así tiene una doble existencia: puede sufrir el dolor y estar abatido por la decepción, y aun así, mientras se encuentra recogido en sí mismo, actuar como un espíritu celestial que tiene un halo a su alrededor, dentro de cuyo círculo no se aventuran ni el dolor ni la locura.

¿Sonreirás ante el entusiasmo que expreso en relación a este divino vagabundo? No lo harías si lo vieras. Los libros y tu distanciamiento del mundo te han educado y refinado, y, por ello, eres ahora un poco quisquillosa, pero esto también te hace la más apropiada para apreciar los méritos extraordinarios de este hombre maravilloso. Algunas veces he intentado descubrir qué cualidad posee que lo eleva tan infinitamente por encima de cualquier otra persona que yo haya conocido antes. Creo que es la perspicacia intuitiva, la rápida y nunca errónea capacidad de juicio, la agudeza para comprender las causas de las cosas, la lucidez y precisión sin igual, a lo que se suman su capacidad de expresión y una voz cuya variada modulación es música que tranquiliza al alma.

Ayer el desconocido me dijo: «Usted puede darse cuenta fácilmente, capitán Walton, de que he sufrido grandes e inigualables desgracias. En algún momento había tomado la decisión de que el recuerdo de esos funestos acontecimientos morirían conmigo, pero usted ha conseguido que modifique mi decisión. Usted persigue el conocimiento y la sabiduría, como yo hice alguna vez, y yo espero fervientemente que la gratificación de sus deseos no sea una serpiente que le pique, como a mí. No sabía que el relato de mis desgracias podría serle útil, sin embargo, cuando pienso que usted va por el mismo camino, exponiéndose a los mismos peligros que me han llevado a donde yo estoy, me imagino que usted puede deducir una oportuna enseñanza de mi relato, que puede orientarle si tiene éxito en su empresa y consolarlo en caso de que falle. Prepárese para oír sucesos que frecuentemente son considerados asombrosos. Si estuviéramos rodeados de otros paisajes, temería encontrarme con su incredulidad y, tal vez, con su burla; pero muchas cosas que parecen posibles en estas regiones salvajes y misteriosas provocarían la risa de aquellos que no conocen las fuerzas siempre cambiantes de la naturaleza; sin duda, mi relato se revelará ante usted como la serie de evidencias de la verdad de los eventos que lo componen».

Como te puedes imaginar, yo estaba encantado con la propuesta; sin embargo, no podía soportar que él volviera a entristecerse al contarme sus desgracias. Sentía un inmenso interés por oír el relato prometido, en parte por curiosidad y en parte por un fuerte deseo de mejorar su suerte si esto estaba al alcance de mis manos. Expresé estos deseos en mi respuesta.

«Agradezco su comprensión», respondió, «pero es inútil; mi destino está casi consumado. Sólo espero un acontecimiento y entonces descansaré en paz. Comprendo sus sentimientos», continuó, viendo que yo quería interrumpirle; «pero usted está equivocado, mi amigo, si me permite llamarle así; nada puede modificar mi destino; escuche mi relato y se dará cuenta de qué irrevocablemente decidido está».

Luego me dijo que comenzaría su relato al día siguiente durante mi tiempo libre. Esta promesa hizo que le diera el más cálido agradecimiento. He decidido que cada noche, cuando no estoy ocupado con mis obligaciones, registraré, tratando de ser lo más fielmente posible a sus propias palabras, lo que me ha relatado durante el día. Si debo comprometerme, al menos tomaré notas. Sin duda, este manuscrito te proporcionará a ti el mayor de los placeres; pero a mí, que lo conozco y que lo oigo de sus propios labios, ¡con qué interés y comprensión lo leeré algún día en el futuro! Incluso ahora, antes de iniciar la tarea, su voz suena en mis oídos; sus ojos brillantes se detienen sobre mí con toda su melancólica dulzura; veo su delgada mano alzada con vivacidad, mientras que los rasgos de su rostro son iluminados por su alma interior. ¡Extraña y angustiosa debe de ser su historia, terrible la tormenta que abrazó al valiente barco en su curso y lo hizo naufragar así!

CAPÍTULO PRIMERO

Soy ginebrino de nacimiento, y mi familia es una de las más distinguidas de esa república. Mis ancestros han sido durante muchos años consejeros y síndicos, y mi padre había ocupado diversos cargos públicos con honor y buena reputación. Era respetado por todos quienes le conocían por su integridad e infatigable dedicación a los asuntos públicos. Pasó su juventud ocupado permanentemente con asuntos de este país; ciertas circunstancias habían hecho que no se casara prematuramente, y no fue hasta la declinación de su vida cuando se convirtió en marido y padre de una familia.

Dado que las circunstancias de su matrimonio ilustran su carácter, no puedo abstenerme de contarlas. Uno de sus amigos más íntimos era un comerciante que, partiendo de una situación próspera, cayó en la pobreza después de pasar por numerosas desgracias. Este hombre, cuyo nombre era Beaufort, tenía una actitud orgullosa e inflexible y no podía soportar vivir en la pobreza y en el olvido en el mismo país en que anteriormente se había distinguido por su rango y magnificencia. Una vez que hubo pagado sus deudas, y, por tanto, de la forma más honorable, se retiró con su hija a la ciudad de Lucerna, donde vivió de incógnito y en la miseria. Mi padre estaba ligado a Beaufort por una verdadera amistad y estaba muy entristecido por su retiro en esas circunstancias tan desafortunadas. Lamentó amargamente el falso orgullo que había llevado a su amigo a una conducta tan poco digna del afecto que les unía. Sin perder el tiempo se dedicó a encontrarlo, con la ilusión de persuadirle para comenzar de nuevo con su crédito y su ayuda.

Beaufort había tomado medidas efectivas para ocultarse y pasaron diez meses antes de que mi padre pudiera encontrar su morada. Lleno de alegría por el descubrimiento, se apresuró a ir a su casa, que estaba situada en una calle menor cerca del Reuss. Pero cuando entró, sólo la miseria y la desesperación le dieron la bienvenida. Beaufort había salvado sólo una cantidad muy pequeña de dinero de la ruina de su fortuna, que era suficiente para proveerle el sustento durante unos meses, y mientras tanto poder procurarse un empleo respetable en la casa de algún comerciante. Sin embargo, había pasado ese intervalo inactivo: su tristeza sólo se había vuelto más grande y abrumadora, dado que tenía más tiempo libre para pensar, y finalmente se adueñó de tal forma de su mente que al finalizar la tercera semana se encontraba en cama enfermo, incapaz de hacer ningún esfuerzo.

Su hija le atendió con gran ternura, pero veía con desesperación que sus pequeños fondos estaban disminuyendo rápidamente y que no había perspectiva de apoyo alguna. Pero Caroline Beaufort tenía una mente poco común y su coraje creció y la ayudó a sostenerse en la adversidad. Se procuró un trabajo simple, trenzaba paja, y, por varios medios, consiguió ganar una miseria escasamente suficiente para vivir.

Pasaron varios meses de esta forma. Su padre se puso peor, y como cada vez dedicaba más tiempo a atenderle, sus medios de subsistencia disminuyeron, y al décimo mes su padre murió en sus brazos, dejándola huérfana y mendigando. Este último golpe la venció, y ella estaba arrodillada junto al ataúd de Beaufort, llorando amargamente, cuando mi padre entró en la habitación. Llegó como un espíritu protector ante la niña, quien se confió a su cuidado. Después del entierro de su amigo, la llevó a Ginebra y la puso bajo la protección de una pariente. Dos años más tarde Caroline se convirtió en su esposa.

Había una diferencia considerable de edades entre mis padres, pero esta circunstancia parecía unirlos más todavía con lazos de devoción. Había tal sentimiento de justicia en la mente recta de mi padre que hacía necesario que sintiera gran admiración por una persona para poder amarla más intensamente. Tal vez en años anteriores había sufrido al verse decepcionado, tardíamente, por alguien a quien amara y, por tanto, estaba dispuesto a otorgar un mayor valor a quien merecía su cariño. Había cierta demostración de gratitud y adoración en su unión a mi madre, que en absoluto estaba basada en un extravagante aprecio de su edad, sino que estaba inspirada en la admiración de sus virtudes y en un deseo de ser, en cierto modo, la recompensa por los sufrimientos que ella había soportado, pero que daba una gracia indecible a su comportamiento hacia ella. Todo lo hacía para cumplir con sus deseos y según su conveniencia. Se esforzaba en protegerla, como un jardinero protege de los vientos fuertes a una belleza exótica, y en rodearla de todo lo que solía resultar placentero a su tierna y afectuosa mente. Su salud, y hasta la tranquilidad de su hasta ese momento estable espíritu, había sido conmovida por todo cuanto había sufrido. Durante los dos años que transcurrieron antes de su matrimonio mi padre había renunciado a todas sus funciones públicas, e inmediatamente después de su unión buscaron el agradable clima de Italia, pensando que el cambio de escenario y el interés que implicaba un viaje por esa tierra de maravillas restablecerían su debilitado cuerpo.

De Italia fueron a visitar Alemania y Francia. Yo, su hijo mayor, nací en Nápoles y, siendo niño, les acompañé en sus excursiones. Fui su único hijo durante varios años. A pesar de que estaban tan unidos, parecían tener una verdadera mina con reservas inagotables de amor para darme. Mis primeros recuerdos son los tiernos cuidados de mi madre y la mirada de benévolo placer de mi padre al mirarme. Yo era su juguete y su ídolo, y algo mejor: su hijo, la inocente e indefensa criatura conferida a ellos por el ciclo, a la cual debían educar en la bondad, y cuyo futuro estaba en sus manos y se orientaría a la felicidad o el sufrimiento, dependiendo de cómo cumplieran con sus obligaciones con respecto a mí. Con esta profunda conciencia de su deuda con el ser al cual habían dado la vida, sumada al activo espíritu de ternura que los animaba a ambos, puede imaginarse que cada hora de mi vida infantil recibí una lección de paciencia, caridad y autocontrol, y estuve guiado por un hilo de seda de modo que todo parecía un tren de goce para mí.

Durante mucho tiempo fui el único a su cuidado. Mi madre quería tener una hija, pero yo continuaba siendo el único vástago. Cuando tenía unos cinco años, mientras hacíamos una excursión más allá de las fronteras de Italia, pasamos una semana en la costa del lago Como. Su disposición hacia el bien muchas veces les llevaba a entrar en las chozas de los pobres. Para mi madre esto era más que una obligación; era una necesidad, una pasión —al recordar cómo había sufrido y cómo había sido socorrida— que la hacía actuar a su vez como ángel guardián de los necesitados. Durante uno de sus paseos, un humilde cobertizo en el asiento de un valle atrajo su atención por ser singularmente triste, y el hecho de que varios niños a medio vestir rondaran por allí le hizo pensar que se hallaba ante la peor de las miserias. Un día en que mi padre se había ido solo a Milán, mi madre, acompañada por mí, visitó esa vivienda. Encontró a un campesino y a su esposa, trabajando duramente, vencidos por el trabajo y las preocupaciones, y distribuyendo una escasa comida entre sus cinco hambrientos hijos. Entre ellos había una niña que llamó la atención de mi madre mucho más que el resto. Parecía de un linaje diferente. Los otros cuatro tenían ojos oscuros y eran pequeños y robustos vagabundos; esta niña era delgada y muy hermosa. Su pelo era del dorado más brillante que existe y, a pesar de la pobreza de sus vestidos, parecía tener un halo de distinción sobre su cabeza. Su frente descubierta y amplia, sus ojos azules, sus labios y la forma de su cara expresaban tanta sensibilidad y dulzura que nadie podía contemplarla sin verla como un ser diferente, un ser enviado por el cielo y que llevaba un sello celestial en sus rasgos.

La campesina, al percibir que mi madre observaba con sorpresa y admiración a esta niña adorable, le contó su historia con entusiasmo. No era hija suya, sino de un noble milanés. Era hija de una alemana que había muerto al darla a luz. La niña había sido confiada a esta buena gente para que la criara. Por ese entonces estaban en una mejor situación. No hacía mucho que estaban casados y su hijo mayor acababa de nacer. El padre de la niña entregada a su cargo era uno de esos italianos criados en el recuerdo de la antigua gloria de Italia, uno de los *schiavi ognor frementi,* entregados a la lucha por la libertad de su país. Resultó ser víctima de la debilidad de su patria. No se sabía si había muerto o aún estaba retenido en algún calabozo de Austria. Sus propiedades habían sido confiscadas, su hija quedó huérfana y se convirtió en mendiga. Permaneció con sus padres adoptivos y, en su tosca vivienda, floreció más bella que un jardín de rosas entre zarzas de hojas oscuras.

Cuando mi padre volvió de Milán, encontró jugando conmigo en nuestra villa a una niña más bella que un querubín pintado, una criatura que cuando miraba parecía irradiar luz, y cuya forma y movimientos tenían más gracia que los de las gamuzas de las colinas. Su presencia fue explicada rápidamente. Con su permiso, mi madre convenció a sus rústicos padres para que le cedieran su tutoría. Ellos querían mucho a la dulce huérfana y su presencia les parecía una bendición, pero hubiera sido injusto para ella que la retuvieran viviendo en la pobreza y la necesidad cuando la Providencia le ofrecía una protección tan poderosa. Consultaron al sacerdote de su pueblo, y el resultado fue que Elizabeth Lavenza quedó acogida en la casa de mis padres, y fue para mí más que una hermana, la bella y adorada compañera de todas mis ocupaciones y mis placeres.

Todos amaban a Elizabeth. El cariño apasionado y casi reverencial con que todos la trataban se convirtió, mientras lo compartí, en mi orgullo y mi alegría. En el atardecer previo a ser traída a mi casa, mi madre había dicho juguetona: «Tengo un hermoso regalo para Víctor, mañana lo recibirá». Y cuando, a la mañana siguiente, me obsequió a Elizabeth como su prometido regalo, yo, con seriedad infantil, interpreté sus palabras literalmente y consideré mía a Elizabeth, mía para protegerla y amarla. Yo recibía todos los elogios que se le hacían como hechos a una posesión mía. En confianza nos llamábamos «primo» el uno al otro. No hay palabra ni expresión que pueda explicar lo que ella significaba para mí. Era más que mi hermana, y hasta la muerte ella sería sólo mía.

CAPÍTULO II

Nos criamos juntos; ni siquiera había un año de diferencia en nuestras edades. No necesito decir que desconocíamos cualquier tipo de desunión o disputa. La armonía era el espíritu de nuestro compañerismo, y la diversidad y el contraste que existían entre nuestros caracteres nos unió más todavía. Elizabeth tenía una actitud más sosegada y de mayor concentración; pero, con todo mi fervor, yo era capaz de aplicarme más intensamente y sentía un mayor afán por saber. Ella se interesaba en seguir las creaciones espirituales de los poetas y encontraba muchas posibilidades de admiración y goce en las majestuosas y maravillosas vistas que rodeaban nuestra casa suiza: las formas sublimes de las montañas, los cambios de estaciones, la tempestad y la calma, el silencio del invierno, y la vida y turbulencia de nuestros veranos alpinos. Mientras mi compañera contemplaba con un espíritu serio y satisfecho el magnífico aspecto de las cosas, yo me deleitaba investigando sus causas. El mundo era para mí un secreto que yo deseaba adivinar. La curiosidad, el vivo interés por aprender las leyes ocultas de la naturaleza y la alegría cercana al éxtasis, cuando me eran revelados, son las sensaciones más tempranas que puedo recordar.

Al nacer un segundo hijo, siete años menor que yo, mis padres abandonaron completamente su vida de viajeros y se establecieron en su país natal. Teníamos una casa en Ginebra y una casa de campo en Belrive, en la costa oriental del lago, a una distancia de algo más de una legua de la ciudad. Vivíamos principalmente en esta última y la vida de nuestros padres pasaba en considerable aislamiento. Por mi temperamento yo evitaba las multitudes y prefería relacionarme intensamente con unos pocos. Por tanto, en general era indiferente a mis compañeros de escuela; pero los lazos de una estrecha amistad me unieron a uno de ellos. Henry Clerval era hijo de un comerciante de Ginebra. Era un niño de talento e imaginación singulares. Amaba las grandes empresas, las privaciones y hasta el peligro por sí mismos. Era un gran lector de libros de caballería y de romance. Componía canciones heroicas y había comenzado a escribir un relato de hechicería y de aventuras de caballeros. Trató de hacernos representar obras de teatro y participar en mascaradas, en que los caracteres estaban sacados de los héroes de Roncesvalles, de la Mesa Redonda del Rey Arturo y de la procesión caballerosa que derramó su sangre para redimir el santo sepulcro de manos de los infieles.

Ningún ser humano puede haber tenido una niñez más feliz que yo. Mis padres estaban como poseídos por el espíritu de la bondad y la indulgencia. Sentíamos que no eran tiranos que gobernaban nuestro destino según su capricho, sino inventores y creadores de todos los placeres que disfrutábamos. Cuando alternaba con otras familias discernía claramente qué afortunado era mi destino, y la gratitud ayudó al desarrollo del amor filial.

Mi carácter era, algunas veces, violento y mis pasiones, vehementes; pero por alguna ley que gobernaba mi temperamento, no se inclinaba hacia búsquedas infantiles sino hacia un deseo entusiasta por aprender, y no por aprender todas las cosas indiscriminadamente. Confieso que no tenían atractivo para mí la estructura de las lenguas, ni el código de los gobiernos, ni la política de los diferentes Estados, sino los secretos del cielo y de la tierra, y el deseo por aprender, y ya fuera que me ocupara la apariencia externa de las cosas o el espíritu interior de la naturaleza o el alma misteriosa del hombre, mis preguntas estaban dirigidas a la metafísica o, en su sentido más elevado, a los secretos físicos del mundo.

Mientras tanto Clerval se dedicaba, por así decirlo, a las relaciones morales entre las cosas. El período activo de la vida, las virtudes de los héroes y las acciones de los hombres eran sus temas; sus esperanzas y sueños eran convertirse en uno entre aquellos cuyos nombres eran recogidos en la historia como los benefactores valientes y aventureros de nuestra especie. El alma santa de Elizabeth brillaba como una lámpara dedicada a un santuario en la paz de nuestro hogar. Su afecto nos pertenecía; su sonrisa, su voz suave, la dulce mirada de sus ojos celestiales estaban siempre allí para bendecirnos y animarnos. Era el espíritu vivo del amor que enternecía y atraía; si me volvía hosco en mi estudio y tosco debido a mi naturaleza ferviente, ella estaba allí para tranquilizarme y hacer que adquiriera una amabilidad como la suya propia. Y Clerval, ¿acaso podía el noble espíritu de Clerval albergar el mal? Pero él no hubiese sido tan perfectamente humano, tan considerado en su generosidad, tan colmado de amabilidad y ternura, en su pasión por la proeza aventurera, si ella no le hubiese revelado el verdadero amor de la bondad y hubiese hecho que el bien fuese el fin y el propósito de su gran ambición.

Siento un exquisito placer al detenerme en los recuerdos de mi niñez, cuando la desgracia aún no había invadido mi vida y cambiado mis brillantes esperanzas de ser útil al prójimo por melancólicas y estrechas reflexiones acerca de mí mismo. Además, al dibujar el cuadro de mis días tempranos, también recuerdo aquellos eventos que me llevaron, por medio de pasos imperceptibles, a mi posterior historia de sufrimiento, dado que, cuando me explico a mí mismo el nacimiento de esa pasión que luego gobernó mi destino, la veo surgir, como un río de montaña, de fuentes innobles y casi olvidadas; pero al crecer como lo hizo, se convirtió en el torrente que, en su curso, barrió todas mis ilusiones y mis alegrías.

La filosofía natural es el genio que gobernó mi destino; por ello deseo, en esta narración, establecer aquellos factores que me llevaron a la predilección por esa ciencia. Cuando tenía trece años, todos fuimos en grupo a los baños cercanos a Thonon para divertirnos; el mal tiempo nos obligó a permanecer un día encerrados en una posada. En esa casa encontré por casualidad un volumen de las obras de Cornelio

Agrippa. Lo abrí con apatía; la teoría que intentaba demostrar y los maravillosos hechos que relataba pronto hicieron cambiar este sentimiento por el entusiasmo. Una nueva luz parecía encenderse en mi mente, y saltando de alegría comuniqué el descubrimiento a mi padre. Mi padre miró sin cuidado la portada de mi libro y dijo: «¡Ah! ¡Cornelio Agrippa! Mi querido Víctor, no pierdas tu tiempo en esto; es una triste tontería».

Si, en lugar de esta observación, mi padre se hubiese esforzado en explicarme que los principios de Agrippa habían sido completamente refutados y que había surgido un sistema más moderno de principios que tenía mucha mayor fuerza que el antiguo, dado que los del antiguo sistema eran quiméricos mientras que los del nuevo estaban basados en la realidad y la práctica, en esas circunstancias yo hubiese dejado a Agrippa a un lado y hubiese conformado mi imaginación, entusiasta como era, y vuelto con mayor fervor a mis estudios previos. Hasta es posible que la secuencia de mis ideas nunca hubiese recibido el impulso fatal que me llevó a la ruina. Pero la mirada superficial que mi padre había echado al volumen en absoluto me aseguraba que él estuviera al tanto de sus contenidos; así, pues, continué leyendo con mayor avidez.

Cuando volví a casa mi primera preocupación fue procurarme las obras completas de este autor, y luego de Paracelso y de Alberto Magno. Leí y estudié con gusto las extravagantes fantasías de estos autores; me parecían tesoros conocidos por unos pocos aparte de mí mismo. Me he descrito a mí mismo como poseedor de un deseo ardiente de penetrar en los secretos de la naturaleza. A pesar de la intensa labor y de los maravillosos descubrimientos de los investigadores modernos, mis estudios siempre me dejaban descontento e insatisfecho. Se dice que sir Isaac Newton reconocía que se sentía como un niño recogiendo conchas junto al gran e inexplorado océano de la verdad. Sus sucesores en cada una de las ramas de la filosofía natural que yo conocía parecían, aun para mi percepción infantil, principiantes dedicados a la misma tarea.

El campesino inculto contemplaba los elementos a su alrededor y conocía sus usos prácticos. El investigador más culto conocía poco más. Había desvelado el rostro de la naturaleza, pero sus lineamientos eternos eran aún una maravilla y un misterio. Podía disecar, anatomizar y dar nombres; pero ni hablar de alguna causa final, y ni siquiera eran totalmente conocidas para él las causas de segundo o tercer grado. Yo había vislumbrado las barreras e impedimentos que evitaban que los hombres penetraran dentro de la ciudadela de la naturaleza y había protestado con imprudencia e ignorancia.

Pero aquí había libros y hombres que habían penetrado más profundamente y sabían más. Tomé su palabra de todo lo que habían afirmado y me convertí en su discípulo. Puede parecer extraño que eso pudiera surgir en el siglo XVIII, pero mientras seguía la rutina de educación en las escuelas de Ginebra, yo era, en gran medida, autodidacta en lo que respecta a mis estudios favoritos. Mi padre no era un científico, y yo estaba solo para luchar con mi ceguera infantil, a lo que se agregaba la sed de un estudiante por el conocimiento. Bajo la guía de mis nuevos preceptores, me inicié con la mayor diligencia en la búsqueda de la piedra filosofal y el elixir de la vida; pero este último pronto atrapó toda mi atención. La riqueza era un objetivo menor, pero ¡qué gloria pronto acompañaría al descubrimiento si podía hacer desaparecer la enfermedad del cuerpo humano y hacer al hombre invulnerable a todo salvo a la muerte violenta!

No eran estos mis únicos sueños. La posibilidad de conseguir la aparición de fantasmas y demonios era admitida libremente por mis autores favoritos y me dediqué afanosamente a realizarla; y si mis conjuros nunca tenían éxito, atribuía el fallo más a mi propia inexperiencia y error que a una falta de técnica o exactitud en mis instructores. Y de este modo estuve durante algún tiempo ocupado con sistemas ya refutados, mezclando, como un inepto, mil teorías contradictorias y pataleando desesperadamente en una verdadera ciénaga de conocimientos múltiples, guiado por una imaginación apasionada y un razonamiento infantil, hasta que nuevamente un incidente cambió el curso de mis ideas.

Cuando tenía unos quince años, nos habíamos retirado a nuestra casa junto a Belrive, donde presenciamos una tormenta de lo más violenta y terrible. Avanzó desde atrás de las montañas de Jura y los truenos estallaron con un ruido espantoso y simultáneo en varios sectores del cielo. Mientras duró la tormenta, permanecí mirando cómo transcurría con curiosidad y alegría. Estaba de pie junto a la puerta, cuando, de repente, vi una lengua de fuego que surgía de un hermoso roble que estaba situado a unos veinte metros de nuestra casa; en cuanto se desvaneció la luz deslumbrante, el roble desapareció, el tronco había estallado. Cuando fuimos a verlo a la mañana siguiente, lo encontramos destrozado de una forma singular. No había sido partido por la descarga, sino reducido a pequeños trozos de madera. Nunca había visto nada tan completamente destruido.

Antes de este episodio yo ya conocía las leyes más elementales de la electricidad. En esta ocasión estaba con nosotros un hombre de grandes conocimientos en filosofía natural, el cual, estimulado por la catástrofe, comenzó a explicar una teoría que había desarrollado sobre la electricidad y el galvanismo, la cual era al mismo tiempo nueva y asombrosa para mí. Todo lo que dijo ponía totalmente en duda las apreciaciones de Cornelio Agrippa, Alberto Magno y Paracelso, los señores de mi imaginación; pero sólo por alguna fatalidad la caída de estos hombres me inclinó a no proseguir con mis estudios habituales. Me pareció que nunca nada sería o podría ser conocido. Todo lo que durante tanto tiempo había ocupado mi atención se volvió repentinamente desdeñable. Por alguno de esos caprichos de la mente a los que tal vez somos más propensos en la primera juventud, abandoné de inmediato mis anteriores ocupaciones, juzgué la historia natural y toda su progenie como una creación deforme y fracasada, y consideré con el mayor desdén a una presunta ciencia que nunca podría tan siquiera pasar a través del umbral del conocimiento real. Con este estado de ánimo me dediqué a las matemáticas y a las ramas de investigación que pertenecen a esa ciencia por estar construidas sobre fundamentos sólidos y ser, por tanto, dignas de mi consideración.

Así de extraña es la forma en que están construidas nuestras almas, y así de delgados son los ligamentos que nos unen a la prosperidad o a la ruina. Cuando miro hacia atrás, me parece como si este casi milagroso cambio de inclinación y de deseo hubiese sido la directa sugestión del ángel guardián de mi vida, el último esfuerzo hecho por el espíritu de preservación para desviar la tormenta que todavía pendía de las estrellas lista para envolverme. Sin embargo, su victoria quedó anunciada con la tranquilidad inusual y la alegría en el alma que siguió a la renuncia a mis antiguos, y últimamente torturantes, estudios. Así fue que aprendí a asociar el mal con su continuación, y la felicidad, con su abandono.

Fue un gran esfuerzo del espíritu del bien, pero no tuvo efecto. El Destino era demasiado potente, y sus leyes inmutables habían decretado mi total y terrible destrucción.

CAPÍTULO III

Cuando alcancé la edad de diecisiete años mis padres decidieron que debía ir a estudiar en la Universidad de Ingolstadt. Hasta ese momento, yo había asistido a clase en las escuelas de Ginebra, pero mi padre pensaba que era necesario, para que completara mi educación, que conociera otras costumbres distintas de las de mi país natal. Por tanto, se fijó mi partida para una fecha próxima, pero antes del día establecido ocurrió la primera desgracia de mi vida, presagio de mis futuros sufrimientos.

Elizabeth había cogido la escarlatina; estaba muy enferma y corría grave peligro. Durante su enfermedad se había recomendado a mi madre, dándole muchos argumentos, que evitara atenderla. Al principio había cedido a nuestros ruegos, pero cuando oyó que la vida de su preferida estaba amenazada, no pudo seguir controlando su ansiedad. La atendió en su lecho de enferma; sus cuidadosas atenciones triunfaron sobre la malignidad del trastorno: Elizabeth se salvó, pero las consecuencias de esta imprudencia fueron fatales para ella. Al tercer día mi madre cayó enferma; su fiebre estuvo acompañada por los síntomas más alarmantes y la expresión de los médicos que la atendieron presagió lo peor. En su lecho de muerte la fortaleza y la bondad no abandonaron a esta mujer ejemplar. Unió las manos de Elizabeth con las mías: «Hijos míos», dijo, «mis mayores esperanzas de felicidad estaban puestas en la posibilidad de vuestra unión. Esta expectativa será ahora el consuelo de vuestro padre. Elizabeth, mi amor, debes ocupar mi lugar y dedicarte a cuidar a mis hijos menores. ¡Ay de mí! Lamento ser apartada de vosotros; he sido tan feliz y tan amada que es difícil dejaros. Pero no debo pensar así; me esforzaré en resignarme a la muerte con alegría y con la esperanza de encontraros en el otro mundo».

Murió en paz, y su rostro expresaba afecto incluso cuando ya estaba muerta. No necesito describir los sentimientos de aquellos cuyos vínculos más queridos son desgarrados por el más irreparable de los males, el vacío que significa para su alma y la desesperación que muestra su rostro. Pasa tanto tiempo antes de que la mente pueda convencerse de que alguien a quien veíamos todos los días y cuya misma existencia parecía ser parte de la nuestra ha partido para siempre, que el brillo de sus amados ojos se ha extinguido y el sonido de una voz tan familiar y querida a nuestros oídos se ha silenciado y nunca más va a volverse a oír... Estas fueron las reflexiones de estos primeros días, pero cuando el tiempo demuestra la realidad de la desgracia, entonces comienza la amargura real de la tristeza. Sin embargo, ¿a quién no ha arrebatado algún ser querido esa ruda mano? ¿Y por qué habría de describir la pena que todos han sentido, y tendrán que sentir? Finalmente, llega el momento en que el pesar es más un vicio que una necesidad, y la sonrisa que asoma a los labios, aunque podría ser considerado un sacrilegio, no se desvanece. Mi madre estaba muerta, pero a pesar de ello nosotros teníamos deberes que cumplir; debíamos continuar nuestro curso con el resto de la gente y aprender a considerarnos afortunados mientras quedara alguno a quien la muerte no hubiese atrapado.

Mi partida para Ingolstadt, que había sido postergada por estos eventos, fue nuevamente fijada. Obtuve de mi padre un respiro de algunas semanas. Me parecía un sacrilegio dejar tan pronto la tranquilidad de mi casa en duelo y meterme apresuradamente en el torbellino de la vida. Desconocía el sufrimiento, pero no por eso me era indiferente. Me resistía a alejarme de quienes aún me quedaban y, sobre todas las cosas, deseaba ver a la dulce Elizabeth algo más consolada.

Ella en realidad escondía su pesar y procuraba reconfortarnos a todos nosotros. Se enfrentaba a la vida con firmeza y asumía sus deberes con coraje y esmero. Se dedicó con todas sus fuerzas a aquellos a quienes había aprendido a llamar tío y primos. Nunca fue tan encantadora como en aquellos tiempos en que recuperaba el sol de sus sonrisas y nos las dedicaba. En sus intentos por hacernos olvidar, olvidaba ella misma su tristeza.

El día de mi partida finalmente llegó. Clerval pasó la última tarde con nosotros. Había intentado convencer a su padre de que le permitiera acompañarme y ser mi compañero de estudios, pero fue en vano. Su padre era un comerciante de miras estrechas y consideró que las aspiraciones de su hijo lo conducirían a la ociosidad y la ruina. Henry sintió profundamente la desgracia de verse privado de una educación liberal. Dijo poco, pero cuando habló leí en sus ojos encendidos y en su mirada viva la contenida pero firme resolución de no permanecer atado a los despreciables pormenores del comercio.

Estuvimos juntos hasta muy tarde. No podíamos separarnos los unos de los otros ni decidirnos a decir la palabra «adiós». Por fin la dijimos, y nos retiramos diciendo que nos íbamos a descansar, imaginando cada uno de nosotros que engañaba a los demás; pero cuando al amanecer bajé para coger el coche que me llevaría, allí estaban todos: mi padre para darme nuevamente su bendición, Clerval para estrecharme la mano una vez más, mi Elizabeth para volver a rogarme que le escribiera con frecuencia y para prodigar las últimas atenciones femeninas a su compañero de juegos y amigo.

Me dejé caer dentro del coche que me conduciría lejos de allí y me entregué a las reflexiones más melancólicas. Yo, que siempre había estado rodeado de los más amables compañeros, siempre comprometidos en alegrarnos mutuamente, estaba solo. En la universidad adonde me dirigía debía hacer nuevos amigos y ser mi propio protector. Hasta ese momento mi vida había sido notablemente retirada y doméstica, y esto hacía que tuviera cierto invencible rechazo a las caras nuevas. Quería a mis hermanos, a Elizabeth y a Clerval; estas eran mis «caras familiares», y me consideraba completamente incapacitado para relacionarme con extraños. Esas eran mis reflexiones al comenzar mi viaje; pero a medida que avanzaba, mi estado de ánimo mejoraba y tenía nuevas ilusiones. Tenía un ferviente interés por adquirir nuevos conocimientos. Cuando aún vivía en casa, frecuentemente pensaba que sería difícil permanecer durante mi juventud encerrado en un mismo sitio, y ansiaba salir al mundo y ocupar mi lugar entre los demás seres humanos. Ahora que mis deseos se cumplían, hubiese sido realmente una locura arrepentirme.

Tuve tiempo suficiente para estas y muchas otras reflexiones durante mi viaje a Ingolstadt, el cual fue largo y fatigoso. Por fin, tuve ante mis ojos el alto campanario blanco de la ciudad. Me bajé y fui conducido a mi solitario apartamento para pasar la tarde como quisiera.

CAPÍTULO IV

A la mañana siguiente, entregué mis cartas de presentación y visité a algunos de los principales profesores. El azar, o tal vez la influencia maléfica, el ángel de la destrucción, que me hizo sentir su dominio omnipotente sobre mí desde el momento en que mis reacios pasos salieron por la puerta de mi casa paterna, me condujeron hasta el señor Krempe, profesor de filosofía natural. Era un hombre poco refinado, pero profundamente imbuido de los secretos de la ciencia. Me hizo varias preguntas para conocer mi formación en diferentes ramas de la ciencia pertenecientes a la filosofía natural. Yo respondí descuidadamente, y con algo de desdén, mencionando los nombres de mis alquimistas como los principales autores que había estudiado. El profesor me miró atentamente: «¿Realmente ha perdido su tiempo estudiando esas tonterías?», dijo.

Respondí afirmativamente. «Cada minuto», continuó cordialmente el señor Krempe, «cada instante que ha desperdiciado en esos libros está absoluta y totalmente perdido. Ha cargado su memoria con sistemas ya refutados y nombres inútiles. ¡Dios santo! ¿En qué desierto ha vivido, donde nadie ha tenido la bondad de decirle que esas fantasías que ha absorbido con tanta avidez tienen mil años de antigüedad y que son tan fétidas como anticuadas? No esperaba ya, en estos tiempos ilustrados y científicos, encontrar un discípulo de Alberto Magno y de Paracelso. Mi querido amigo, usted debe comenzar sus estudios completamente desde el principio».

Diciendo esto, se hizo a un lado y escribió una lista de libros de filosofía natural que quería que yo consiguiera y me despidió diciendo que a comienzos de la semana siguiente tenía la intención de comenzar una serie de conferencias sobre generalidades de la filosofía natural, y que el señor Waldman, otro colega, disertaría sobre química los días en que él no lo hiciera.

No me sentía decepcionado mientras regresaba a casa, puesto que, como he dicho, también consideraba inútiles a esos autores que el profesor reprobaba; sin embargo, tampoco regresé entusiasmado por retomar esos estudios en forma alguna. El señor Krempe era un hombre algo rechoncho, de voz ronca y aspecto repulsivo; de modo que no me predisponía favorablemente a su ciencia. Tal vez yo haya explicado, de una forma demasiado racional y asociativa, las conclusiones a las que había llegado en relación con estas ideas durante mi juventud. Siendo niño, no me había conformado con los resultados que prometían los modernos profesores de filosofía natural. Con cierta confusión de ideas, que sólo pueden atribuirse a mi extremada juventud y a la falta de guía en estas materias, había abordado ese saber por los caminos del tiempo e intercambiado los descubrimientos de los investigadores recientes por los sueños de alquimistas olvidados. Además, sentía cierto desprecio por las aplicaciones de la moderna filosofía natural. Era muy diferente cuando los maestros de la ciencia perseguían la inmortalidad y el poder; esa aproximación, aunque poco útil, era grandiosa; pero ahora el panorama había cambiado. La ambición del investigador parecía no detenerse ante la aniquilación de aquellos enfoques en que principalmente estaba fundado mi interés por la ciencia. Se me pedía que cambiara quimeras de ilimitada grandeza por realidades de poco valor.

Estas fueron mis reflexiones durante los primeros dos o tres días de residencia en Ingolstadt, que dediqué principalmente a conocer el lugar y a las principales personalidades de mi nueva residencia. Pero cuando comenzó la siguiente semana, pensé en la información que el señor Krempe me había dado en relación con las conferencias. Y aunque no podía estar de acuerdo en ir y escuchar a aquel pequeño hombre engreído haciendo declaraciones desde un púlpito, recordé lo que había dicho acerca del señor Waldman, a quien nunca había visto, dado que hasta ese momento había estado fuera de la ciudad.

En parte por curiosidad, y en parte por encontrarme ocioso, fui hasta la sala de conferencias, a la cual entró poco después el señor Waldman. Este profesor era muy distinto de su colega. Aparentaba unos cincuenta años, pero tenía un aspecto que expresaba una gran benevolencia; unos pocos cabellos grises cubrían sus sienes, pero los de detrás de la cabeza eran casi negros. Era pequeño pero extraordinariamente erguido; su voz era la más dulce que había oído jamás. Comenzó su conferencia haciendo un resumen de la historia de la química y de los diversos progresos logrados por diferentes estudiosos, pronunciando con fervor los nombres de los descubridores más distinguidos. Luego hizo un repaso rápido del estado actual de la ciencia y explicó muchos de sus términos elementales. Después de unos pocos experimentos preliminares, concluyó con un panegírico de la química moderna con palabras que nunca olvidaré:

«Los antiguos maestros de esta ciencia», dijo, «prometían imposibles y no lograron nada. Los maestros modernos prometen muy poco; ellos saben que los metales no pueden transmutarse y que el elixir de la vida es una quimera. Pero estos filósofos cuyas manos parecen estar hechas sólo para hurgar en la suciedad, y sus ojos para escrutar con el microscopio o el crisol, han hecho realmente milagros. Han penetrado hasta lo más oculto de la naturaleza y han demostrado cómo funciona en sus escondrijos. Han subido a los cielos, han descubierto cómo circula la sangre y cómo es el aire que respiramos. Hemos adquirido poderes nuevos, y prácticamente ilimitados, que pueden gobernar el rayo, imitar terremotos y hasta simular el mundo invisible con sus propias tinieblas.»

Estas fueron las palabras del profesor, o mejor dicho las palabras del destino, que anunciaron mi destrucción. Mientras él continuaba hablando yo sentía como si mi alma estuviera luchando cuerpo a cuerpo con un enemigo palpable; una a una fue tocando las claves que componían el mecanismo de mi ser; fue despertando una tras otra mis emociones y pronto mi mente quedó dominada por un único pensamiento, una única concepción, un único propósito. Mucho se ha hecho, exclamó el alma de Frankenstein, pero más, mucho más, alcanzaré yo; siguiendo los pasos ya iniciados, seré pionero de un nuevo camino, exploraré nuevos poderes y descubriré al mundo los misterios más secretos de la creación.

No dormí esa noche. Mi ser interior se hallaba en un estado de excitación y confusión; sentía que de aquí en adelante surgiría el orden, pero conseguirlo estaba fuera de sus posibilidades. Poco a poco, después del amanecer, conseguí quedarme dormido. Cuando desperté, mis pensamientos de la noche anterior me parecieron un sueño. Sólo conservaba la decisión de volver a mis antiguos estudios y dedicarme a una ciencia para la cual creía que estaba dotado naturalmente. Ese mismo día fui a visitar al señor Waldman. Sus modales en privado me parecieron aún más agradables que en público, dado que había cierta dignidad en su actitud durante la conferencia que en su propia casa sustituía por la mayor afabilidad y amabilidad. Le relaté mis estudios anteriores de forma muy aproximada a como lo había hecho a sus colegas. Escuchó con atención mi corta narración y sonrió al oír los nombres de Cornelio Agrippa y Paracelso, pero sin el desdén que había mostrado el señor Krempe. Dijo que «a la labor infatigable de estos hombres deben los filósofos modernos la mayoría de las bases de sus conocimientos. Nos han dejado una tarea más sencilla: dar nombres nuevos y organizar en clasificaciones los hechos que en gran medida ellos habían sacado a la luz. La labor de los genios, aunque esté dirigida erróneamente, rara vez deja de conseguir alguna ventaja sólida para la humanidad». Escuché sus palabras, que fueron dichas sin arrogancia o afectación alguna, y luego agregué que su conferencia había hecho desaparecer mis prejuicios en contra de los químicos modernos; me expresé en términos mesurados, con la modestia y deferencia que un joven debe a su instructor, evitando desvelar el entusiasmo que estimulaba mi futura labor, dado que poner de manifiesto mi inexperiencia en la vida me hubiese hecho sentir vergüenza. Solicité su consejo en relación a los libros que debía procurarme.

«Me siento feliz», dijo el señor Waldman, «por haber ganado un discípulo, y si su aplicación está a la altura de su capacidad, no tengo duda de su éxito. La química es la rama de las ciencias naturales en que se han hecho, y se pueden hacer, los mayores progresos. Es por ello que me he dedicado a ella; pero al mismo tiempo no he descuidado las otras ramas de la ciencia. Quien sólo se ocupara de esa rama del conocimiento humano sería un mal químico. Si su deseo es convertirse en un verdadero hombre de ciencia y no en un mero experimentador, debo aconsejarle que se dedique a todas las ramas de la filosofía natural, incluidas las matemáticas».

Luego me llevó hasta su laboratorio y me explicó los usos de sus diversas máquinas, indicándome cuáles debía procurarme. Me aseguró que podría utilizar las suyas propias cuando hubiese avanzado lo suficiente en esta ciencia como para no estropear sus mecanismos. También me dio la lista de libros que yo le había pedido, y entonces me marché.

Así concluyó un día memorable para mí, que decidiría mi futuro destino.

CAPÍTULO V

A partir de ese día, la filosofía natural, y especialmente la química, en el sentido más amplio del término, se convirtió prácticamente en mi única ocupación. Leí con fervor las palabras, tan llenas de genio y juicio, que los investigadores modernos han escrito sobre estos temas. Asistí a las conferencias y cultivé la relación de los hombres de ciencia de la universidad, encontrando, hasta en el señor Krempe, un gran sentido lógico y una información realmente buena, combinados, eso sí, con una fisonomía y unos modales repulsivos, pero de ninguna manera menos valiosa. El señor Waldman resultó ser un verdadero amigo. Su gentileza nunca estaba matizada por el dogmatismo y daba sus enseñanzas con un aire de franqueza y una bondad que desvanecían cualquier idea de pedantería. De mil maneras me allanó el camino hacia el conocimiento e hizo que las investigaciones más oscuras fueran fácilmente comprensibles para mí. Mi aplicación fue al principio fluctuante e incierta, pero ganó en fuerza al avanzar en mis estudios y pronto se volvió tan apasionada y entusiasta que frecuentemente las estrellas desaparecían en la luz de la mañana mientras yo continuaba ocupado en mi laboratorio.

Como me dedicaba tanto, era comprensible que progresara con rapidez. Mi pasión causaba verdadero asombro entre los demás estudiantes, y mi capacidad, entre los profesores. El profesor Krempe me preguntaba con frecuencia, con una sonrisa traviesa, cómo iba Cornelio Agrippa, y el señor Waldman expresaba la más sincera alegría al ver mi progreso. Así pasaron dos años, durante los cuales no visité Ginebra, sino que estuve dedicado en cuerpo y alma a los descubrimientos que quería hacer. Sólo quien la haya experimentado puede comprender la seducción de la ciencia. En otros estudios sólo se llega hasta donde otros han llegado ya antes, y no hay más que aprender; pero en la investigación científica siempre hay un continuo incentivo para el descubrimiento y el asombro. Cualquier mente de capacidad moderada que se dedique realmente a un estudio infaliblemente llegará a hacer grandes progresos. Y yo, que ambicionaba alcanzar un objetivo y sólo estaba dedicado a ello, progresé tan rápidamente que al cabo de dos años conseguí hacer unos descubrimientos, para mejorar unos instrumentos químicos, que me valieron gran estima y admiración en la universidad. Cuando llegué a este punto, y había aprendido toda la teoría y la práctica de la filosofía natural que podían enseñarme mis profesores de Ingolstadt, y consideré que mi permanencia allí no conduciría a más progresos, pensé en regresar a mi ciudad natal donde estaban mis amigos, pero se produjo un incidente que prolongó mi permanencia.

Uno de los fenómenos que habían llamado especialmente mi atención era la estructura del cuerpo humano y, en realidad, de todo animal dotado de vida. Frecuentemente me preguntaba de dónde procedía el principio de la vida. Era una pregunta atrevida que siempre había sido considerada un misterio. Sin embargo, ¡cuántas cosas estaríamos a punto de conocer si nuestra cobardía y nuestro descuido no limitaran nuestra curiosidad! Estas ideas daban vueltas por mi cabeza y de allí en adelante decidí dedicarme a las ramas de la filosofía natural relacionadas con la fisiología. De no haber estado animado por un entusiasmo casi sobrenatural, mi dedicación a estos estudios hubiese sido fastidiosa y casi intolerable. Para examinar las causas de la vida, debemos primero recurrir a la muerte. Me puse al día con la ciencia de la anatomía, pero esto no fue suficiente; también tuve que observar la putrefacción natural y la corrupción del cuerpo humano. Durante mi educación mi padre había tomado todas las precauciones para que mi mente no se impresionara con los horrores sobrenaturales. No recuerdo haber temblado ante el relato de una superstición o de haber temido la aparición de un espíritu. La oscuridad no afectaba a mi imaginación, y un cementerio era para mí un mero receptáculo de cuerpos privados de vida que habían dejado de ser la sede de la belleza y de la fuerza y se habían convertido en el alimento de los gusanos. Ahora me sentía impulsado a examinar la causa y el progreso de esta putrefacción y obligado a pasar días y noches en cámaras mortuorias y osarios. Mi atención estaba puesta en los objetos que más insoportables eran para la sensibilidad humana. Vi cómo se degradaba y descomponía la bella forma del hombre; contemplé cómo la corrupción producida por la muerte triunfaba sobre la mejilla ruborizada de la vida. Vi cómo el gusano heredaba las maravillas del ojo y del cerebro. Me detuve a examinar y analizar hasta los mínimos detalles del proceso que ocurría durante el pasaje de la vida a la muerte y de la muerte a la vida, hasta que desde las tinieblas de esta oscuridad surgió sobre mí una luz repentina, una luz tan brillante y maravillosa, y sin embargo tan sencilla, que me cegaba por la inmensidad del panorama que mostraba. Me sorprendía que, siendo tantos los hombres de genio que habían orientado sus investigaciones a la misma ciencia, se reservara para mí el descubrimiento de un secreto tan asombroso.

Recuerde, no estoy relatando la visión de un loco. No es más cierto el hecho de que el Sol brilla en los cielos que exista lo que ahora le describo. Algún milagro debía haberlo producido, pero los pasos del descubrimiento eran claros y probables. Después de días y noches de una labor y fatiga increíbles, fui capaz de descubrir la causa de la generación de la vida, y no sólo eso: además me volví capaz de conferir animación a la materia sin vida.

El asombro que había sentido en un principio ante este descubrimiento pronto cedió su paso a la alegría y al éxtasis. Después de tanto tiempo invertido en un trabajo tan angustioso, alcanzar de repente la cima de mis aspiraciones fue la consumación más gratificante que podían recibir mis esfuerzos. Pero este descubrimiento era tan grande y abrumador que todos los pasos que progresivamente me habían llevado hasta él se ocultaron y yo sólo veía los resultados. El objeto de estudio y del deseo de los hombres más sabios desde que el mundo se había creado estaba a mi alcance. No es que, mágicamente, todo se presentara ante mí de repente. Más que exponer el objetivo de mi investigación ya cumplido, la información que yo había obtenido tenía una entidad suficiente como para encaminar mis esfuerzos tan pronto como yo los dirigiese hacia ese objetivo. Yo estaba en la misma situación que el árabe que, habiendo sido enterrado junto con el muerto, había encontrado una senda a la vida con la única ayuda de una tenue e ineficaz luz.

Por el entusiasmo y el asombro que expresan sus ojos, mi amigo, veo que usted espera que le informe acerca del secreto que poseo, pero eso no puede ser; escuche pacientemente hasta el final de mi relato y fácilmente comprenderá la causa de mi reserva en relación a ese asunto. No le guiaré, indefenso y apasionado como yo me encontraba entonces, hacia su propia destrucción e inevitable desgracia. Aprenda de mí, aunque no sea oyendo mis preceptos, sí al menos a partir de mi ejemplo, qué peligrosa es la adquisición de conocimientos, y cuánto más feliz es el hombre que cree que su pueblo natal es el mundo que aquel que ambiciona conseguir una grandeza mayor de la que su naturaleza le permite.

Cuando descubrí que tenía un poder tan sorprendente en mis propias manos, dudé mucho tiempo en cuanto a la forma en que debía utilizarlo. Aunque poseía la capacidad de otorgar vida, preparar un cuerpo adecuado para recibirla, con todas sus intrincadas fibras, músculos y venas, era aún una tarea que implicaba considerable dificultad y trabajo. Al principio dudé entre intentar crear un individuo como yo mismo u otro de organización más sencilla. Pero mi mente estaba demasiado exaltada por mi primer éxito como para permitirme dudar de mi capacidad de dar vida incluso a un animal tan complejo y maravilloso como el hombre. Los materiales con los que contaba en ese momento apenas parecían adecuados para una empresa tan ardua, pero no dudé en que finalmente tendría éxito. Me preparé para enfrentarme a múltiples reveses. Mis actividades podrían perder constantemente el rumbo y mi trabajo, resultar finalmente imperfecto. Sin embargo, el hecho de considerar los progresos que ocurren a diario en la ciencia y en los mecanismos me alentó a tener esperanzas en que mis intentos sentarían al menos las bases de un futuro éxito. Tampoco la magnitud y complejidad de mi plan fueron un argumento para su inviabilidad. Fue con estos sentimientos como inicié la creación de un ser humano. Como la pequeñez de las partes constituía un estorbo para hacer mi trabajo con rapidez, decidí, contrariamente a mi idea original, hacer un ser de estatura gigante, es decir, de unos ocho pies de altura y de proporciones acordes con esa altura. Después de haber tomado esa decisión y de invertir varias semanas en conseguir y acondicionar mis materiales, comencé.

Nadie podrá concebir la diversidad de emociones que me empujaban hacia delante, como un huracán, durante mi primera exaltación producida por el éxito. La vida y la muerte me parecían límites conceptuales, y yo sería el primero en atravesarlos y en echar un torrente de luz sobre nuestro oscuro mundo. Una nueva especie me honraría como su creador; muchos seres felices y excelentes deberían a mí su existencia. Ningún padre podría reclamar la gratitud de sus hijos tan cumplidamente como yo merecería la suya. Continuando con estas reflexiones creía que si podía conferir animación a la materia sin vida, aunque ahora me era imposible, podría en un futuro recuperar la vida donde la muerte hubiese, aparentemente, entregado el cuerpo a la corrupción.

Estos pensamientos me animaban mientras trabajaba en mi empresa con un entusiasmo imbatible. Mis mejillas se habían vuelto pálidas por el estudio y mi persona estaba demacrada por el confinamiento. Algunas veces fracasaba justo cuando creía estar a punto de obtener la evidencia. A pesar de ello, me aferraba a la esperanza de poder conseguirla al día siguiente o a la hora siguiente. El secreto que sólo yo poseía era la esperanza a la que dedicaba todas mis energías, y la luna brillaba sobre mis trabajos nocturnos mientras sin descanso y sin aliento yo perseguía a la naturaleza hasta sus lugares más recónditos. ¿Quién podrá concebir los horrores de mi secreto trabajo que me hizo merodear por las profanas tinieblas de las tumbas y torturar animales vivos para animar la arcilla sin vida? Mis piernas tiemblan ahora y me siento mareado sólo al recordarlo. Pero entonces un irresistible y casi frenético impulso me instaba a continuar. Parecía haber perdido el alma y las sensaciones salvo para esta única búsqueda. Realmente no fue más que un trance pasajero, que me hizo sentir con renovada perspicacia tan pronto como el estímulo antinatural dejó de actuar sobre mí y retorné a mis antiguos hábitos. Recogí huesos en los osarios y turbé con dedos sacrílegos los asombrosos secretos del cuerpo humano. En una habitación solitaria, o casi en una celda, en lo alto de la casa, y separado de todas las demás habitaciones por una galería y una escalera, yo tenía mi taller de asquerosa creación: mis ojos casi se salían de sus órbitas al seguir los detalles de mi trabajo. La sala de disección y el matadero proveían muchos de mis materiales. Frecuentemente mi naturaleza humana sentía repugnancia, pero animado a continuar por un entusiasmo que aumentaba sin parar, llevé mi tarea casi hasta el final.

Los meses de verano pasaron mientras yo estaba así entregado, en cuerpo y alma, a esa búsqueda. La estación fue hermosa; nunca habían dado los campos una cosecha tan abundante ni los viñedos una vendimia tan exuberante; pero mis ojos eran insensibles a los encantos de la naturaleza. Y los mismos sentimientos que me hicieron despreciar el paisaje a mi alrededor me hicieron también olvidar a aquellos amigos que estaban a tantas millas de allí y que yo no veía desde hacía tanto tiempo. Sabía que mi silencio les perturbaba. Recordaba bien las palabras de mi padre: «Sé que mientras estés contento contigo mismo pensarás en nosotros con afecto y sabremos regularmente de ti. Debes perdonarme si considero cualquier interrupción en tu correspondencia como una prueba de que el resto de tus deberes está siendo igualmente descuidado.»

Por ello sabía bien qué sentiría mi padre, pero no podía separar mis pensamientos de una tarea, repugnante en sí misma, pero que había ocupado de forma irresistible mi mente. Era como si quisiera aplazar todo lo relacionado con mis sentimientos afectivos hasta que hubiese alcanzado el gran objetivo que se había tragado todos mis hábitos.

Entonces pensé que mi padre sería injusto si atribuyera mi descuido al vicio o a una falta por mi parte, pero ahora pienso que estaba justificado que pensara que yo no estaba totalmente libre de culpa. Una persona íntegra debe siempre mantener su mente tranquila y en paz, y nunca permitir que la pasión o un deseo transitorio perturben su tranquilidad. No creo que la búsqueda del conocimiento sea una excepción a esta regla. Si el estudio al que te dedicas tiene cierta tendencia a debilitar tus afectos y a destruir tu gusto por los placeres simples, los cuales no admiten ser alterados, entonces ese estudio es con seguridad nocivo, es decir, impropio para la mente humana. Si siempre se observase esta regla, si ningún hombre permitiera que cualquier búsqueda interfiriera con la tranquilidad de los afectos familiares, Grecia no habría sido esclavizada, César habría perdonado a su patria, América habría sido descubierta más gradualmente y no habrían sido destruidos los imperios de México y Perú.

Pero me olvido de que estoy moralizando en la parte más interesante de mi relato, y sus miradas me recuerdan que debo continuar.

Mi padre no me hizo reproches en sus cartas, y sólo se limitó a señalar mi silencio preguntándome acerca de mis ocupaciones con más detalle que en veces anteriores. Pasaron el invierno, la primavera y el verano mientras yo seguía entregado a mi trabajo y yo no observé la floración ni vi las hojas crecer, espectáculos que siempre me dieron un placer supremo. Tan absorto estaba en mis ocupaciones. Las hojas de ese año se habían marchitado antes de que mi trabajo se acercase a su fin, y cada día me ofrecía claramente nuevos éxitos. Pero mi ansiedad frenaba mi pasión, y parecía más un esclavo condenado a trabajar duro en las minas o en cualquier otra industria malsana que un artista dedicado a su trabajo favorito. Todas las noches me oprimían unas líneas de fiebre y me volví nervioso hasta niveles angustiosos. La caída de una hoja me sobresaltaba y evitaba a mis semejantes como si fuese culpable de un crimen. Algunas veces me alarmaba al ver la ruina en que veía que me había convertido. Sólo me sostenía la energía que me daba la necesidad de alcanzar mi propósito: mi trabajo pronto acabaría y creía que el ejercicio y la diversión harían desaparecer cualquier enfermedad incipiente. Me prometí a mí mismo disfrutar de ambos en cuanto mi creación estuviese terminada.

CAPÍTULO VI

Fue una triste noche de noviembre cuando contemplé el logro de mis esfuerzos. Con una ansiedad casi equivalente a la agonía, reuní a mi alrededor los instrumentos, con los que podría encender una chispa de vida en el elemento inerte que estaba a mis pies. Ya era la una de la madrugada, la lluvia golpeteaba tristemente contra los cristales y mi vela estaba a punto de acabarse cuando, en las tinieblas de la luz a medio extinguir, vi que se abrían los ojos apagados y amarillentos de la criatura; respiraba con fuerza y un movimiento convulsivo agitaba sus miembros.

¿Cómo puedo explicar mis emociones ante esta catástrofe o cómo puedo describir al desgraciado que con tantos infinitos esfuerzos y cuidados había intentado formar? Su cuerpo era proporcionado y había escogido rasgos hermosos para él. ¡Hermosos! ¡Por Dios! Su piel amarillenta apenas cubría los músculos y las arterias que trabajaban bajo ella. Su pelo era de un negro brillante y suelto; sus dientes, de blancura perlada, pero hacían un horrible contraste con sus ojos acuosos, que parecían casi del mismo color que las cuencas blanco parduscas en que estaban colocados; su tez, arrugada; y sus rectos labios, negros.

Los diferentes sucesos de la vida no son tan cambiantes como los sentimientos de la naturaleza humana. Había trabajado arduamente durante casi dos años con el único propósito de infundir la vida a un cuerpo inanimado. Para lograrlo me había privado de descanso y salud. Había perseguido este propósito con una pasión que excedía ampliamente la moderación. Pero ahora que había terminado, la belleza del sueño se había desvanecido y un horror y un disgusto intensos llenaban mi corazón. Incapaz de soportar el aspecto del ser que había creado, hui del laboratorio y estuve durante un largo rato caminando de un lado a otro de mi habitación sin poder dormir. Finalmente, el cansancio superó a la agitación y me eché sobre la cama con la ropa puesta intentando conseguir olvidar todo por un momento. Pero fue en vano. Me dormí, en realidad, pero fui perturbado por el más extravagante de los sueños. Pensé que veía a Elizabeth, rebosante de salud, caminando por las calles de Ingolstadt. Con alegría y sorpresa la abracé, pero cuando le di el primer beso en los labios, se volvieron lívidos, del color de la muerte. Sus rasgos cambiaron y me pareció tener en mis brazos el cuerpo de mi madre muerta. Una mortaja cubría su figura y los gusanos se arrastraban por los pliegues de la franela. Desperté horrorizado; un sudor frío cubría mi frente, mis dientes castañeteaban y todo mi cuerpo se convulsionaba. Entonces en la débil y amarillenta luz de la luna, que conseguía entrar a través de las persianas de la ventana, divisé al desgraciado, al monstruo despreciable que había creado. Tenía levantadas las cortinas de mi cama, y sus ojos, si pueden llamarse así, me miraban fijamente. Su boca se abrió y murmuró unos sonidos desarticulados, mientras una mueca arrugaba sus mejillas. Puede que hablara pero no le escuché; extendió una mano, aparentemente para detenerme, pero escapé y bajé las escaleras. Me refugié en el patio que pertenecía a la casa que habitaba, donde permanecí durante el resto de la noche, caminando de un lado a otro muy agitado, escuchando atentamente, temiendo cada sonido como si fuese a anunciarme la proximidad del cuerpo demoniaco al cual tan desafortunadamente había dado vida.

¡Ay! Ningún mortal podría soportar el horror de aquel semblante. Una momia dotada nuevamente de animación no podría ser tan repugnante como aquel desgraciado. Lo había mirado cuando todavía estaba sin terminar; era feo entonces, pero cuando esos músculos y articulaciones adquirieron movimiento, se convirtió en algo que ni siquiera Dante hubiera podido concebir.

Pasé una noche desgraciada. Por momentos mi pulso latía tan deprisa y con tanta fuerza que casi podía sentir la palpitación de cada arteria; en otros momentos, casi me caía al suelo de languidez y extrema debilidad. Mezclado con este horror, sentía la amargura de mi desilusión. Los sueños, que habían sido mi alimento y mi placentero descanso durante tanto tiempo, se habían convertido ahora en un infierno para mí, ¡y el cambio era tan rápido, la caída tan rotunda!

Por fin llegó la triste y húmeda mañana, y descubrió ante mis ojos doloridos por la falta de sueño la iglesia de Ingolstadt con su blanco campanario y su reloj que indicaba las seis. El portero abrió las verjas del patio que me habían dado asilo durante la noche y salí a la calle, andando con paso rápido como si buscara evitar al desgraciado que temía encontrarme al girar en cada esquina. No me atrevía a regresar a mi apartamento; en cambio, me sentía impulsado a continuar andando deprisa, a pesar de estar empapado por la lluvia que caía de un negro y desagradable cielo.

Seguí andando de esta manera durante algún tiempo, intentando que el ejercicio físico aliviara la carga que pesaba sobre mi mente. Atravesé las calles sin una conciencia clara de dónde estaba ni de lo que hacía. Mi corazón palpitaba enfermo de miedo, y yo caminaba apresuradamente y con paso irregular sin atreverme a mirar a mi alrededor.

> Como aquel que en un camino solitario
>> anda con miedo y terror,
> y habiéndose vuelto una vez mientras andaba,
>> ya no vuelve más su cabeza;
> porque sabe que un horroroso demonio
>> le sigue muy de cerca.

Caminando de este modo, llegué por fin frente a la posada en la cual solían detenerse varias diligencias y carruajes. Allí me detuve. No sabía por qué, pero permanecí algunos minutos con la mirada fija sobre un coche que venía hacia mí desde el otro extremo de la calle. Cuando estuvo más cerca vi que se trataba de una diligencia suiza. Se detuvo justo donde yo estaba, y al abrirse la puerta vi a Henry Clerval quien, al verme, saltó fuera inmediatamente. «¡Mi querido Frankenstein!», exclamó, «¡qué alegría verte! ¡Qué suerte que estés aquí en el mismo momento de mi llegada!».

Nada podría igualar la alegría que sentí al ver a Clerval. Su presencia hizo que volviera a pensar en mi padre, en Elizabeth y en todas las escenas hogareñas que era tan agradable recordar. Cogí su mano y en un instante olvidé mi horror y mi desgracia. De repente, y por primera vez en varios meses, sentí una calma y serena alegría. Di la bienvenida a mi amigo de la forma más cordial y caminamos hacia mi escuela. Clerval continuó hablando durante un rato acerca de nuestros amigos comunes y sobre la suerte que había tenido él por haber sido autorizado a venir a Ingolstadt. «No te costará creerme», dijo, «lo difícil que fue convencer a mi padre de que todos los conocimientos no se limitan al noble arte de la contabilidad. Y, en realidad, creo que cuando me marché seguía aún sin creerlo, ya que constantemente su respuesta a mis incesantes súplicas era la misma que la dada al profesor holandés en *El Vicario de Wakefield:* "Gano diez mil florines al año sin saber griego, puedo comer hasta hartarme sin necesidad de saber griego". Pero su amor hacia mí finalmente superó a su desprecio por el saber y me ha autorizado a emprender un viaje de descubrimiento a la tierra del conocimiento».

«Es una enorme alegría volver a verte, pero dime cómo están mi padre, mis hermanos y Elizabeth.»

«Muy bien y muy felices, aunque algo preocupados por recibir tan escasas noticias tuyas. Por cierto, yo mismo tengo la intención de hablarte seriamente en su nombre. Pero mi querido Frankenstein», continuó, deteniéndose y mirándome a la cara, «no había notado qué mal aspecto tienes, estás tan delgado y pálido... Parecería que llevas varios días sin dormir».

«Has adivinado; he estado últimamente tan dedicado a cierta ocupación que, como ves, no me he permitido el descanso suficiente. Pero espero, sinceramente, que esa tarea ya haya finalizado y pueda estar completamente libre.»

Temblaba terriblemente. No soportaba pensar en los sucesos de la noche anterior y mucho menos aludir a ellos. Caminaba con paso rápido y pronto llegamos a mi escuela. Entonces pensé, y la idea me hizo estremecer, que la criatura que había dejado en mi apartamento podría aún estar allí, viva y merodeando por allí. Tenía pavor de ver a este monstruo, pero temía aún más que Henry lo viera. Por tanto, le pedí que permaneciera unos minutos al pie de las escaleras y subí precipitadamente a mi habitación. Todavía no me había calmado cuando mi mano estaba ya sobre la cerradura de la puerta. Entonces me detuve y un escalofrío recorrió mi cuerpo. Empujé la puerta con fuerza, como hacen los niños cuando creen que un espectro está esperándolos del otro lado, pero nada apareció. Entré temeroso; el apartamento estaba vacío y tampoco en mi habitación estaba el espantoso huésped. No podía creer que tuviese tan buena suerte, pero cuando estuve seguro de que mi enemigo había huido, batí mis palmas de alegría y bajé corriendo a buscar a Clerval.

Subimos a la habitación y el criado pronto trajo el desayuno; pero yo no podía contenerme. No sólo rebosaba de alegría, sino que estaba tan sensible que sentía un hormigueo en el cuerpo y mi pulso latía con rapidez. Ni por un instante pude permanecer en el mismo sitio; saltaba sobre las sillas, batía mis palmas y me reía a carcajadas. Clerval en un principio atribuyó mi alegría a su llegada, pero después de observarme más atentamente vio un desenfreno en mi mirada para el cual no encontraba explicación, y mi risa estrepitosa, desenfrenada y cruel le asustaron y le sorprendieron.

«Mi querido Víctor», gritó. «Por Dios, ¿qué te sucede? No te rías de esa forma. ¿Estás enfermo? ¿Cuál es la causa de todo esto?»

«No me preguntes», grité, poniendo mis manos delante de mis ojos, dado que me pareció ver al temido espectro deslizarse dentro de la habitación. «Él puede decírtelo. ¡Ay, sálvame!» Me pareció que el monstruo me cogía, luché furiosamente y me caí víctima de un ataque de nervios.

¡Pobre Clerval! ¿Cómo se habrá sentido? Un encuentro que él esperaba que fuese alegre se había vuelto tan amargo... Pero yo no fui testigo de su pena, dado que perdí el conocimiento y no lo recuperé hasta mucho después.

Este fue el comienzo de una fiebre nerviosa que me mantuvo encerrado durante varios meses. Durante todo ese tiempo Henry fue mi único enfermero. Más tarde supe que, sabiendo que mi padre era muy mayor, que no se encontraba lo suficientemente fuerte como para hacer un viaje tan largo y que mi enfermedad haría sufrir a Elizabeth, les ahorró las preocupaciones ocultando la verdadera gravedad de mi estado. Sabía que yo no podría tener un enfermero mejor y más atento que él, y, seguro como se sentía de mi recuperación, no dudó en evitarles sufrimientos, tomando la decisión que creyó mejor para ellos.

Pero yo en realidad estaba muy enfermo y de no haber sido por las atenciones ilimitadas y constantes de mi amigo no podría haber regresado a la vida. La figura del monstruo al cual había conferido la vida estaba siempre ante mis ojos y en mis delirios hablaba continuamente de él. Seguramente mis palabras sorprendieron a Henry; al principio creyó que eran divagaciones de una mente perturbada, pero la obstinación con que volvía al mismo tema le convenció de que mi trastorno realmente debía su origen a algún evento poco común y terrible.

Muy lentamente, y con frecuentes recaídas que alarmaron y entristecieron a mi amigo, me fui recuperando. Recuerdo que la primera vez que fui capaz de observar objetos a mi alrededor con algo de placer, vi que las hojas caídas habían desaparecido y que los brotes nuevos estaban abriéndose en los árboles que daban sombra a mi habitación. Fue una primavera maravillosa y la estación contribuyó mucho a mi recuperación. También sentí revivir sentimientos de alegría y afecto en mi pecho; mi melancolía desapareció y poco después volví a ser tan alegre como antes de ser atacado por aquella funesta pasión.

«Mi querido Clerval», exclamé, «qué amable, qué inmensamente bueno eres conmigo. Todo este invierno, en lugar de dedicarte a estudiar, como te habías prometido a ti mismo, lo has pasado en mi habitación de enfermo. Jamás podré pagarte lo que has hecho por mí. Siento un gran remordimiento por los problemas que te he ocasionado, pero sé que tú me perdonarás».

«Me sentiré bien pagado si te tranquilizas y te pones bien lo más rápido posible. Pero ya que te veo de tan buen talante, ¿puedo hablarte de un tema?»

Temblé. ¡Un tema! ¿Cuál sería? ¿Estaría aludiendo a aquello en lo que ni me atrevía a pensar?

«Tranquilízate», dijo Clerval al ver que me ponía pálido. «No lo mencionaré si te perturba; pero a tu padre y tu prima les haría muy felices recibir una carta escrita por ti. Ignoran prácticamente lo enfermo que has estado y están preocupados por tu largo silencio.»

«¿Es sólo eso, mi querido Clerval? ¿Cómo has podido suponer que mis primeros pensamientos no serían para aquellos que tanto amo y que tanto merecen mi amor?»

«Si eso es lo que sientes, mi amigo, posiblemente te alegrará ver una carta que ha llegado para ti hace varios días; es de tu prima, creo.»

CAPÍTULO VII

Entonces Clerval puso la siguiente carta en mis manos. Era de mi Elizabeth:

Mi queridísimo primo:

Has estado enfermo, muy enfermo y ni siquiera las constantes cartas del querido y atento Henry son suficientes para tranquilizarme en lo referente a tu salud. Se te prohíbe escribir, coger una pluma; sin embargo, querido Víctor, necesitamos calmar nuestros temores. Durante mucho tiempo he pensado que cada correo traería esas líneas tuyas que tanto esperamos, y sólo mi persuasión ha podido disuadir a mi tío de emprender un viaje a Ingolstadt. He querido evitar que se enfrentara a inconvenientes e incluso a peligros que son posibles en un viaje tan largo. Sin embargo, ¡qué frecuentemente he lamentado no ser capaz de viajar yo misma! Supongo que la tarea de atenderte en tu cama de enfermo la habrá hecho, a cambio de dinero, una vieja enfermera, quien nunca podría adivinar tus deseos ni atenderlos con el mismo cuidado y afecto que tu pobre prima. Sin embargo, eso ya ha pasado: Clerval nos ha escrito diciendo que estás mejor. Espero con ilusión que confirmes esta información de tu propio puño y letra.

Ponte bien y regresa con nosotros. Encontrarás un hogar feliz y alegre y a unos amigos que te quieren mucho. Tu padre goza de muy buena salud y no pide otra cosa que verte para asegurarse de que estás bien y librarse de una preocupación que abruma su bondadoso rostro. ¡Qué feliz te haría ver los progresos de nuestro Ernest! Ya tiene dieciséis años y es todo dinamismo y energía. Está ansioso por ser un verdadero suizo y entrar en el servicio exterior, pero no podemos separarnos de él, al menos hasta que su hermano mayor regrese a casa. A mi tío no le atrae la idea de una carrera militar en un país distante, pero Ernest nunca ha tenido tu capacidad de aplicarse. Considera que los estudios son una odiosa traba; pasa su tiempo al aire libre, escalando montañas y remando en el lago. Tengo miedo de que se convierta en un holgazán si no cedemos y le permitimos dedicarse a la profesión que él ha elegido.

Pocos cambios, a excepción del crecimiento de nuestros queridos niños, han ocurrido desde que nos has dejado. El lago azul y las montañas cubiertas de nieve están siempre igual, y creo que nuestro plácido hogar y nuestros felices corazones están regulados por las mismas leyes inmutables. Mis triviales ocupaciones ocupan todo mi tiempo y me entretienen, y cualquier esfuerzo es recompensado por el hecho de no ver a mi alrededor más que felicidad y caras amables. Desde que nos has dejado, sólo ha ocurrido un cambio en nuestra pequeña casa. ¿Recuerdas las circunstancias en que Justine Moritz vino a vivir a nuestra casa? Probablemente no lo recuerdes. Por tanto, te contaré la historia en unas pocas palabras. Madame Moritz, su madre, era viuda y tenía cuatro hijos, de los cuales Justine era la tercera. Esta niña había sido siempre la favorita del padre, pero por alguna extraña obstinación su madre no podía soportarla y a la muerte del señor Moritz comenzó a tratarla muy mal. Mi tía lo había notado, y cuando Justine cumplió los doce años convenció a su madre de que la dejara vivir con nosotros. Las instituciones republicanas de nuestro país han dado lugar a costumbres más simples y felices que las que prevalecen en las grandes monarquías que nos rodean. Por tanto, hay menores diferencias entre las diferentes clases de sus habitantes, y las clases inferiores, al no ser tan pobres ni tan menospreciadas, tienen costumbres más refinadas y morales. Ser criado en Ginebra no significa lo mismo que ser criado en Francia y en Inglaterra. Justine, recibida así en nuestra familia, aprendió los deberes de una criada, una condición que afortunadamente en nuestro país no implica ni ignorancia ni sacrificio de la dignidad del ser humano.

Justine, debes recordar, era una de tus grandes favoritas, y recuerdo haberte oído decir que si te encontrabas de mal humor, bastaba una mirada de Justine para disiparlo, por la misma razón que Ariosto da en relación a la belleza de Angélica: ella parecía tener un corazón franco y feliz. Mi tía se encariñó mucho con ella, lo cual la indujo a darle una educación superior a la que en un principio había pensado. Esto fue totalmente recompensado; Justine era la criatura más agradecida del mundo: no quiero decir que lo haya expresado alguna vez —nunca lo oí de sus labios—, pero podía verse en sus ojos que adoraba a su protectora. Aunque su actitud era alegre y en muchos aspectos irreflexiva, prestaba muchísima atención a cada gesto de mi tía. La consideraba un modelo de toda virtud e intentaba imitar su fraseología y sus modales, hasta tal punto que aún hoy me la recuerda.

Cuando mi queridísima tía murió, todos nosotros estábamos demasiado ocupados con nuestro propio dolor como para acordarnos de la pobre Justine, que la había atendido durante su enfermedad con el más esmerado cariño. La pobre Justine estuvo muy mal, pero le esperaban otros sufrimientos.

Uno a uno murieron sus hermanos y su hermana, y su madre se quedó sola a excepción de la hija que había cedido. Su mente estaba alterada y comenzó a pensar que la muerte de sus favoritos había sido un castigo del cielo por su parcialidad. Era católica apostólica romana y creo que su confesor le confirmó esa idea. Por tanto, pocos meses después de tu partida para Ingolstadt, Justine fue llamada a casa por su madre arrepentida. ¡Pobre niña! Lloraba al dejar nuestra casa. Estaba muy afectada desde la muerte de mi tía, y la tristeza había dado cierta suavidad y dulzura a sus modales, que hasta entonces habían sido notables por su vivacidad. Tampoco la residencia en la casa de su madre iba a desarrollarse de un modo que pudiera restituir su alegría. El arrepentimiento de la pobre mujer era muy vacilante. Algunas veces le suplicaba a Justine que perdonara su falta de amabilidad, pero más frecuentemente la acusaba de haber causado la muerte de sus hermanos. Con el tiempo su irritabilidad permanente llevó a madame Moritz a un decaimiento, que en un principio aumentó su irascibilidad, pero ahora descansa en paz para siempre. Murió no bien llegaron los primeros fríos, al comienzo del pasado invierno. Justine ha regresado con nosotros, y te aseguro que le tengo un tierno cariño. Es muy inteligente y amable y también muy bonita; como mencioné antes, su aire y sus expresiones me recuerdan a mi querida tía.

Debo decirte también, mi querido primo, unas pocas palabras acerca del pequeño y querido William. Me gustaría que pudieras verle. Es muy alto para su edad, tiene unos dulces y alegres ojos azules, pestañas oscuras y pelo rizado. Cuando sonríe, dos pequeños hoyuelos aparecen en sus mejillas sonrosadas y sanas. Ya ha tenido dos pequeñas mujeres, pero su favorita es Louisa Biron, una bonita niña de cinco años.

Ahora, querido Víctor, me atrevo a decir que te gustaría permitirte el lujo de un poco de cotilleo acerca de las buenas familias de Ginebra. La bonita señorita Mansfield ya ha recibido visitas de felicitación por su próxima boda con un noble joven inglés, John Melbourne. Su fea hermana, Manon, se casó el pasado otoño con el señor Duvillard, el rico banquero. Tu compañero de escuela favorito, Louis Manoir, ha sufrido varias calamidades desde la partida de Clerval de Ginebra; pero ya ha recuperado su ánimo y han informado de que está a punto de casarse con una alegre y bonita francesa, la señora Tavernier. Ella es viuda y mucho mayor que Manoir, pero es muy admirada y querida por todos.

Escribiéndote he recuperado mi ánimo, querido primo, pero la ansiedad vuelve a mí al terminar esta carta. Escríbeme, queridísimo Víctor; una línea, una palabra, será una bendición para nosotros. Mil gracias a Henry por su amabilidad, su afecto y sus numerosas cartas. Estamos sinceramente agradecidos. ¡Adiós! Cuídate, primo mío y, te lo suplico, ¡escribe!

Elizabeth Lavenza
Ginebra, 18 de marzo de 17..

«¡Querida Elizabeth!», exclamé cuando terminé de leer la carta. «Les escribiré inmediatamente y les liberaré de la ansiedad que deben haber sufrido.» Escribí, y este esfuerzo me produjo una gran fatiga; pero mi recuperación había comenzado ya y continuó regularmente. Quince días después pude abandonar mi habitación.

Una de mis primeras obligaciones durante mi recuperación fue presentar a Clerval a varios profesores de la universidad. Al hacerlo, me sometí a cierto tipo de situaciones que volvieron a abrir las heridas que mi mente había sufrido. Desde aquella noche funesta en que terminaron mis trabajos y comenzaron mis desgracias, había adquirido un violento rechazo incluso al nombre de la filosofía natural. Cuando ya había recuperado totalmente la salud, la sola visión de un instrumento químico renovaba toda la agonía de mis síntomas nerviosos. Henry lo notó y apartó todos los aparatos de mi vista. También cambió mi apartamento, dado que percibía que había adquirido cierto desagrado por la habitación que había sido anteriormente mi laboratorio. Pero estos cuidados de Clerval fueron inútiles cuando visité a los profesores. El señor Waldman me torturó sólo con alabar, amable y cálidamente, los asombrosos progresos que había hecho en las ciencias. Pronto se dio cuenta de que me desagradaba el tema, pero, sin adivinar la verdadera causa, atribuyó mis sentimientos a la modestia y dejó el tema de mi propio progreso para hablar de la ciencia en general, con el deseo, como era evidente, de hacerme participar. ¿Qué podía hacer? Quería ser amable conmigo y, sin embargo, me atormentaba. Me sentía como si hubiese colocado cuidadosamente, uno por uno, ante mi vista los instrumentos que serían utilizados para darme una muerte lenta y cruel. Sus palabras me lastimaban, sin embargo no me atrevía a expresar el sufrimiento que sentía. Clerval, cuyos ojos y sensibilidad eran siempre rápidos para percibir las sensaciones de otros, declinó hablar del tema, alegando, como excusa, su total ignorancia, y la conversación tomó un rumbo más general. Se lo agradecí a mi amigo de todo corazón, pero no hablé. Vi que estaba sorprendido, pero nunca intentó sacarme el secreto. Y aunque yo lo quería con una mezcla de afecto y admiración que no conocía límites, nunca pude convencerme a mí mismo de confiarle ese suceso que tan frecuentemente se hacía presente en mi mente, porque temía que, al relatarlo a otro, se grabara aún más profundamente.

El señor Krempe no fue tan dócil, y en las condiciones en que me encontraba en ese momento, de una sensibilidad casi insoportable, sus hoscos y directos elogios me causaron más dolor que la benévola aprobación del señor Waldman. «¡Mírelo al chico!», exclamó. «Le aseguro, señor Clerval, que nos ha dejado a todos atrás. Sí, es la pura realidad. Un joven que, hasta hace pocos años, creía en Cornelio Agrippa tan firmemente como en los Evangelios, ahora se ha colocado a la cabeza de la universidad. Y si no es derribado pronto, todos estaremos definitivamente superados. Ay, ay», continuó al ver que mi cara expresaba sufrimiento, «el señor Frankenstein es modesto, una excelente cualidad en un joven. Los jóvenes debieran ser tímidos, ¿sabe?, señor Clerval; yo mismo lo era cuando era joven, pero eso se pasa muy pronto».

Luego el señor Krempe comenzó un elogio de sí mismo que, afortunadamente, desvió la conversación de un tema que era tan desagradable para mí.

Clerval nunca había compartido mi gusto por la filosofía natural y sus búsquedas literarias diferían completamente de las que me habían ocupado a mí. Había venido a la universidad con el proyecto de convertirse en un experto en lenguas orientales, y así iniciaba un plan de vida que se había trazado a sí mismo. Resuelto a no seguir una carrera sin gloria, volvió sus ojos hacia el Este como posible campo de acción para su espíritu aventurero. El persa, el árabe y el sánscrito llamaban su atención, y fácilmente yo fui inducido a comenzar los mismos estudios. La ociosidad siempre me había resultado fastidiosa, y puesto que quería evitar pensar y odiaba mis anteriores estudios, sentí un gran alivio al ser compañero de estudios de mi amigo, y no sólo encontré instrucción sino consuelo en las palabras de los orientales. No intenté, como él, hacer un estudio crítico de sus dialectos, dado que yo no tenía ninguna otra intención más que entretenerme temporalmente. Sólo leía para comprender su significado y bien valió la pena. Su melancolía es sedante y su alegría, inspiradora, hasta un punto que nunca he experimentado al estudiar los autores de ningún otro país. Cuando lees estos escritos, la vida parece consistir en un cálido sol y un jardín de rosas, en las sonrisas y los ceños fruncidos de un enemigo justo y en el fuego que consume tu propio corazón. ¡Qué diferente de la viril y heroica poesía de Grecia y Roma!

Así llegó el fin del verano. Fijé mi regreso a Ginebra para fines del otoño, pero se retrasó por diversos motivos. Luego llegó la nieve, los caminos se volvieron intransitables y tuve que retrasar mi partida hasta la siguiente primavera. Me sentía muy triste por este retraso, porque ansiaba volver a ver mi ciudad natal y a mis queridos amigos. Mi regreso se había retrasado tanto sólo porque yo no estaba dispuesto a dejar a Clerval en un sitio extraño antes de que se relacionara con algunos de sus habitantes. De todos modos, pasamos el invierno con alegría, y aunque la primavera se presentó inusualmente tarde, cuando llegó, su belleza compensó las demoras.

El mes de mayo ya había comenzado y yo me encontraba esperando, de un día a otro, la carta que fijaría la fecha de mi partida, cuando Henry propuso una excursión a pie por los alrededores de Ingosltadt, cosa que yo podía considerar una despedida personal del país que había habitado durante tanto tiempo. Acepté con gusto esta proposición: me gustaba hacer ejercicio y Clerval siempre había sido mi compañero favorito en paseos de esta naturaleza que había hecho por los paisajes de mi país natal.

Pasamos una quincena deambulando. Mi salud y mi estado de ánimo estaban completamente recuperados, e incluso ganaron fuerza con el aire puro, los incidentes del camino y la conversación de mi amigo. Los estudios me habían apartado del contacto con mis semejantes y me había vuelto insociable. Pero Clerval reavivó los mejores sentimientos de mi corazón; aprendí otra vez a amar la naturaleza y las caras alegres de los niños. ¡Excelente amigo! ¡Qué sinceramente me quieres y te dedicas a inspirar mi mente hasta elevarla al nivel de la tuya propia! Una búsqueda egoísta me tuvo atado y anulado hasta que tu amabilidad y afecto cuidaron y despertaron mis sentidos. Volví a ser la misma criatura feliz que, pocos años antes, querida y amada por todos, no tenía tristeza ni preocupaciones. Ahora que volvía a ser feliz, la naturaleza tenía el poder de devolverme las sensaciones más deliciosas. El cielo sereno y los campos verdes me llenaban de éxtasis. La estación fue realmente maravillosa; las flores de la primavera se abrieron en los arbustos, mientras que las de verano ya estaban formando sus yemas. No me abrumaron los pensamientos que durante el año anterior me habían agobiado con una carga insoportable, a pesar de mis intentos por quitármelos de encima.

Henry disfrutaba con mi alegría y compartía sinceramente mis sentimientos; se esforzaba por entretenerme, y al mismo tiempo expresaba las sensaciones de su propia alma. En esta ocasión, los recursos que su mente empleó fueron realmente asombrosos; su conversación era muy imaginativa y, con frecuencia, imitaba a los escritores persas y árabes inventando cuentos maravillosos por su fantasía y su pasión. Otras veces, recitaba mis poemas favoritos y me incitaba a discusiones que él sostenía con gran ingenio.

Regresamos a nuestra escuela una tarde de domingo. Los campesinos estaban bailando, y toda la gente con que nos encontramos parecía alegre y feliz. Yo mismo estaba muy animado y me uní a su alegría y sus risas desenfrenadas.

CAPÍTULO VIII

A mi regreso, encontré la siguiente carta de mi padre:

Mi querido Víctor:

Posiblemente hayas estado esperando impacientemente una carta informándote de la fecha de tu regreso a casa, y, en un principio, tenía la intención de escribir sólo unas pocas líneas, mencionando el día en que te esperaría. Pero esto sería un favor cruel y no lo haré. ¡Qué sorpresa sería para ti, hijo mío, cuando esperas una feliz y alegre bienvenida, encontrar, por el contrario, lágrimas y desdicha! Víctor, ¿cómo puedo relatarte nuestra desgracia cuando sé que la ausencia no puede haberte vuelto insensible a nuestras alegrías y penas? ¿Cómo voy a provocar el sufrimiento de mi hijo que ha estado ausente durante tanto tiempo? Quiero prepararte para la lamentable noticia, pero sé que es imposible. Ahora mismo tus ojos deben estar buscando en la página las palabras que te comunicarán las horribles noticias.

¡William ha muerto! ¡Ese dulce niño, cuyas sonrisas deleitaban y daban calor a mi corazón, que era tan tierno y al mismo tiempo tan alegre, Víctor, ¡ha sido asesinado!

No intentaré consolarte sino que me limitaré a relatarte las circunstancias de lo sucedido.

El pasado jueves 7 de mayo, yo, mi sobrina y tus cuatro hermanos fuimos andando a Plainpalais. La tarde era cálida y apacible, y nuestro paseo se prolongó más de lo usual. Había comenzado a caer el sol cuando decidimos volver, y entonces descubrimos que no podíamos encontrar a William y Ernest, que iban delante de nosotros. Decidimos sentarnos a descansar hasta que ellos regresasen. Poco después, volvió Ernest y preguntó si habíamos visto a su hermano. Dijo que había estado jugando con él, que William se había escapado para esconderse y que, después de buscarlo en vano, le había estado esperando, pero que no había regresado.

Este relato nos alarmó bastante. Continuamos buscándole hasta que cayó la noche, cuando Elizabeth pensó que podía haber regresado a casa. No estaba allí. Volvimos a buscarle con antorchas, dado que yo no podía descansar pensando que mi dulce niño se había perdido y estaba expuesto a la humedad y el rocío de la noche. Elizabeth también sufría una angustia terrible. Cerca de las cinco de la mañana descubrí a mi adorable niño, a quien la noche anterior había visto sano y vital, extendido sobre la hierba, lívido e inmóvil; en su cuello estaban las huellas de la mano del asesino.

Le transportamos a casa. La angustia que mostraba mi rostro desveló el secreto a Elizabeth. Ella se empeñó en ver el cuerpo y al principio intenté disuadirla, pero ella insistió. Finalmente entró en la habitación donde yacía y examinó el cuello de la víctima; entonces, uniendo sus manos, exclamó: «¡Ay Dios! ¡He asesinado a mi pobre niño!».

Se desmayó y nos costó muchísimo que se recuperara. Cuando volvió a estar consciente no hacía más que llorar y suspirar. Me dijo que esa misma tarde William la había convencido de que le dejara llevar una miniatura muy valiosa que era de tu madre. Este retrato había desaparecido y sin duda habría sido la tentación que había impulsado al asesino a su acción. De momento no tenemos rastro de él, aunque nuestros esfuerzos para descubrirlo son incesantes, ¡a pesar de que no me devolverán a mi amado William!

Ven, queridísimo Víctor; sólo tú podrás consolar a Elizabeth. Llora continuamente y se acusa a sí misma injustamente de su muerte. Sus palabras destrozan mi corazón. Nos sentimos todos muy desdichados, pero ¿no sería esta una razón adicional para que tú, mi hijo, regreses y seas nuestro consuelo? ¡Ay Víctor, doy gracias a Dios por que tu querida madre no esté viva para ser testigo de la cruel y miserable muerte de su querido hijo pequeño!

Ven, Víctor, sin albergar deseos de venganza contra el asesino, sino con sentimientos de paz y ternura, que curarán, en lugar de hacer supurar, las heridas de nuestras almas. Ven a nuestra casa en luto, mi querido, pero con bondad y afecto hacia aquellos que te quieren, y no con odio hacia tus enemigos.

Tu afectuoso y afligido padre,
Alphonse Frankenstein
Ginebra, 12 de mayo de 17..

Clerval, que había estado mirando mi rostro mientras yo leía esta carta, se sorprendió al ver que la alegría que había expresado al ver que tenía noticias de mi familia se transformaba en desesperación. Arrojé la carta sobre la mesa y me cubrí la cara con las manos.

«Mi querido Frankenstein», exclamó Henry cuando vio que lloraba amargamente, «¿por qué siempre tienes que sufrir? Dime, mi querido amigo, ¿qué ha sucedido?».

Con un gesto le indiqué que cogiera la carta, mientras yo caminaba de un lado a otro de la habitación terriblemente alterado. Las lágrimas brotaron también de los ojos de Clerval en cuanto leyó el relato de mis desgracias.

«No puedo consolarte, mi amigo», dijo; «tu desdicha es irreparable. ¿Qué piensas hacer?».

«Partir de inmediato para Ginebra; Henry, ven conmigo a ordenar que preparen los caballos.»

Mientras andábamos, Clerval hacía lo posible por decir unas palabras de consuelo, pero sólo pudo expresar su sincera compasión. «¡Pobre William!», dijo. «¡Pobre adorable niño, ahora descansa con su angelical madre! Quien lo haya visto feliz y radiante en su joven belleza no puede sino llorar por su desaparición. ¡Morir tan tristemente, sintiendo las garras del asesino! Más que un asesino, puesto que ha destruido una inocencia tan radiante. ¡Pobrecillo! Sólo tenemos un consuelo: sus amigos están de duelo y lo lloran, pero él ya descansa en paz. Su dolor ya ha acabado, sus sufrimientos han terminado para siempre. La hierba cubre su tierna figura y ya no siente el dolor. Ya no podemos sentir piedad hacia él; debemos reservarla para quienes le han sobrevivido y sufren su pérdida.»

Clerval hablaba así mientras andábamos deprisa por las calles; su palabras se grabaron en mi mente, y las recordé más tarde cuando me encontraba en soledad. En cuanto llegaron los caballos, me apresuré a subir a un cabriolé y dije adiós a mi amigo.

Mi viaje fue muy triste. Al principio quería ir deprisa, puesto que ansiaba consolar y estar junto a mi amada y triste familia. Pero a medida que me iba acercando a mi querida ciudad natal, disminuí la marcha. Apenas podía soportar la multitud de sensaciones que poblaban mi mente. Atravesé lugares que habían sido familiares para mí cuando era joven, pero que no había visto desde hacía casi seis años. ¡Cómo puede cambiar todo durante ese tiempo! Había tenido lugar un cambio repentino y desolador; pero mil pequeñas circunstancias podían haber producido pequeños cambios que, aunque se hubiesen desarrollado más tranquilamente, no por ello serían menos decisivos. Me dominaba el miedo; no me atrevía a avanzar; me aterrorizaban mil indecibles males que, aunque era incapaz de definir, me hacían temblar.

Permanecí dos días en Lausana con este lamentable estado de ánimo. Contemplaba el lago; sus aguas eran tranquilas, todo a su alrededor estaba tranquilo y las nevadas montañas, «los palacios de la naturaleza», no habían cambiado. Poco a poco, el paisaje sereno y celestial me tranquilizó y continué mi camino hacia Ginebra.

El camino iba por el borde del lago, que se hacía más estrecho al acercarse a mi ciudad natal. Distinguí claramente las negras laderas del Jura y la brillante cima del Mont Blanc. Lloré como un niño. «¡Queridas montañas! ¡Mi hermoso lago! ¿Cómo dais la bienvenida a vuestro caminante? Vuestras cumbres están despejadas; el cielo y el lago, azules y serenos. ¿Pronostican la paz o se mofan de mi infelicidad?»

Me temo, mi amigo, que puedo parecer pesado por detenerme tanto en estas circunstancias preliminares, pero fueron días relativamente felices y los recuerdo con placer. ¡Mi país, mi querido país! ¡Sólo un nativo puede entender el placer que me dio volver a ver tus arroyos, tus montañas y, más que nada, tu adorable lago!

Sin embargo, a medida que me acercaba a casa, la tristeza y el miedo volvieron a dominarme. La noche se cerró a mi alrededor, y cuando ya casi no podía ver las montañas en la oscuridad, me sentí todavía más melancólico. El paisaje parecía un inmenso y oscuro decorado para representar calamidades, y tuve el tenebroso presentimiento de que estaba destinado a convertirme en el más desgraciado de los seres humanos. ¡Ay de mí! Mi predicción se hizo realidad. Sólo me equivoqué en un único detalle: que a pesar de todas las desgracias que había imaginado y temido, no había llegado a concebir ni la centésima parte de la angustia que estaba destinado a soportar.

Estaba completamente oscuro cuando llegué a los alrededores de Ginebra. Las puertas de la ciudad estaban ya cerradas y me vi obligado a pasar la noche en Secheron, un pueblo a media legua de la ciudad. El cielo estaba sereno y, como me sentía incapaz de descansar, decidí visitar el sitio donde el pobre William había sido asesinado. Como no podía atravesar la ciudad, tuve que cruzar el lago en un bote para llegar a Plainpalais. Durante este corto viaje vi cómo los rayos jugaban en la cima del Mont Blanc haciendo las más hermosas figuras. La tormenta parecía acercarse rápidamente, y, al llegar a tierra, subí a una colina baja para observar su desarrollo. Avanzó; el cielo se cubrió de nubes y pronto comenzó a caer la lluvia lentamente, en grandes gotas, pero su violencia aumentó con rapidez.

Abandoné mi asiento y continué andando, aunque la oscuridad y la tormenta aumentaban a cada momento y los truenos estallaban con un terrorífico estruendo sobre mi cabeza. Hacían eco en el Salêve, los Juras y los Alpes de Saboya. Los brillantes destellos de los relámpagos deslumbraban mis ojos e iluminaban el lago, haciéndolo aparecer como una inmensa sábana de fuego. Entonces, durante un instante todo pareció de una oscuridad total, hasta que los ojos se recobraron del destello anterior. La tormenta, como a menudo sucede en Suiza, apareció a un mismo tiempo en varios sectores del cielo. La tormenta más violenta estaba sobre la parte norte de la ciudad, sobre la parte del lago que está entre el promontorio de Belrive y el pueblo de Copêt. Otra tormenta iluminaba al Jura con débiles relámpagos y otra oscurecía, y algunas veces descubría, el Môle, una montaña puntiaguda al este del lago.

Mientras miraba la tempestad, tan hermosa y a la vez terrorífica, continuaba caminando con paso apresurado. Esta noble guerra del cielo elevó mi espíritu; junté mis manos y grité: «¡William, querido ángel! ¡Este es tu funeral; este es tu canto fúnebre!». Al decir estas palabras vislumbré en la penumbra una figura que salió sigilosamente de un grupo de árboles cercano. Me quedé inmóvil, mirando atentamente; no podía equivocarme. Un relámpago iluminó la figura y me enseñó claramente su silueta; su gigantesca estatura y la deformidad de su aspecto, espantoso comparado con el de cualquier ser humano, inmediatamente me indicaron que se trataba del desgraciado, el repugnante demonio a quien yo había dado la vida. ¿Qué hacía allí? ¿Sería él —me estremecía sólo con pensarlo— el asesino de mi hermano? No bien esa idea pasó por mi mente me convencí de que era cierta; mis dientes castañeteaban y me vi obligado a apoyarme contra un árbol para mantenerme en pie. La figura pasó rápidamente y se perdió en la oscuridad. Ningún humano podría haber destruido a ese hermoso niño. ¡Él era el asesino! No podía dudarlo. La mera presencia de esa idea era una prueba irrefutable de que él había cometido aquel acto. Pensé en perseguir al demonio, pero hubiese sido en vano: otro rayo me permitió verlo colgando entre las rocas de un ladera casi perpendicular del monte Salêve, una colina que limita Plainpalais por el sur. Pronto alcanzó la cumbre y desapareció.

Permanecí inmóvil. Los truenos dejaron de sonar, pero la lluvia continuó y el paisaje quedó envuelto por una oscuridad impenetrable. Daban vueltas por mi cabeza los acontecimientos que había estado tratando de olvidar: todas las etapas de mi proceso de creación, la aparición del producto de mis propias manos, vivo, junto a mi cama y su partida. Ya habían transcurrido casi dos años desde la noche en que él había recibido la vida; ¿era este su primer crimen? ¡Ay de mí! Había dejado suelto por el mundo a un depravado engendro que se deleitaba con la carnicería y el sufrimiento. ¿Acaso no había asesinado a mi hermano?

Nadie podrá concebir nunca la angustia que sufrí durante el resto de la noche, que pasé, frío y mojado, a la intemperie. Pero no sentía las molestias que me ocasionaba el tiempo; mi mente estaba ocupada con imágenes donde estaban presentes el mal y la desesperación. Sentía como si el ser que yo había dejado libre entre los hombres —dotado de voluntad y poder para realizar horrorosos crímenes como el acto que acababa de cometer— estuviese guiado por mi propio vampiro, mi propio espíritu, que quedaba en libertad fuera de su tumba, obligado a destruir todo lo que me era querido.

Amaneció y me dirigí hacia la ciudad. Las puertas estaban abiertas y me apresuré a llegar a la casa de mi padre. Mi primera idea era revelar que sabía quién era el asesino y conseguir que se iniciara inmediatamente la persecución. Pero me contuve al pensar en la historia que tendría que contarles: Un ser que yo mismo había creado y dotado de vida se había cruzado conmigo a medianoche junto a los precipicios de una montaña inaccesible. También recordé la fiebre nerviosa que había tenido justo en la misma fecha de su creación, y pensé que esto daría un aire de delirio a un relato, por otra parte, completamente improbable. Era consciente de que si alguna persona me hubiese contado a mí esa historia, habría creído que eran los delirios de un loco. Además, aun cuando yo fuese lo suficientemente persuasivo como para conseguir que mis parientes iniciaran la persecución, la extraña naturaleza del animal la haría imposible. Y luego, ¿qué utilidad tendría la persecución? ¿Quién atraparía a una criatura capaz de escalar las laderas voladizas del monte Salêve? Estas reflexiones me convencieron y decidí no decir nada.

Eran casi las cinco de la mañana cuando entré en la casa de mi padre. Dije a los criados que no despertasen a mi familia y fui a la biblioteca a esperar que llegase su hora normal de levantarse.

Habían transcurrido seis años, que habían pasado como un sueño, a no ser por un rastro indeleble, y yo estaba en el mismo lugar en que había abrazado a mi padre antes de partir para Ingolstadt. ¡Querido y venerado padre! Todavía lo tenía. Miré el cuadro de mi madre que estaba sobre la repisa. Era un episodio histórico, pintado según los deseos de mi padre, que representaba a Caroline Beaufort en una agonía desesperada, arrodillada junto al ataúd de su padre muerto. Su atuendo era rústico y sus mejillas, pálidas; pero tenía cierto aire de dignidad y belleza que apenas dejaban lugar a un sentimiento de compasión. Debajo de este cuadro había una miniatura de William y mis lágrimas brotaron cuando la vi. Estaba así ocupado cuando entró Ernest; me había oído llegar y venía a darme la bienvenida. Expresó alegría al verme, pero su tristeza también era evidente. «Bienvenido, mi queridísimo Víctor», dijo. «Ay, ojalá hubieses venido tres semanas antes; nos habrías encontrado alegres y felices. Vienes a nuestro lado para compartir una desesperación que no puede ser aliviada; sin embargo, tu presencia hará, espero, revivir a nuestro padre, que parece hundido en la desdicha, y tu persuasión conseguirá que Elizabeth deje de atormentarse acusándose a sí misma sin motivo. ¡Pobre William! Era nuestro querido niño y nuestro orgullo.»

Las lágrimas cayeron de los ojos de mi hermano. Un sentimiento de agonía mortal recorrió mi cuerpo. Hasta ese momento sólo había imaginado la desgracia de mi desolada casa, pero la realidad llegó a mí como un nuevo y no menos terrible desastre. Intenté calmar a Ernest. Pregunté más detalladamente por mi padre y por mi prima.

«Ella es quien más necesita consuelo», dijo Ernest; «se acusa de haber provocado esa muerte, y esto la hace muy desgraciada. Pero desde que se ha descubierto al asesino...».

«¡El asesino descubierto! ¡Dios! ¿Cómo es posible? ¿Quién puede haber intentado perseguirlo? Es imposible; podría haber sido más fácil intentar alcanzar los vientos o encerrar un río de montaña con una paja. ¡Yo también le vi; estaba en libertad anoche!»

«No sé qué quieres decir», respondió mi hermano con cierto asombro, «pero para nosotros el descubrimiento que hemos hecho aumenta nuestra desgracia. Nadie lo creía al principio y Elizabeth todavía no está convencida, a pesar de las evidencias. ¿Creerías tú que Justine Moritz, que era tan afectuosa y tan querida por toda nuestra familia, podría repentinamente volverse capaz de un crimen tan espantoso y horroroso?»

«¡Justine Moritz! Pobre niña, ¿es ella la acusada? La acusan equivocadamente; todos lo saben; nadie lo creerá realmente, ¿no, Ernest?»

«Nadie lo creía al principio, pero se han difundido varias circunstancias que casi nos obligan a convencernos, y su propio comportamiento ha sido tan confuso que no hace más que añadir peso a las evidencias que, me temo, no dejan margen para la duda. Pero será juzgada hoy, y entonces te enterarás de todo.»

Me contó que, desde la mañana siguiente al asesinato del pobre William, Justine había estado enferma y en cama durante varios días. Durante ese período, una de las criadas había examinado casualmente la ropa que ella había llevado la noche del asesinato y había descubierto, en su bolsillo, el retrato de mi madre que ha sido considerado el móvil del asesinato. La criada lo enseñó inmediatamente a una de las otras criadas, quien, sin decir una palabra a nadie de la familia, fue a ver a un magistrado. Basándose en sus testimonios, Justine fue arrestada. Cuando la acusaron del hecho, la pobrecilla confirmó la sospecha especialmente debido a su comportamiento extremadamente confuso.

Era un relato ridículo, que no afectó a mi fe, y respondí con vehemencia: «Estáis todos equivocados; conozco al asesino; Justine, la pobre y bondadosa Justine, es inocente.»

En ese instante entró mi padre. Vi la desdicha profundamente grabada en su rostro, pero se esforzó por darme una alegre bienvenida. «¡Dios mío, papá! ¡Víctor dice que sabe quién es el asesino del pobre William!»

«También nosotros, por desgracia, lo sabemos», respondió mi padre; «dado que hubiese preferido ignorarlo para siempre antes de saber que alguien a quien yo valoraba tanto, albergaba tanta depravación e ingratitud.»

«Mi querido padre, estás equivocado. Justine es inocente.»

«Si lo es, que Dios evite que sufra como si fuera culpable. Hoy será juzgada, y espero, sinceramente espero, que sea exculpada.»

Estas palabras me calmaron. Yo estaba totalmente convencido de que ni Justine ni ningún otro ser humano eran culpables de este asesinato. No creía posible, por tanto, que una prueba circunstancial que pudiese presentarse tuviese el suficiente peso como para inculparla. Por otra parte, no era posible hacer público mi relato; era tan horroroso que la gente común lo consideraría una locura. ¿O había alguien en el mundo, además de mí, su creador, que pudiese creer, sin haberlo visto con sus propios ojos, en la existencia de semejante monumento vivo a la arrogancia y a la temeraria ignorancia como el que yo había largado al mundo?

Pronto nos reunimos con Elizabeth. El tiempo la había cambiado desde la última vez que la había visto, dotándola de una gracia que superaba la belleza de su niñez. Conservaba su candor y su vivacidad, pero unidos a una expresión más sensible e inteligente. Me dio una afectuosa bienvenida. «Tu llegada, querido primo», dijo, «me llena de esperanzas. Tal vez tú encuentres alguna forma de demostrar la inocencia de la pobre Justine. ¡Ay de mí! ¿Quién está a salvo si ella es declarada culpable de asesinato? Estoy tan segura de su inocencia como de la mía propia. Nuestra desgracia es doblemente cruel. No sólo hemos perdido a nuestro querido y adorable niño, sino que esta pobre niña, a quien quiero sinceramente, va a ser arrastrada a un destino aún peor. Si ella es condenada, no volveré a tener alegría. Pero no lo será, estoy segura de que no lo será. Y, entonces, volveré a ser feliz, a pesar de la triste muerte de mi pequeño William.»

«Ella es inocente, mi Elizabeth», dije, «y quedará demostrado; no temas, deja que la certeza de su absolución anime tu espíritu.»

«¡Qué cariñoso y generoso eres! Todos los demás creen que es culpable y esto me ha hecho desgraciada, porque sé que es imposible, y ver cómo todos los demás la han prejuzgado de una manera tan funesta me ha hecho perder las esperanzas y caer en la desesperación», dijo llorando.

«Querida sobrina», dijo mi padre, «seca tus lágrimas. Si, como tú crees, ella es inocente, confía en la justicia de nuestras leyes y en la firmeza con que impediré la menor sombra de parcialidad.»

CAPÍTULO IX

Pasamos unas horas angustiosas hasta las once en punto, hora fijada para el comienzo del juicio. Mi padre y el resto de la familia estaban obligados a asistir como testigos, y yo les acompañé a la corte. Todo este horrible simulacro de juicio fue para mí una verdadera tortura. Iba a decidirse si el producto de mi curiosidad y de mis ilegales aparatos causaría la muerte de dos de mis semejantes. Uno de ellos, un sonriente niño lleno de inocencia y alegría, y otra que sería asesinada mucho más temerariamente, con todo el agravante de la infamia que hace a un asesinato memorable por su horror. Justine también era una niña meritoria y poseía virtudes que prometían darle una vida feliz, estando a punto de acabar oculta bajo una ignominiosa tumba, y ¡yo iba a ser el causante de esto! Hubiese preferido mil veces declararme yo mismo culpable del crimen atribuido a Justine, pero no estaba en la ciudad cuando fue cometido, y una declaración como tal sólo hubiese sido considerada el delirio de un loco y no la hubiese exculpado a ella de pagar por mí.

Justine tenía un aspecto tranquilo. Estaba vestida de luto y la solemnidad de sus sentimientos hacía su rostro, siempre atractivo, exquisitamente bello. Todavía parecía confiar en su inocencia y no temblaba, a pesar de que miles de personas la observaban y abominaban. Toda la admiración que su belleza hubiese despertado en los espectadores había sido anulada por la imagen de la monstruosidad que suponían que había cometido. Estaba tranquila, pero su tranquilidad era evidentemente forzada. Como en días anteriores se había alegado su confusión como prueba de su culpabilidad, se esforzaba por parecer segura. Cuando entró a la corte, la recorrió con su mirada, y rápidamente descubrió dónde estábamos sentados. Al vernos, una lágrima pareció empañar sus ojos, pero rápidamente se recuperó y su expresión afligida y afectuosa pareció dar testimonio de su total inocencia.

Comenzó el juicio y, una vez que se presentaron los cargos, varios testigos fueron llamados a declarar. Se combinaron en su contra varios hechos notables que hubieran confundido a cualquiera que no tuviese —como yo tenía— una prueba de su inocencia. Había estado fuera de su casa durante toda la noche en que se cometió el homicidio, y al amanecer una mujer del mercado la había visto no muy lejos del lugar donde posteriormente se encontró el cuerpo del niño asesinado. La mujer le preguntó qué hacía allí y ella la miró de una forma extraña y le dio una confusa e incomprensible respuesta. Regresó a su casa alrededor de las ocho, y, cuando alguien le preguntó dónde había pasado la noche, ella respondió que había estado buscando al niño y preguntó con mucho interés si se había oído algo acerca de él. Cuando le enseñaron el cuerpo, tuvo un violento ataque de histeria y cayó en cama durante varios días.

Luego se presentó el retrato que la criada había encontrado en su bolsillo, y cuando Elizabeth, temblorosa, comprobó que era el mismo que ella había puesto alrededor del cuello del niño una hora antes de que se lo echara en falta, un murmullo de horror e indignación surgió en la sala.

Se dio la palabra a Justine para que se defendiera. Su rostro se había ido alterando a medida que el juicio avanzaba. Expresaba sorpresa, horror y amargura. Por momentos tuvo que contener las lágrimas, pero cuando le requirieron que se defendiese juntó sus fuerzas y habló con una voz audible aunque poco firme.

«Dios sabe», dijo, «que soy totalmente inocente. Pero no pretendo ser absuelta por mis declaraciones; baso mi inocencia en una simple explicación de los hechos que se han aducido en mi contra, y espero que el comportamiento que siempre he mantenido inclinará a mis jueces a una interpretación favorable a mí ante cualquier circunstancia dudosa o sospechosa.»

Entonces contó que, con permiso de Elizabeth, había pasado la tarde previa a la noche en que se había cometido el asesinato en la casa de una tía en Chêne, un pueblo situado aproximadamente a una legua de Ginebra. Cuando regresaba, cerca de las nueve, se encontró con un hombre que le preguntó si sabía algo del niño que estaba perdido. Se alarmó al oír esto y buscó al niño durante varias horas, al cabo de las cuales descubrió que las puertas de Ginebra estaban ya cerradas y se vio obligada a pasar varias horas de la noche en un granero de una casa de los alrededores para no molestar a sus habitantes, a quienes ella conocía bien. Pasó la mayor parte de la noche despierta; creía haber dormido algunos minutos poco antes del amanecer, cuando unos pasos la despertaron. Estaba amaneciendo y abandonó su refugio, dado que tenía que buscar a su hermano. Si había estado cerca del lugar donde habían encontrado al niño, no lo sabía. No era extraño que ella se mostrara desconcertada cuando la mujer del mercado le habló, dado que había pasado la noche sin dormir y estaba preocupada por William. En cuanto al retrato: no podía dar ninguna explicación.

«Sé», continuó la pobre víctima, «lo agravante que es la circunstancia de que el retrato estuviera en mi poder, pero no puedo explicarla; por ello, sólo puedo hacer conjeturas acerca de las posibilidades de que lo hayan colocado en mi bolsillo. Pero tampoco puedo, ya que, según creo, no tengo enemigos sobre la tierra y nadie puede haber sido tan malvado para destruirme caprichosamente. ¿Lo puso allí el asesino? No sé en qué oportunidad pudo hacerlo, y, si lo hizo, ¿por qué iba a deshacerse tan rápido de una joya que había robado?»

«Dejo mi causa en manos de mis jueces, pero creo que no hay lugar para la esperanza. Ruego me permitan que varios testigos declaren sobre mi reputación, y si su testimonio no agrava mi supuesta culpabilidad, debo ser condenada, aunque confío en que mi inocencia garantice mi salvación.»

Varios testigos, que la conocían desde hacía muchos años, fueron llamados a declarar. Hablaron bien de ella, pero el espanto y el odio que les producía el crimen del cual la creían responsable les volvió tímidos y poco dispuestos a responder. Cuando Elizabeth vio que este último recurso, la excelente disposición e irreprochable conducta de Justine, estaba también a punto de fracasar, solicitó, a pesar de que se encontraba muy afectada, dirigirse a la corte.

«Soy», dijo, «la prima del pobre niño que ha sido asesinado, o casi su hermana, dado que fui educada por sus padres y vivo con ellos desde entonces, incluso desde mucho antes de su nacimiento. Puede parecer impropio que yo declare en esta ocasión, pero al ver que está a punto de morir por la cobardía de sus supuestos amigos, solicito que se me autorice a hablar para decir lo que sé de su persona. Conozco bien a la acusada. Hemos vivido en la misma casa, una vez durante cinco años y otra durante casi dos. En todo ese período me pareció la más amable y bondadosa de las criaturas humanas. Atendió a la señora Frankenstein, mi tía, durante la enfermedad que la llevó a la muerte. Luego, con el mayor afecto y cuidado, atendió a su propia madre durante una tediosa enfermedad, de una forma que despertó la admiración de todos quienes la conocían, después de lo cual ella volvió a vivir en la casa de mi tío, donde fue querida por toda la familia. Sentía mucho afecto por el niño que ahora está muerto y se comportaba con él como la más tierna madre. Por mi parte, no dudo en decir, a pesar de todas las evidencias presentadas en su contra, que yo creo y confío en su absoluta inocencia. No tenía motivación alguna para una acción como esa. Con respecto a la minucia sobre la que descansa la prueba principal, si la hubiese deseado realmente, yo se la hubiese dado con todo gusto, por todo lo que la estimo y la valoro».

Un murmullo de aprobación siguió al simple y convincente alegato de Elizabeth. Pero era a favor de su generosa intervención, y no de la pobre Justine, sobre quien volvió la indignación del público con renovada violencia, acusándola de la más ruin ingratitud. Ella misma lloró mientras Elizabeth hablaba, pero no respondió.

Mi propia inquietud y angustia fueron extremas durante todo el juicio. Creía que era inocente. Lo sabía. ¿Podía el demonio que había matado a mi hermano —no lo dudaba ni por un instante— entregar también, en su diabólico juego, a una inocente a la muerte y la vergüenza? No soportaba el horror de mi situación, y cuando comprendí que la voz popular y los semblantes de los jueces ya habían condenado a mi desdichada víctima, hui de la sala presa de angustia. La tortura que sufría la acusada no podía igualar la mía. A ella la sostenía la inocencia, pero los colmillos del remordimiento se clavaban en mi pecho y no me soltarían.

Pasé una noche desgraciada. Por la mañana fui al tribunal; mis labios y mi garganta estaban secos. No me atrevía a hacer la pregunta fatal, pero el oficial me reconoció y adivinó la causa de mi visita. Se había realizado la votación. Justine había sido condenada.

No pretendo describir lo que sentí. Ya había experimentado antes el horror y había conseguido describirlo adecuadamente, pero las palabras no pueden comunicar la desesperación de un corazón destrozado como el que yo tenía en ese momento. La persona con la que yo estaba hablando agregó que Justine ya había confesado su culpabilidad. «Esa evidencia», observó, «era casi innecesaria en un caso tan obvio, pero me alegro de ello, ya que, desde luego, a ninguno de nuestros jueces le gusta condenar a un criminal basándose en evidencias circunstanciales, aunque sean tan concluyentes.»

Esta era una noticia extraña e inesperada. ¿Qué podía significar? ¿Me habrían engañado mis ojos? ¿O era que yo estaba, realmente, tan loco como todo el mundo hubiera creído si yo hubiese descubierto el objeto de mi sospecha? Me apresuré a regresar a casa y Elizabeth preguntó con ansiedad cuál había sido la resolución.

«Prima mía», respondí, «se ha decidido lo que ya debes suponer; todos los jueces han preferido que sufran diez inocentes antes de que se escape un culpable. Pero, además, ella ha confesado.»

Fue un duro golpe para la pobre Elizabeth, que había confiado firmemente en la inocencia de Justine. «Ay de mí», dijo, «¿cómo volveré a creer en la bondad humana? ¿Cómo es posible que Justine, a quien yo quería y estimaba, fingiera esas sonrisas inocentes sólo para traicionarnos? Sus ojos dulces parecían incapaces de la severidad y del engaño, y sin embargo, ha cometido un asesinato.»

Poco después supimos que la pobre víctima había expresado su deseo de ver a mi prima. Mi padre no quería que fuese, pero dijo que le daba libertad para decidir según sus propios deseos y sentimientos. «Sí», dijo Elizabeth, «iré, aunque sea culpable, y tú, Víctor, me acompañarás; no puedo ir sola.» La sola idea de esta visita fue para mí una tortura; sin embargo, no podía negarme.

Entramos en la oscura celda y al fondo vimos a Justine sentada sobre unas pajas; sus manos estaban esposadas y su cabeza descansaba sobre sus rodillas. Se levantó al vernos y, cuando nos dejaron a solas, se echó a los pies de Elizabeth, llorando amargamente. Mi prima también lloraba.

«¡Ay, Justine», dijo, «¿por qué me has robado mi último consuelo? Yo confiaba en tu inocencia, y aunque era muy desgraciada, no sentía tanto dolor como siento ahora.»

«¿También tú crees que soy tan malvada? ¿También tú te unes a mis enemigos para aniquilarme, para condenarme como un asesino?» Los sollozos sofocaron su voz.

«Levántate, mi pobre niña», dijo Elizabeth; «¿por qué te arrodillas si eres inocente? No soy uno de tus enemigos. Creía en tu inocencia a pesar de esas evidencias hasta que oí que tú misma te habías declarado culpable. Ahora dices que no es así; puedes estar segura, querida Justine, de que nada puede cambiar mi confianza en ti ni por un momento sino tu propia confesión.»

«Confesé, es verdad, pero confesé una mentira. Confesé para obtener mi absolución. Pero ahora esas falsas mentiras pesan más en mi corazón que todos mis otros pecados. ¡Que Dios me perdone! Desde que fui condenada, mi confesor no hizo más que acosarme y amenazarme hasta que me convenció de que yo era el monstruo que él afirmaba que yo era. Me amenazó con la excomunión y el fuego del infierno si continuaba inflexible. Querida señora, no tenía nadie en quien apoyarme. Me veía a mí misma condenada a la desgracia de la ignominia y a la perdición. ¿Qué podía hacer? En un momento de debilidad suscribí una mentira, y ahora soy realmente desdichada.»

Estuvo llorando unos momentos y luego continuó: «Me horrorizaba pensar, mi querida señora, que pudieras creer que tu Justine, a quien tu bendita tía tenía tanto aprecio y a quien tú misma amabas, era una criatura capaz de un crimen que nadie sino el mismo diablo puede haber cometido. ¡Mi querido William! ¡Mi querido y bendito niño! Pronto me reuniré contigo en el cielo, donde ambos seremos felices. Esto me consuela sabiendo que voy a sufrir la ignominia y la muerte.»

«¡Ay, Justine! Perdóname por haber desconfiado de ti. ¿Por qué has confesado? Deja de lamentarte, querida niña. No temas. Yo proclamaré y demostraré tu inocencia. Ablandaré los duros corazones de tus enemigos con mis lágrimas y mis ruegos. ¡No morirás! ¡Tú, mi compañera de juegos, mi amiga y mi hermana, no morirás en el cadalso! ¡No! ¡No! ¡Nunca podría sobrevivir a una desgracia tan terrible!»

Justine sacudió su cabeza con aflicción. «No temo morir», dijo, «ya no siento ese dolor.» Dios me da fuerzas y coraje para soportar lo peor. Dejo un mundo triste y amargo, y si mi recuerdo permanece en tu memoria y tú crees que soy injustamente condenada, me resigno a la suerte que me espera. Aprende de mí, mi querida señora, a resignarte a la voluntad del cielo».

Durante esta conversación, yo me retiré a un rincón de la celda, donde podía ocultar la horrible angustia que me invadía. ¡Desesperación! ¿Quién se atrevía a hablar de ello? La pobre víctima, que a la mañana siguiente iba a atravesar el espantoso límite que separa la vida de la muerte, no sentía en absoluto la profunda y amarga agonía que yo sentía. Rechiné y apreté mis dientes y lancé un gemido que salió de lo más profundo de mi alma. Justine se sobresaltó. Cuando vio quién era, se acercó y me dijo: «Querido señor, eres muy amable en venir a visitarme; espero que tú no creas que soy culpable.»

Yo no podía responder. «No, Justine», dijo Elizabeth; «está más convencido de tu inocencia de lo que yo estaba, dado que incluso cuando oyó que habías confesado, no lo creyó.»

«Se lo agradezco sinceramente. En mis últimos momentos siento la más sincera gratitud hacia quienes tienen una actitud bondadosa hacia mí. ¡Qué dulce es, para una desgraciada como yo, recibir el afecto de los demás! Me alivia de más de la mitad de mi desventura, y ahora que tú, querida señora, y tu primo me consideráis inocente siento que puedo morir en paz.»

La pobre víctima intentaba así consolar a los demás y también a sí misma. Ella había conseguido la compasión que deseaba. Pero yo, el verdadero asesino, sentía en mi pecho un inquieto gusano que impedía la mínima esperanza o consuelo. Elizabeth también lloraba y se sentía infeliz, pero, por ser inocente, la suya era una amargura que, como una nube que pasa delante de la hermosa Luna, esconde su brillo sin apagarlo. La angustia y la desesperación habían penetrado hasta el centro de mi corazón; llevaba dentro de mí un infierno que nadie podría hacer terminar. Permanecimos varias horas con Justine y Elizabeth hizo un gran esfuerzo para poder separarse de ella. «Quisiera», dijo, «morir contigo; no puedo vivir en este mundo miserable.»

Justine reprimió sus amargas lágrimas con dificultad y se mostró animada. Abrazó a Elizabeth y dijo, con una voz que denotaba emoción contenida: «Adiós, dulce señora, queridísima Elizabeth, mi amada y única amiga: ¡Que el cielo con su generosidad te bendiga y te proteja! ¡Que esta sea la última desgracia que te toque sufrir! Vive y sé feliz, y haz que los demás lo sean.»

Y por la mañana Justine murió. La desgarradora elocuencia de Elizabeth no consiguió hacer que los jueces modificaran su firme convicción acerca de la culpabilidad de la santa víctima. Mis apasionadas e indignadas apelaciones fueron inútiles. Y cuando recibí sus frías respuestas y oí el cruel e insensible razonamiento de estos hombres, la confesión que tenía la intención de hacer murió en mis labios. Sólo habría conseguido proclamar mi locura y no revocar la sentencia que pesaba sobre mi desafortunada víctima. ¡Murió en el cadalso como una asesina!

Dejé de pensar en las torturas de mi propio corazón para ver la profunda y silenciosa pena de mi Elizabeth. ¡Esto también era obra mía! Y la tristeza de mi padre y la desolación de esa casa que hasta ese momento había sido tan feliz también eran obra de mis triplemente malditas manos. ¡Llorad, infelices, pero estas no son vuestras últimas lágrimas! ¡Volverá a surgir el llanto fúnebre y el sonido de vuestros lamentos se oirá una y otra vez! Frankenstein, vuestro hijo, vuestro familiar, vuestro amigo querido desde siempre, el que entregaría cada gota de su sangre por vosotros, que no tiene ni pensamientos ni alegría que no puedan reflejarse en vuestros queridos rostros, que llenaría el aire de bendiciones y dedicaría su vida a serviros, os ordena llorar, derramar infinitas lágrimas. ¡Y se sentiría feliz si con ello el destino inexorable se viera satisfecho y la destrucción cesara antes de que la paz de la tumba haya triunfado sobre vuestros tristes tormentos!

Así habló mi profética alma, mientras, destrozado por el remordimiento, el horror y la desesperación, veía a quienes amaba sufrir en vano sobre las tumbas de William y Justine, las primeras desafortunadas víctimas de mis profanas artes.

CAPÍTULO X

Nada es más doloroso para la mente humana, después de que una rápida sucesión de eventos han desatado sus sentimientos, que la calma inerte y la certeza que sobrevienen y privan al alma del miedo pero también de esperanza. Justine había muerto, descansaba, y yo vivía. La sangre corría libremente por mis venas, pero el peso de la desesperación y el remordimiento oprimían mi corazón y nadie podía aliviarlo. No conseguía dormir y deambulaba como un espíritu malvado. Había hecho un daño indescriptible y estaba convencido de que más, mucho más, estaba por venir. Sin embargo, mi corazón rebosaba de bondad y de amor. Había comenzado mi vida con buenas intenciones y con ansias de que llegara el momento en que pudiera ponerlas en práctica y ser útil a mis semejantes. Ahora todo estaba maldito; en lugar de la serenidad de conciencia que permite mirar hacia el pasado con satisfacción y recoger de allí promesas y nuevas ilusiones, era víctima del remordimiento y de un sentimiento de culpabilidad que me llevaban a un infierno de torturas tan intensas que no pueden describirse.

Este estado mental perjudicaba mi salud, que posiblemente no se había llegado a recobrar de la primera conmoción que había sufrido. Rehuía a la gente; cualquier sonido alegre o voz complaciente me torturaba; la soledad era mi único consuelo: la profunda, oscura y macabra soledad.

Mi padre observó, con tristeza, la perceptible alteración de mi ánimo y mis hábitos, y con argumentos deducidos de los sentimientos de su serena conciencia y de su vida sin remordimientos, intentó inspirarme fortaleza y despertar en mí el coraje necesario para disipar la nube que pendía sobre mí. «¿Crees, querido Víctor, que yo no sufro?», dijo. Nadie podría amar a un niño como yo amaba a tu hermano.» Brotaron lágrimas de sus ojos mientras hablaba. «Pero ¿no es un deber hacia los otros deudos abstenernos de aumentar su infelicidad con una actitud de tristeza descontrolada? También es un deber hacia ti mismo, dado que el dolor excesivo te impide ser mejor y disfrutar, o tan siquiera cumplir con la tarea diaria sin la cual ningún hombre es útil a la sociedad.»

Este consejo, aunque bueno, era totalmente inaplicable a mi caso: yo hubiese sido el primero en esconder mi tristeza y consolar a mis familiares si el remordimiento no hubiese mezclado su amargura y el terror su alarma con el resto de mis sentimientos. Ahora sólo podía responder a mi padre con una mirada de desesperación y procurar esconderme para evitarle mi presencia.

Por esa época nos retiramos a nuestra casa de Belrive. Este cambio fue muy agradable para mí. El regular cierre de las puertas a las diez de la noche y la imposibilidad de permanecer en el lago más tarde de esa hora habían hecho que nuestra residencia en Ginebra fuera muy fastidiosa para mí. Ahora volvía a ser libre. Frecuentemente, después de que el resto de la familia se hubiese retirado a dormir, cogía la barca y pasaba muchas horas navegando. Algunas veces, desplegaba las velas y dejaba que el viento me llevara. Otras veces, después de remar hasta el centro del lago, dejaba que la barca buscara su propio rumbo y me entregaba a mis tristes reflexiones. Frecuentemente, cuando todo estaba en paz a mi alrededor y yo era lo único que deambulaba por un escenario tan bello y divino —a excepción de algún murciélago, o los sapos, cuyo hosco e intermitente canto sólo oía cuando me aproximaba a la orilla— me sentía tentado a zambullirme en las aguas del silencioso lago, a dejar que las aguas se cerraran sobre mí y desaparecieran para siempre mis calamidades. Pero me dominaba cuando pensaba en la heroica y desdichada Elizabeth, a quien amaba tiernamente, y cuya existencia estaba ligada a la mía. También pensaba en mi padre y en mi otro hermano: ¿podía abandonarlos y dejarlos expuestos y sin protección a merced de la maldad del demonio que yo había dejado libre entre ellos?

En esos momentos lloraba amargamente y deseaba recuperar la paz de mi alma sólo para poder ofrecerles consuelo y felicidad. Pero eso no podía ser. El remordimiento ahogaba toda esperanza. Era el autor de males irreparables y vivía cada día con el temor de que el monstruo que había creado perpetrara alguna nueva maldad. Tenía un oscuro sentimiento de que aquello no había acabado y de que él cometería algún otro crimen significativo, que por su importancia casi borraría el recuerdo de los anteriores. Continuaría sufriendo mientras existiera algo que amara. No puedo explicar la repugnancia que sentía hacia ese demonio. Cuando pensaba en él rechinaban mis dientes, mis ojos se inflamaban y deseaba fervientemente acabar con esa vida que había conferido tan irreflexivamente. Cuando pensaba en sus crímenes y en su maldad, mi odio y deseos de venganza se descontrolaban. Haría una peregrinación al pico más alto de los Andes, ¿podría?, y una vez allí, le empujaría hacia abajo. Quería volver a verle, para volcar toda mi repugnancia sobre él y vengar las muertes de William y Justine.

Nuestra casa estaba de luto. La salud de mi padre se debilitó por el horror de los recientes acontecimientos. Elizabeth estaba triste y desanimada. Había perdido el gusto por sus ocupaciones cotidianas. Todo placer le parecía un sacrilegio; creía que las lágrimas eternas eran el justo tributo que debía pagar por los inocentes que habían muerto. Ya no era la feliz criatura que en su temprana juventud caminaba conmigo por la orilla del lago hablando extasiada de nuestro futuro. Había recibido la visita del primer dolor que nos es enviado para quitarnos la ilusión, y su tenebrosa influencia había apagado sus adorables sonrisas.

«Cuando pienso, querido primo», dijo, «en la miserable muerte de Justine Moritz, el mundo y sus obras ya no me parecen lo mismo. Antes creía que los relatos acerca del vicio y la injusticia, que leía en los libros u oía de otros, eran historias del pasado o males imaginarios; me parecían, cuando menos, remotos y más cercanos a la razón que a la imaginación; pero ahora que la desgracia ha llegado a casa, los hombres me parecen monstruos sedientos de sangre ajena. Sin embargo, seguramente soy injusta. Todos creen que esa pobre niña es culpable, y si ella realmente hubiese cometido el crimen por el que ha tenido que sufrir, habría sido la más depravada de las criaturas. ¡Matar, por unas pocas joyas, al hijo de su benefactora y amiga, a quien ella misma había criado desde su nacimiento, y parecía querer como si fuera propio! No puedo estar de acuerdo con la muerte de un ser humano, pero hubiese considerado que esa persona no era apta para vivir en nuestra sociedad. Pero ella era inocente. Sé, siento, que era inocente; tú opinas lo mismo y eso me lo confirma. ¡Ay de mí, Víctor! Cuando la mentira se parece tanto a la verdad, ¿quién puede garantizar cierta felicidad? Me siento como si estuviera caminando al borde de un precipicio hacia el cual se acercan miles de personas con la intención de empujarme al abismo. William y Justine fueron asesinados y el asesino se ha escapado. Anda libremente por el mundo, tal vez respetado. ¡Pero aun cuando yo fuera condenada a sufrir en el cadalso por los mismos crímenes, no cambiaría mi destino con ese desgraciado!»

Escuché su discurso con extrema agonía. Yo era el verdadero asesino; no su autor, pero sí su responsable. Al ver la angustia de mi rostro Elizabeth cogió bondadosamente mi mano y dijo: «Mi queridísimo amigo, debes tranquilizarte. Estos acontecimientos me han afectado, Dios sabe cuánto, pero no sufro tanto como tú. En tu semblante hay una expresión de desesperación, y algunas veces hasta de deseo de venganza, que me hacen temblar. Querido Víctor, destierra esas oscuras pasiones. Recuerda a los amigos que tienes a tu alrededor y que tienen todas sus ilusiones puestas en ti. ¿Hemos perdido la capacidad de hacerte feliz? Mientras nos amemos, mientras nos seamos fieles los unos a los otros, aquí en tu país natal, tierra de paz y belleza, podemos recoger todas sus serenas bendiciones. ¿Qué puede perturbar nuestra paz?»

Ni siquiera aquellas palabras, de quien yo apreciaba más que a ningún otro don del destino, eran suficientes para ahuyentar al demonio que se escondía en mi corazón. Incluso mientras hablaba yo me acercaba a ella, como si tuviera pánico de que en ese mismo instante el destructor estuviera cerca y me la robara.

Ni la ternura de la amistad, ni la belleza de la tierra y del cielo, podían redimir mi alma de la aflicción; hasta las palabras de amor me resultaban ineficaces. Me vi envuelto en una nube impenetrable para las influencias benéficas. Yo era como el ciervo herido, que arrastra su cuerpo desfalleciente a un lugar poco frecuentado para mirar allí la flecha que lo ha alcanzado y morir.

Algunas veces podía gobernar la tétrica desesperación que me abrumaba, pero otras, el torbellino de pasiones de mi alma me impulsaba a buscar, en el ejercicio físico y el cambio de lugar, cierto alivio para mis insoportables sentimientos. Durante uno de estos ataques dejé repentinamente mi casa y me fui hacia los cercanos valles alpinos; esperaba que la magnificencia de esos paisajes me hiciera olvidarme de mí mismo y de mis efímeros, por ser humanos, sufrimientos. Me dirigí hacia el valle de Chamounix, que había visitado frecuentemente durante mi juventud. Habían pasado seis años desde entonces; yo era una ruina, pero nada había cambiado en ese escenario salvaje e imperturbable.

Hice la primera parte de mi viaje a caballo. Luego alquilé una mula, por tener este animal pie más firme y ser menos propenso a lastimarse en estos caminos accidentados. El tiempo era bueno. Era casi mediados de agosto, unos dos meses después de la muerte de Justine, esa época terrible a partir de la cual yo fechaba todas mis desgracias. Mi apesadumbrado ánimo mejoraba sensiblemente a medida que me sumergía en el barranco del Arve. Las inmensas montañas y precipicios que se levantaban a cada lado, el ruido del río corriendo entre las rocas y el estruendo de las cascadas hablaban de un poder omnipotente. Dejé de temer y de inclinarme ante cualquier presencia menos todopoderosa que la que había creado y organizado los elementos, aquí expuestos en su más maravillosa apariencia. A medida que subía, el valle adquiría un carácter más magnífico y asombroso. Castillos en ruina colgaban de los precipicios de las montañas cubiertas de pinos, el impetuoso Arve, y las casas que surgían aquí y allá entre los árboles formaban una escena de singular belleza. Y los poderosos Alpes la aumentaban y la hacían sublime, con sus pirámides y cimas blancas y resplandecientes que lo dominaban todo, parecían pertenecer a otro mundo y ser morada de otra raza de seres.

Pasé el puente de Pélissier, donde apareció ante mí el barranco en que se forma el río, y comencé a subir la montaña. Rápidamente llegué al valle de Chamounix. Este valle es más maravilloso y sublime, pero no tan hermoso y pintoresco como el de Servox, a través del cual acababa de pasar. Las altas montañas nevadas eran sus límites inmediatos, pero ya no veía castillos en ruinas ni praderas fértiles. Inmensos glaciales llegaban hasta el camino, oía el ensordecedor tronar de la avalancha de hielo y veía el polvo blanco que levantaba a su paso. El Mont Blanc, el supremo y magnífico Mont Blanc, se despegaba de los aiguilles a su alrededor y su tremenda cumbre ignoraba el valle.

Durante este viaje tuve a menudo una sensación de placer que desde hacía mucho tiempo no tenía. Un giro en el camino, un nuevo objeto que acababa de ver y de reconocer me recordaban días pasados y me remitían a la alegría despreocupada de mi niñez. Hasta los vientos soplaban con música tranquilizante y la maternal naturaleza dejó de hacerme llorar. Luego, nuevamente, su influencia benéfica dejaba de actuar y volvía a verme encadenado a la tristeza y entregado a mis desgraciadas reflexiones. Entonces, espoleaba a mi animal, procurando así olvidarme del mundo, mis temores y, más que nada, de mí mismo; o ya en una actitud más desesperada, desmontaba y me echaba sobre la hierba, abrumado por el horror y la desesperación.

Finalmente, llegué al pueblo de Chamounix. El agotamiento triunfó sobre la extrema fatiga, tanto del cuerpo como de la mente, que había estado soportando. Durante un corto período de tiempo permanecí junto a la ventana, mirando los pálidos relámpagos que jugaban sobre el Mont Blanc y escuchando el fluir precipitado del Arve, que seguía abajo su ruidoso curso. Su sonido adormecedor actuó como un arrullo sobre unas sensaciones demasiado intensas. En cuanto puse la cabeza sobre la almohada, el sueño se apoderó sigilosamente de mí. Sentí como si el olvido hubiese venido y dado su bendición.

CAPÍTULO XI

Pasé el día siguiente rondando por el valle. Me detuve junto a las fuentes del Arveiron, el cual surge de un glaciar que avanza hacia abajo, a paso lento, desde las cimas de las montañas, y forma una barricada en el valle. Ante mí estaban las abruptas laderas de las inmensas montañas. La pared de hielo del glaciar sobresalía por encima de mí y unos pocos pinos hechos pedazos se dispersaban a mi alrededor. El silencio solemne de la gloriosa cámara de audiencias de la imperial naturaleza sólo era roto por las ruidosas olas o la caída de algunos inmensos fragmentos, el estruendoso sonido de la avalancha o el crujir que retumbaba en las montañas, del hielo acumulado, que, debido al silencioso trabajo de leyes inmutables, son una y otra vez desgarrados y rotos, como si fuera un juguete en sus manos. Este escenario magnífico y sublime me ofrecía el mayor consuelo que yo era capaz de recibir. Me apartó de todas las pequeñeces de mis sentimientos, y aunque no me liberó de mi tristeza, la calmó y tranquilizó. En cierta medida, distrajo mi mente de los pensamientos que me habían estando obsesionando durante el último mes. Por la noche me retiré a descansar; parecía como si mi sueño fuese vigilado por esas grandes formas que había contemplado durante el día. Se congregaban a mi alrededor; la cima nevada e inmaculada de la montaña, el resplandeciente pináculo, los bosques de pinos, y el barranco escarpado y pelado, el águila, planeando entre las nubes, todos se reunían a mi alrededor y me ordenaban tranquilizarme.

¿Adónde habían huido cuando desperté por la mañana? Todo lo que había inspirado mi mente había desaparecido junto con el sueño, y la oscura melancolía ensombreció todos mis pensamientos. La lluvia caía torrencialmente y la espesa niebla ocultaba la cima de las montañas, de modo que dejé de ver las caras de esos poderosos amigos. Sin embargo, yo penetraría su nuboso velo y buscaría sus refugios. ¿Qué eran la lluvia y la tormenta para mí? Hice traer mi mula hasta la puerta y decidí subir a la cima del Montanvert. Recordaba el efecto que había producido en mi mente el tremendo y siempre activo glaciar la primera vez que lo vi. Me había llenado de un sublime éxtasis que dio alas a mi alma y le permitió regresar desde un mundo oscuro a un mundo de luz y alegría. La visión de lo sobrecogedor y majestuoso de la naturaleza ha producido siempre un efecto de solemnidad en mi mente y me ha hecho olvidar los acontecimientos pasajeros de la vida. Decidí irme sin un guía, dado que conocía bien el sendero, y la presencia de otro hubiese destruido la solitaria grandiosidad del paisaje.

El ascenso es abrupto, pero el camino está trazado con curvas continuas y cortas, que permiten soslayar la gran pendiente de la montaña. Es un escenario terroríficamente desolado. Se pueden percibir en mil puntos diferentes los rastros de las avalanchas invernales, donde yacen los árboles quebrados y esparcidos por el suelo, algunos completamente destrozados, otros inclinados sobre rocas prominentes o apoyados sobre otros árboles. El sendero, a medida que se asciende, es interrumpido por barrancos de nieve despeñada, por los cuales ruedan continuamente piedras que vienen desde arriba. Uno de ellos es particularmente peligroso, debido a que un mínimo ruido, como el producido por unas palabras dichas en voz alta, desencadena una turbulencia del aire suficiente como para atraer la destrucción sobre la cabeza de quien habla. Los pinos no son altos ni exuberantes, pero son sombríos y agregan un aire de severidad a la escena. Miré abajo, hacia el valle; una inmensa niebla se levantaba desde los ríos que corrían por él y serpenteaban en espesas espirales alrededor de las montañas opuestas cuyas cimas estaban ocultas por homogéneas nubes. Mientras, la lluvia caía del oscuro cielo y aumentaba la melancólica impresión que me producían los objetos a mi alrededor. ¡Ay de mí! ¿Por qué presume el hombre de tener mayor sensibilidad que los animales? Sólo los hace seres más necesitados. Si nuestros impulsos estuvieran limitados al hambre, la sed y el deseo, podríamos ser casi libres; pero, en cambio, nos conmueve cada viento que sopla, una palabra dicha al azar o una imagen que esa palabra puede comunicarnos.

Descansamos; un sueño tiene el poder de envenenar un sueño.
Nos levantamos; un pensamiento errante contamina el día.
Sentimos, concebimos o razonamos; reímos o lloramos,
abrazamos la necia desgracia, o rechazamos nuestros cuidados;
es igual; ya sea alegría o dolor,
el sendero para su partida aún está libre.
El ayer del hombre nunca puede ser igual a su mañana.
¡Nada puede perdurar sino la mutabilidad!

Era casi el mediodía cuando llegué a la cumbre. Durante unos momentos me senté sobre una roca desde la que se domina el mar de hielo. La niebla lo cubría al igual que a las montañas de su alrededor. Poco después una brisa disipó la nube y descendí hasta el glaciar. La superficie es muy despareja, como un mar embravecido, y está surcada por fisuras profundas. El campo de hielo tiene aproximadamente una legua de ancho, pero tardé casi dos horas en cruzarlo. La montaña que está enfrente es una roca desnuda y vertical. La ladera en que me encontraba ahora estaba exactamente opuesta al Montanvert, a una distancia de una legua, y por encima de él se levantaba el Mont Blanc, con impresionante majestad. Permanecí en el hueco de la roca mirando su maravillosa y estupenda escena. El mar o, mejor dicho, el amplio río de hielo, serpenteaba entre las montañas, cuyas cumbres pendían sobre su cauce. Sus nevados y resplandecientes picos brillaban sobre las nubes a la luz del Sol. Mi corazón, que antes estaba triste, ahora se inflamaba con algo parecido a la alegría. Exclamé: «Espíritus errantes, si realmente erráis y no descansáis en vuestros estrechos lechos, permitidme esta leve felicidad, o llevadme, como vuestro compañero, lejos de las alegrías de la vida».

No bien dije esto, divisé, a cierta distancia, la figura de un hombre que avanzaba hacia mí a una velocidad sobrehumana. Saltaba sobre las grietas del hielo, entre las cuales yo había caminado con cuidado. Cuando estuvo más próximo vi que su estatura también parecía ser mayor que la de un hombre. Me asusté, se me nubló la vista y sentí que la debilidad se apoderaba de mí, pero pronto me recuperé gracias a la fría brisa de las montañas. Cuando la figura se acercó más aún, vi —visión tremenda y aborrecida— que era el desgraciado a quien yo había creado. Temblé de rabia y horror, y decidí esperar a que se aproximara más aún y enfrentarme a él en un combate mortal. Se acercó. Su rostro expresaba amargas angustias, combinadas con desdén y malicia, y su fealdad inverosímil lo hacía casi demasiado horrible para el ojo humano. Pero apenas reparé en ello. En un principio, la rabia y el odio me habían privado de la palabra, pero me recuperé y lo atosigué con palabras que expresaban mi furia y mi desprecio.

«Diablo», exclamé, «¿cómo te atreves a acercarte a mí? ¿No temes que la feroz venganza de mi mano caiga sobre tu miserable cabeza? ¡Vete, vil insecto! ¡O quédate, que te pisotearé hasta convertirte en polvo! ¡Ay! Si pudiera recuperar a las víctimas que has asesinado tan diabólicamente destruyendo tu miserable existencia...»

«Esperaba este recibimiento», dijo el demonio. «Todos los hombres odian al desdichado, ¡cómo, entonces, no voy a ser odiado yo, que soy el más desgraciado de los seres vivientes! Hasta tú, mi creador, me detestas y me rechazas. Soy tu criatura, a quien estás ligado por uniones que sólo pueden romperse con la aniquilación de uno de nosotros. Tienes la intención de matarme. ¿Cómo te atreves a jugar así con la vida? ¡Cumple con tu obligación hacia mí y yo cumpliré con la que tengo contigo y con el resto de la humanidad. Si tan sólo cumples con mis condiciones, te dejaré a ti y a ellos en paz; pero si te niegas, llenaré el buche de la muerte, hasta que esté satisfecha con la sangre del resto de tus amigos!»

«¡Repugnante monstruo! ¡Demoniacas son tus acciones! Las torturas del cielo son una venganza demasiado benévola para tus crímenes. ¡Diablo desgraciado! Me reprochas que te haya creado; ven, entonces, que extinguiré la chispa que encendí tan inconscientemente.»

Sentía una rabia desenfrenada; salté sobre él impulsado por todos los sentimientos que pueden armar a un ser en contra de la existencia de otro.

Me eludió fácilmente y dijo: «¡Tranquilo! Te suplico que me escuches antes de desahogar tu odio sobre mi querida cabeza. ¿No crees que he sufrido bastante como para que tú quieras aumentar mi desdicha? Aprecio la vida, aunque sólo sea una sucesión de angustias, y la defenderé. Recuerda que me has hecho más poderoso que tú; mi altura es superior a la tuya, mis articulaciones más flexibles. No me tentaré a enfrentarme a ti. Soy tu criatura, y seré incluso dulce con mi señor y rey natural si tú también haces lo que te corresponde, lo que me debes. ¡Ay, Frankenstein! ¿Por qué eres justo con todos los demás y me pisoteas a mí, a quien debes aún más tu justicia, tu clemencia y tu afecto? Recuerda que soy tu criatura; yo debería ser tu Adán, y soy en cambio tu ángel caído a quien privas de la alegría sin que haya cometido ninguna fechoría. Por todas partes veo la felicidad, pero soy irremediablemente excluido de ella. Yo era afectuoso y bueno; la desgracia me ha convertido en un demonio. Hazme nuevamente feliz y volveré a ser virtuoso.»

«¡Vete! No te escucharé. No podemos entendernos; somos enemigos. Vete, o midamos nuestras fuerzas en una lucha en la que uno de los dos debe caer.»

«¿Cómo puedo conmoverte? ¿No hay súplicas que puedan hacer que veas con generosidad a tu criatura que te implora bondad y compasión? Créeme, Frankenstein, yo era bondadoso, mi alma rebosaba de amor y humanidad; pero, ¿acaso no estoy solo, miserablemente solo? Tú, mi creador, me aborreces. ¿Qué puedo esperar de tus semejantes que no me deben nada? Me rechazan. Las montañas desiertas y los aburridos glaciares son mi refugio. He errado por aquí durante varios días; las cuevas de hielo, a las cuales sólo yo no temo y el único sitio que el hombre me deja a regañadientes, son mi morada. Saludo a estos desolados cielos, dado que son más amables conmigo que tus semejantes. Si el conjunto de la humanidad supiese de mi existencia, harían lo que tú haces y se armarían para conseguir mi destrucción. ¿No debo odiarlos, puesto que ellos me aborrecen? No mantendré tratos con el enemigo. Soy infeliz y compartiré mi desdicha. Sin embargo, está en tu poder compensarme y librarlos de un mal que puedes hacer tan grande que, no sólo tú y tu familia, sino otros miles, sean tragados en el torbellino de su furia. Deja que tu compasión te conmueva y no me desprecies. Escucha mi relato; cuando lo hayas oído, abandóname o compadécete de mí, según juzgues lo que merezco. Pero escúchame. Las leyes humanas permiten a los culpables defenderse antes de ser condenados. Escúchame, Frankenstein. Me acusas de asesinato y, sin embargo, destruirías a tu criatura con la conciencia tranquila. ¡Ay, alabada sea la justicia eterna del hombre! Pero no te pido perdón sin que me escuches; y una vez que lo hayas hecho, si puedes y si quieres, destruye la creación de tus propias manos.»

«¿Por qué me recuerdas la desgracia de ser tu causa y tu creador?», repliqué; «esta circunstancia me hace estremecer. ¡Maldigo el día, odiado demonio, en que viste la luz por primera vez! ¡Malditas sean, aunque sé que me maldigo a mí mismo, las manos que te dieron vida! Me has hecho más desdichado de lo que podría expresar. No me has dejado capacidad para analizar si soy justo o no. ¡Vete! Libérame de ver tu detestada figura.»

«Así te libro, mi creador», dijo, y puso sus horrendas manos ante mis ojos, que aparté de mí con violencia. «Así aparto de ti una visión que aborreces. A pesar de ello tú no eres capaz de escucharme y de concederme tu compasión. Por las virtudes que poseía, te pido esto. Escucha mi relato; es largo y extraño, y la temperatura de este lugar no es adecuada para tu delicada persona; vamos al cobertizo de la montaña. El Sol aún está alto en el cielo; antes de que baje a esconderse detrás de aquellos precipicios nevados y vaya a iluminar otro mundo, habrás oído mi historia y podrás decidir. Depende de ti que abandone para siempre la proximidad del hombre y que lleve una vida inofensiva, o me convierta en el azote de tus semejantes y en el autor de tu inmediata ruina.»

Mientras decía esto comenzó a andar por el hielo. Lo seguí. Mi corazón estaba demasiado excitado para responder, pero mientras caminaba sopesé los argumentos que él había utilizado y finalmente decidí escuchar su versión. También mi curiosidad y mi compasión alentaron esa decisión. Hasta ese momento, había supuesto que él era el asesino de mi hermano y buscaba ansiosamente una confirmación o un desmentido de esta opinión. Por primera vez, también, sentí cuáles eran las obligaciones de un creador hacia su criatura y sentí también que yo debía haberle brindado felicidad en lugar de protestar por su maldad. Estos motivos me instaron a cumplir con su demanda. Cruzamos el hielo y luego ascendimos por la roca. El aire estaba frío y volvió a caer la lluvia. Entramos en el refugio, el demonio con un aire exultante y yo con el corazón apesadumbrado y el espíritu deprimido. Pero creía que debía escucharle, y me senté junto al fuego que mi odiado acompañante había encendido. Entonces comenzó su relato.

CAPÍTULO XII

«Es muy dificultoso para mí recordar la época inicial de mi existencia. Todos los acontecimientos de ese período aparecen confusos y turbios. Múltiples sensaciones desconocidas se apoderaron de mí, y yo obtuve la capacidad de ver, sentir, oír y oler al mismo tiempo. Y, por cierto, pasó mucho tiempo antes de que aprendiera a diferenciar el funcionamiento de mis diversos sentidos. Recuerdo que una luz que poco a poco se hacía más intensa oprimía mis nervios de tal forma que me vi obligado a cerrar los ojos. Quedé en la oscuridad y me asusté, pero no bien sentí esto, abrí, supongo, los ojos, porque la luz volvió a caer sobre mí. Caminé y, creo, descendí, y poco después noté una gran alteración en mis sensaciones. Hasta ese momento, había estado rodeado de cuerpos oscuros y opacos, apenas perceptibles por mi tacto y vista. Pero ahora había descubierto que podía deambular en libertad, sin obstáculos que no pudiera superar o evitar. La luz se hizo más y más opresiva y el calor me agobiaba al caminar. Busqué un lugar donde poder ponerme a la sombra. Encontré el bosque junto a Ingolstadt, y allí me tendí junto a un arroyo para descansar de mi fatiga, hasta que me sentí atormentado por el hambre y la sed. Sobrevino a mí cuando estaba prácticamente dormido, y comí algunas bayas que encontré colgando de los árboles o caídas en el suelo. Aplaqué mi sed en el arroyo, me tumbé y me venció el sueño.

Estaba oscuro cuando desperté; además sentía frío y estaba algo asustado, instintivamente, al encontrarme tan solo. Antes de dejar tu apartamento, tuve una sensación de frío y me cubrí con algunas ropas, pero eran insuficientes para protegerme del rocío de la noche. Era un pobre, indefenso y miserable desgraciado; no sabía, ni podía, distinguir nada, pero una sensación de tristeza me invadió y me senté a llorar.

Poco después una agradable luz apareció en el cielo y me dio una sensación de placer. Me puse de pie y divisé una forma radiante que se levantaba entre los árboles. La observé con una especie de admiración. Se movía lentamente, pero iluminaba mi camino, y me puse, otra vez, a buscar bayas. Todavía sentía frío cuando, debajo de los árboles, encontré un inmenso manto, con el cual me cubrí, me senté sobre el suelo. Mi mente estaba ocupada por ideas difusas; todo era confuso. Sentía la luz, el hambre, la sed y la oscuridad. Varios sonidos que sonaban en mis oídos y diversas esencias me saludaban desde todas partes. El único objeto que podía distinguir era la luna brillante y con placer fijé mi vista en ella.

Ya habían pasado varios cambios de día y de noche, y la esfera nocturna había disminuido enormemente su tamaño, cuando comencé a distinguir, unas de otras, mis sensaciones. Poco a poco, comencé a ver claramente el río que me suministraba agua y los árboles que me daban sombra con su follaje. Me quedé encantado cuando descubrí por primera vez que un sonido placentero, que con frecuencia llegaba a mis oídos, procedía de las gargantas de unos pequeños animales alados que frecuentemente interceptaban la luz que recibían mis ojos. También comencé a observar, con más precisión, las formas que me rodeaban y a percibir los límites del radiante techo de luz que me cubría. Algunas veces, intentaba imitar las agradables canciones de los pájaros, pero no podía. Otras veces, intentaba expresar mis sentimientos a mi manera, pero los sonidos groseros e inarticulados que salían de mí me asustaban y me hacían callar.

La luna había desaparecido de la noche desde hacía algún tiempo, pero nuevamente, aunque más pequeña, volvió a mostrarse, cuando yo todavía estaba en el bosque. Para ese entonces mis sensaciones se distinguían fácilmente y mi mente recibía todos los días ideas diferentes. Mis ojos ya se habían acostumbrado a la luz y a percibir objetos en su forma exacta. Diferenciaba a los insectos de las hierbas y, gradualmente, una hierba de otra. Encontré que el gorrión sólo soltaba hoscas notas, mientras que las del mirlo y el tordo eran dulces y seductoras.

Un día en que sufría mucho frío, encontré un fuego que habría sido dejado por algunos mendigos vagabundos. El calor que despedía me conmovió de alegría. Contento, introduje mi mano entre las brasas encendidas, pero rápidamente la quité dando un alarido de dolor. Qué extraño, pensé, que la misma causa me produjera efectos tan contrapuestos. Examiné los materiales del fuego y me entusiasmó descubrir que estaba hecho de madera. Rápidamente recogí algunas ramas, pero estaban húmedas y no se quemaban. Esto me entristeció y me senté a contemplar en silencio el funcionamiento del fuego. La madera húmeda que yo había dejado cerca del calor se secó y comenzó a quemarse. Estuve pensando en esto, y al tocar varias ramas descubrí la causa y me dediqué a recoger gran cantidad de madera que pudiera secar para tener una abundante producción de fuego. Cuando llegó la noche, y con ella el sueño, tenía un miedo enorme de que el fuego se extinguiese. Lo cubrí cuidadosamente con madera seca y hojas, y coloqué ramas húmedas sobre él. Luego, extendí mi manto, me tumbé sobre el suelo y me quedé profundamente dormido.

Ya era de mañana cuando desperté, y lo primero que hice fue visitar el fuego. Lo destapé y una brisa suave lo avivó rápidamente y produjo llamas. Observé también esto e inventé un abanico de ramas para encender las brasas cuando estuvieran casi apagadas. Al llegar la noche, encontré, complacido, que el fuego daba luz además de calor, y que el descubrimiento de este elemento era también útil para preparar mi comida, puesto que descubrí que algunos de los restos de comida dejados por los viajeros habían sido asados y tenían un sabor mucho más sabroso que las bayas que yo recogía de los árboles. Intenté, por tanto, preparar mi comida de la misma forma, colocándola sobre los rescoldos encendidos. Descubrí que las bayas se estropeaban y que las nueces y las raíces mejoraban mucho.

La comida, sin embargo, pronto se volvió escasa, y con frecuencia pasaba todo el día buscando en vano unas pocas bellotas para aliviar las punzadas que me producía el hambre. Decidí dejar el lugar que había habitado hasta entonces para buscar otro donde las pocas necesidades que tenía pudieran ser satisfechas más fácilmente. Al emigrar lamenté mucho la pérdida del fuego que había encontrado por accidente y no sabía reproducir. Dediqué varias horas a una seria consideración de esta dificultad, pero me vi obligado a renunciar a todo intento de producirlo. Por tanto, me envolví en mi manto e inicié mi camino a través del bosque en dirección del sol poniente. Pasé tres días deambulando y finalmente llegué a campo abierto. Una gran nevada había tenido lugar la noche anterior y los campos tenían un blanco uniforme. El panorama era desconsolador, y encontré que mis pies estaban helados por la fría y húmeda sustancia que cubría el suelo.

Eran alrededor de las siete de la mañana y yo ansiaba encontrar comida y abrigo. Finalmente, vi una pequeña cabaña sobre una pequeña colina, que había sido, sin duda, construida para cobijo de algún campesino. Aquello era para mí una novedad, y examiné la estructura con gran curiosidad. Encontré la puerta abierta y entré. Dentro había un anciano, junto al fuego, sobre el cual estaba preparándose el desayuno. Se volvió al oír ruido y, al verme, dio un fuerte grito, abandonó la cabaña y corrió a través del campo a una inverosímil velocidad para su débil cuerpo. Su apariencia, diferente a cuantas había visto antes, y su huida en cierto modo me sorprendieron. Pero yo estaba encantado con la cabaña; aquí la nieve y la lluvia no podían penetrar; el suelo estaba seco. El refugio me pareció tan exquisito y divino como lo habría parecido el Pandemonio a los demonios del cielo después de sufrir en el lago de fuego. Devoré glotonamente los restos del desayuno del campesino, que constaba de pan, queso, leche y vino; esto último, sin embargo, no me gustó. Luego, vencido por la fatiga, me tumbé sobre unas pajas y me quedé dormido.

Me desperté al mediodía, y animado por el calor del sol, que brillaba sobre el blanco suelo, decidí proseguir mi camino. Coloqué los restos del desayuno del campesino en una bolsa que encontré y proseguí a través de los campos durante varias horas hasta que, a la caída del sol, llegué a un pueblo. ¡Qué milagroso me pareció aquello! Uno a uno los cobertizos, las pequeñas casas más esmeradas y las casas solariegas despertaron mi admiración. Las verduras en los jardines y la leche y el queso que vi colocados en las ventanas de algunas casas despertaron mi apetito. Entré en una de las mejores, pero no bien puse mi pie dentro los niños gritaron y una de las mujeres se desmayó. Todo el pueblo se alborotó; algunos huían, otros me atacaban, hasta que, gravemente lastimado por las piedras y muchas otras armas arrojadizas, me escapé al campo abierto y, temeroso, me refugié en un cobertizo bajo, poco atractivo y de aspecto miserable comparado con los palacios que había visto en el pueblo. Este cobertizo estaba junto a una casa de aspecto cuidado y agradable, pero después de mi reciente experiencia no me atreví a entrar. Mi lugar de refugio estaba construido de madera, pero era tan bajo que apenas podía estar sentado con la espalda erguida dentro de él. El suelo no estaba cubierto de madera, pero estaba seco; y aunque el viento entraba por innumerables rendijas, me pareció un sitio agradable para refugiarme de la nieve y la lluvia.

Allí, entonces, me cobijé y me tumbé feliz por haber encontrado un lugar, aunque poco cómodo, donde protegerme de las inclemencias del tiempo y, especialmente, de la barbarie del hombre.

En cuanto amaneció me deslicé fuera, para poder estudiar la casa vecina y ver si podía permanecer en el refugio que había encontrado. Estaba situado contra la parte posterior de la casa y estaba rodeado, por los lados más expuestos, de una pocilga y un estanque de agua pura. Una parte estaba abierta, y por ella me había introducido; pero decidí cubrir todas las rendijas por las que podría ser visto con piedras y maderas, pero de una forma tal que pudiera quitarlas ocasionalmente para salir; toda la luz de que gozaba entraba por la pocilga, y era suficiente para mí.

Ya había arreglado así mi vivienda y cubierto el suelo con paja limpia cuando decidí esconderme, puesto que vi la figura de un hombre a distancia y recordaba demasiado bien el trato que me habían dado la noche anterior como para confiarme. Ya me había provisto de alimento para ese día: una hogaza, que había robado, y una taza con la cual podría beber, mejor que con la mano, el agua que fluía junto a mi refugio. El suelo estaba algo elevado, de modo que se mantenía perfectamente seco, y debido a la proximidad con la chimenea de la casa el ambiente tenía una temperatura tolerable.

Así provisto, resolví residir en esta casucha hasta que algo hiciese modificar mi decisión. Era realmente un paraíso comparado con mi anterior residencia, el desapacible bosque, con sus ramas chorreando agua y su húmedo suelo. Tomé mi desayuno con gran placer e iba a quitar una tabla para salir a procurarme algo de agua cuando oí unos pasos y, mirando a través de una pequeña hendidura, vi a una joven criatura, con un cubo sobre la cabeza, pasar delante de mi cobertizo. Era una joven niña con un aspecto amable, que la diferenciaba de los sirvientes que hasta ahora había visto en las demás casas de campo. Sin embargo, estaba humildemente vestida, con unas bastas enaguas azules y una chaqueta de lino como única vestimenta. Su cabello rubio estaba trenzado, pero no adornado; parecía paciente y triste. La perdí de vista y alrededor de un cuarto de hora más tarde regresó con el cubo, ahora parcialmente lleno de leche. Cuando estaba llegando, aparentemente incómoda por la carga, salió a su encuentro un joven cuyo rostro expresaba todavía mayor desánimo. El hombre pronunció unas pocas palabras cargadas de melancolía, cogió el cubo y lo llevó él mismo hasta la casa. Ella le siguió y ambos desaparecieron. Poco después volví a ver al joven, cuando cruzaba el campo que había detrás de la casa llevando en sus manos algunas herramientas. La niña también estaba ocupada, algunas veces en la casa y otras en el patio.

Al examinar mi morada, observé que una de las ventanas de la casa había estado anteriormente en una de las paredes del cobertizo, pero la abertura había sido tapada con madera. En una de las tablas había una grieta casi imperceptible pero suficiente para que a través de ella pudiese mirar un ojo. Por este agujero se veía una pequeña habitación, encalada y limpia, pero con escasos muebles. En una esquina, junto a un pequeño hogar, había un anciano sentado, con su cabeza apoyada sobre sus manos en una actitud desconsolada. La joven estaba ocupada ordenando la casa, pero poco después cogió algo de un cajón que ocupó sus manos y se sentó junto al anciano, quien cogió un instrumento y comenzó a tocar y a producir sonidos más dulces que el canto del tordo o del ruiseñor. Era una visión adorable, hasta para mí, ¡pobre desdichado!, que nunca antes había visto algo hermoso. El pelo plateado y el semblante bondadoso del anciano ganaron mi admiración, mientras que los modales amables de la niña despertaron mi amor. Tocó una dulce melodía triste que, según pude ver, provocó el llanto de su compañera, cosa que el hombre no notó, hasta que oyó sus sollozos. Entonces, él pronunció unas pocas palabras y la hermosa criatura dejó su labor y se arrodilló a sus pies. Él la hizo levantar y le sonrió con tanta dulzura y afecto que tuve sensaciones de naturaleza peculiar e intensa. Eran una mezcla de dolor y placer, que nunca antes había sentido, ya fuera debido al hambre o al frío, el calor o la comida. Me aparté de la ventana, incapaz de soportar aquellas emociones.

Poco después, regresó el hombre joven; llevaba leña sobre sus hombros. La niña salió a su encuentro, le ayudó a librarse de su carga, llevó parte del combustible dentro de la casa y lo colocó sobre el fuego. Luego ambos fueron a un rincón de la casa, donde él le enseñó una gran hogaza y un trozo de queso. Ella parecía contenta y se fue al jardín a recoger algunas raíces y plantas, que colocó en agua y luego al fuego. Después continuó con su labor, mientras que el joven salió al jardín y estuvo ocupado cavando y sacando raíces. Empleó así alrededor de una hora, después de la cual la joven se reunió con él y entraron juntos a la casa.

Mientras tanto, el anciano había estado pensativo, pero al aparecer sus compañeros se volvió más alegre y todos se sentaron a la mesa. La comida se terminó rápidamente. La joven volvió a dedicarse a ordenar la habitación y el anciano caminó al sol delante de la casa durante unos minutos, cogido del brazo del joven. Nada puede superar en belleza al contraste entre estas dos criaturas. Uno era viejo, con el cabello plateado y el semblante marcado por la bondad y el amor; el más joven tenía una figura delicada y graciosa, y sus rasgos estaban moldeados con una fina simetría; sin embargo, sus ojos y su actitud expresaban una tristeza y un desaliento supremos. El anciano regresó a la casa y el joven, con herramientas diferentes de las que había utilizado durante la mañana, se fue andando a través del campo.

Pronto cayó la noche, pero, para mi sorpresa, vi que los campesinos tenían un medio de prolongar la luz utilizando velas, y me dio mucho gusto saber que la puesta del sol no pondría fin al placer que experimentaba observando a mis humanos vecinos. Durante el atardecer, la joven y su compañero se dedicaron a varias ocupaciones que yo no entendí, y el anciano nuevamente tomó el instrumento que producía aquellos divinos sonidos que me habían encantado durante la mañana. En cuanto él terminó, el joven comenzó no a tocar, sino a pronunciar monótonos sonidos que en absoluto recordaban la armonía del instrumento del anciano ni el canto de los pájaros. Posteriormente supe que leía en voz alta, pero en ese momento yo desconocía todo acerca de la ciencia de las palabras y las letras.

La familia, después de haber estado ocupada así durante un rato, apagó las luces y se retiró, según creo, a descansar.»

CAPÍTULO XIII

«Me extendí en la paja, pero no podía dormir. Esperaba que se hiciese de día. ¡Qué dolorosamente me habían impactado los modales amables de esta gente! Quería unirme a ellos, pero no me atrevía. Recordaba demasiado bien el trato que había recibido la noche anterior de aquellos bárbaros pueblerinos y decidí que, fuera cual fuese la conducta que luego me pareciese correcta seguir, por el momento permanecería quieto en mi refugio, observando y tratando de descubrir los motivos que gobernaban sus acciones.

A la mañana siguiente los habitantes de la casa se levantaron antes de la salida del sol. La joven ordenó la casa y preparó los alimentos y el joven partió después de la primera comida.

Este día pasó con la misma rutina que el anterior. El joven estuvo ocupado todo el tiempo fuera de la casa y la joven, en varias tareas dentro. El anciano que, según pronto me di cuenta, era ciego, dedicaba sus horas de ocio a tocar el instrumento y a meditar. Nada podía ser mayor que el amor y el respeto que estos jóvenes sentían por su venerable compañero. Tenían hacia él, con amabilidad, todas las pequeñas atenciones que el afecto y el deber imponen y él les recompensaba con sus bondadosas sonrisas.

Pero no eran totalmente felices. El joven y su compañera frecuentemente se retiraban a un lado y parecían llorar. No veía razón para su infelicidad, pero me afectaba profundamente. Si esas criaturas tan adorables eran desdichadas, no era tan extraño que yo, un ser imperfecto y solitario, me sintiera desgraciado. Sin embargo, ¿por qué eran infelices estos seres bondadosos? Poseían una encantadora casa —al menos así me lo parecía— y todos los lujos: tenían un fuego para

119

calentarse cuando tenían frío y viandas deliciosas para comer cuando tenían hambre, estaban vestidos con ropas excelentes y, lo que era más importante, disfrutaban de la compañía y la conversación de los demás y se intercambiaban cada día miradas de afecto y amabilidad. ¿Qué significaban sus lágrimas? ¿Expresaban realmente tristeza? Al principio, fui incapaz de responder a estas preguntas, pero mi permanente atención y tiempo me explicaron muchos aspectos que inicialmente me habían resultado enigmáticos.

Pasó un tiempo considerable antes de que yo descubriera una de las causas de la inquietud de esta simpática familia: eran pobres, y esa desgracia les hacía sufrir mucha angustia. Su alimentación constaba solamente de vegetales de su jardín y de la leche de una vaca, que daba muy poca durante el invierno, cuando sus dueños tenían escasa comida para suministrarle. Con frecuencia, creo, sufrían muy patéticamente el hambre, en especial los dos más jóvenes, que muchas veces ponían comida frente al anciano y no dejaban nada para ellos mismos.

Esta actitud generosa me conmovió sensiblemente. Me había acostumbrado, durante la noche, a robar parte de sus provisiones para mi propio consumo, pero cuando descubrí que al hacer esto les infligía dolor, me abstuve y me conformé con las bayas, nueces y raíces que recogía en un bosque cercano.

Descubrí también otra forma de ayudarles en sus trabajos. Observé que el joven pasaba gran parte del día recogiendo madera para el fuego de la casa y, con frecuencia, durante las noches, yo comencé a coger sus herramientas, cuyo manejo descubrí rápidamente, y a traer a la casa el combustible suficiente para el consumo de varios días.

Recuerdo que la primera vez que hice esto, la joven se sorprendió mucho cuando, por la mañana, abrió la puerta y vio fuera una gran pila de leña. Pronunció algunas palabras en voz alta y el joven, que se reunió con ella, también expresó sorpresa. Observé, con placer, que no fue al bosque ese día, sino que empleó su tiempo reparando la casa y cultivando el jardín.

Poco a poco fui haciendo un descubrimiento de mayor importancia aún. Encontré que aquella gente poseía un método, basado en sonidos articulados, de comunicar los unos a los otros sus experiencias y sentimientos. Percibí que las palabras que decían producían, en el rostro de quienes escuchaban, algunas veces placer y otras dolor.

Aquella era, sin duda, una ciencia divina y yo ansiaba fervientemente aprenderla. Pero cada intento que hacía para alcanzar este propósito me desconcertaba. Su pronunciación era rápida y yo era incapaz de descubrir alguna clave que me desvelara el misterio de su significado, puesto que las palabras que pronunciaban no parecían tener conexión alguna con los objetos visibles. Sin embargo, mediante gran aplicación, y habiendo permanecido en mi refugio durante varias vueltas de la luna, descubrí los nombres que daban a los objetos más familiares del discurso. Aprendí y apliqué las palabras: «fuego», «leche», «pan» y «madera». También aprendí los nombres de los habitantes de la casa. El joven y su compañera tenían varios nombres, pero el anciano sólo tenía uno, que era «papá». La niña era llamada «hermana» o «Agatha», y el joven: «Félix», «hermano» o «hijo». No puedo describir la alegría que sentí cuando aprendí cuáles eran las ideas que correspondían a cada uno de estos sonidos y fui capaz de pronunciarlas. Distinguí varios sonidos más, como «bueno», «querido» e «infeliz», pero, por el momento, no fui capaz de comprenderlos o aplicarlos.

De esta forma pasé el invierno. Los modales amables y la belleza de los habitantes de la casa aumentaron mi cariño hacia ellos. Cuando ellos eran infelices, yo me sentía abatido, y cuando ellos se alegraban, yo compartía su alegría. Vi a pocos seres humanos aparte de ellos, y si algún otro entró en la casa, sus toscos modales y su rudo andar sólo sirvieron para confirmarme la superioridad de mis amigos. El anciano, podía verlo, frecuentemente alentaba a sus hijos —como los llamaba algunas veces— a luchar con coraje contra su melancolía. Les hablaba con voz animada, con una expresión de bondad que, incluso a mí, me daba placer. Agatha escuchaba con respeto, algunas veces con ojos llenos de lágrimas que trataba de secar disimuladamente. Pero, generalmente, yo veía que su semblante y su tono eran más alegres después de escuchar las exhortaciones de su padre. No sucedía lo mismo con Félix. Siempre era el más triste del grupo, e incluso para mis inexpertos sentidos era evidente que había sufrido más que sus amigos. Pero si bien su rostro parecía más afligido, su voz era más alegre que la de su hermana, especialmente cuando se dirigía al anciano.

Podría mencionar innumerables ejemplos que, aunque insignificantes, denotaban la buena disposición de estos simpáticos campesinos. En medio de la pobreza y la necesidad, Félix llevó con placer a su hermana la primera florecilla blanca que asomó sobre el suelo nevado. Temprano por la mañana, antes de que ella se levantase, él quitaba la nieve que obstruía el sendero que ella debía recorrer en su paso hacia el establo, sacaba agua del pozo y traía leña del almacén que, para su permanente sorpresa, una mano invisible mantenía siempre repleto. Creo que, durante el día, trabajaba algunas veces para un granjero vecino, pero puesto que en la estación fría había poco que hacer, se dedicaba a leer para el anciano y Agatha.

Al principio, aquella lectura me dejaba perplejo, pero gradualmente fui descubriendo que muchos de los sonidos que pronunciaba al leer eran los mismos que cuando hablaba. Llegué a la conclusión, por tanto, de que él encontraba en el papel signos del habla que era capaz de comprender, y yo sentí un gran deseo de poder imitarlo. Pero, ¿cómo iba a hacerlo si ni siquiera conocía los sonidos que expresaban esos signos? Mejoré, sin embargo, notablemente en aquella ciencia, pero no lo suficiente como para seguir una conversación, a pesar de que dedicaba toda mi mente a este objetivo, puesto que entendí fácilmente que, aunque quisiera fervientemente presentarme ante mis vecinos, no debería intentarlo antes de convertirme en un experto en su lengua, cuyo conocimiento me permitiría conseguir que pasaran por alto la deformidad de mi figura, que se había hecho evidente para mí contrastándome constantemente con lo que veían mis ojos.

Había admirado la perfecta forma de mis vecinos —su gracia, su belleza y sus delicados rostros—, pero ¡cómo me aterroricé cuando me vi a mí mismo en un estanque cristalino! Al principio salté hacia atrás, incapaz de creer que yo era realmente lo que mostraba el espejo, y cuando, por fin, me convencí de que era el monstruo que soy, me sentí invadido de las más amargas sensaciones de desaliento y mortificación. ¡Ay de mí! No sabía todavía los funestos efectos que tendría esta desgraciada deformidad.

En cuanto el sol se volvió más cálido y la luz del día más prolongada, la nieve se derritió y se revelaron ante mí los árboles desnudos y la tierra negra. A partir de ese momento Félix estuvo más ocupado y desaparecieron las conmovedoras señales de hambre inminente. Su comida, según más tarde descubrí, era tosca, pero sana, y ellos conseguían procurarse una cantidad suficiente. En el jardín surgían varias clases nuevas de plantas, que utilizaban para preparar la comida, y los signos de bienestar aumentaban diariamente a medida que avanzaba la estación.

El anciano, apoyado en su hijo, caminaba todos los mediodías en que no llovía, como aprendí que se decía cuando caía agua del cielo. Esto ocurría frecuentemente, pero un viento rápido pronto secaba el suelo y el tiempo se volvió mucho más agradable de lo que había sido anteriormente.

Mi vida en la casucha tenía pocas variaciones. Durante la mañana atendía a los movimientos de mis vecinos, y mientras ellos estaban dispersos en varias ocupaciones, yo dormía. El resto del día lo dedicaba a observar a mis amigos. En cuanto se retiraban a descansar, si era al mediodía o durante una noche estrellada, iba al bosque a recoger mi propia comida y leña para la casa. Cuando volvía, siempre que era necesario, limpiaba la nieve del sendero y hacía las tareas que había visto hacer a Félix. Luego vi que esas tareas, hechas por una mano invisible, les tenían perplejos, y una vez o dos en esas ocasiones los oí decir las palabras «espíritu benéfico» y «maravilla», pero yo entonces no comprendía el significado de estos términos.

A partir de entonces mis pensamientos se volvieron más activos; ansiaba conocer los impulsos y los sentimientos de estas adorables criaturas; sentía curiosidad por saber por qué Félix parecía tan desgraciado y Agatha tan triste. Pensé —tonto de mí— que tal vez yo podría devolver la felicidad a esta gente que tanto la merecía. Cuando dormía o estaba ausente, las figuras del venerable padre ciego, de la amable Agatha y del excelente Félix revoloteaban delante de mí. Los consideraba seres superiores que serían los árbitros de mi futuro destino. Concebí en mi imaginación mil formas posibles de presentarme ante ellos y de su recibimiento. Me imaginé que en un principio ellos estarían disgustados, hasta que yo ganara su favor, y luego su amor, por medio de un comportamiento adecuado y palabras conciliadoras.

Estos pensamientos me levantaron el ánimo y me apliqué con más entusiasmo a mi tarea de aprender el arte del lenguaje. Mis órganos eran hoscos pero flexibles, y aunque mi voz era muy diferente a la suave música de sus tonos, yo pronunciaba las palabras, según creía, con bastante soltura. Era como el asno y el perrillo faldero; sin embargo, el bondadoso asno, cuyas intenciones eran afectuosas, aunque sus modales rudos, merecía un trato mejor que golpes y abominación.

Los agradables chubascos y la apacible calidez de la primavera modificaron sumamente el aspecto de la tierra. Los hombres, que antes de este cambio parecían haber estado ocultos en cavernas, se dispersaron y se dedicaron a diversas artes del cultivo. Los pájaros cantaban con notas más alegres y las hojas comenzaron a abrirse en las yemas de los árboles. ¡Feliz tierra! Era una morada adecuada para los dioses, la que hasta hacía tan poco era desolada, húmeda y malsana. Estaba muy animado por el encantador aspecto de la naturaleza; el pasado se borró de mi memoria; el presente era sereno y el futuro dorado por los brillantes rayos de la esperanza y la ilusión de la alegría.»

CAPÍTULO XIV

«Ahora me apresuro a llegar a la parte más conmovedora de mi historia. Contaré los acontecimientos que me produjeron los sentimientos que, a partir de lo que era, me han convertido en lo que soy.

La primavera avanzaba con rapidez; mejoró el tiempo y los cielos se volvieron diáfanos. Me sorprendí al ver que, donde sólo había habido desierto y tristeza, ahora todo reverdecía y se cubría de las más bellas flores. Mil aromas deliciosos y mil imágenes bellas daban placer y refrescaban mis sentidos.

Fue en uno de esos días, mientras mis vecinos descansaban momentáneamente de sus trabajos —el anciano tocaba su guitarra y sus hijos le escuchaban—, cuando observé que el semblante de Félix tenía una melancolía incomprensible. Suspiraba con frecuencia, y en un momento en que su padre paró de tocar, y yo imaginé, por sus gestos, que preguntaba a su hijo la causa de su tristeza, Félix respondió con voz alegre y el anciano estaba reanudando su música cuando alguien llamó a la puerta.

Era una dama que había llegado a caballo, acompañada por un campesino que era su guía. La dama vestía un traje oscuro e iba cubierta de un grueso velo negro. Agatha preguntó algo, a lo cual la desconocida sólo respondió pronunciando, con una dulce voz, el nombre de Félix. Su voz era musical, pero diferente a la de cualquiera de mis amigos. Al oír sus palabras, Félix se acercó apresuradamente a la dama, quien, cuando lo vio, levantó su velo y mostró un rostro de belleza y expresión angelicales. Su cabello, brillante y negro como el plumaje de un cuervo, estaba curiosamente trenzado; sus ojos eran oscuros, pero amables y vivaces; sus rasgos eran proporcionados, y su tez, maravillosamente bella, con ambas mejillas teñidas de un rosa adorable.

Félix parecía encantado cuando la vio y todo rastro de tristeza desapareció de su cara, que de inmediato mostró un éxtasis del cual apenas creía capaz. Sus ojos brillaban y sus mejillas se ruborizaron de placer. En ese momento me di cuenta de que era tan bello como la extraña. Ella parecía tener diferentes sentimientos; lloró unas pocas lágrimas; extendió su mano a Félix, quien la besó embelesado y la llamó, al menos según pude entender, mi bella árabe. Ella no parecía entenderle, pero sonrió. Él la ayudó a desmontar, despidió a su guía y la condujo dentro de la casa. Hubo una conversación entre él y su padre, y la joven desconocida se arrodilló a los pies del anciano e iba a besar su mano, pero él la hizo poner de pie y la abrazó afectuosamente.

De inmediato me di cuenta de que, aunque la desconocida pronunciaba sonidos articulados y parecía tener una lengua propia, los demás no la entendían, ni ella les entendía a ellos. Hicieron muchos gestos que no comprendí, pero vi que su presencia había hecho desaparecer la tristeza de la casa, disipando el dolor como el sol disipa la niebla de la mañana. Especialmente Félix parecía feliz y dio la bienvenida a la joven árabe con sonrisas alegres. Agatha, la siempre bondadosa Agatha, besó las manos de la adorable extranjera y, señalando a su hermano, hizo gestos que parecían expresar que había estado triste hasta que ella había llegado. Así pasaron algunas horas, mientras ellos, con sus semblantes, expresaban una alegría cuya causa yo no alcanzaba a comprender. Al poco tiempo, encontré, por la frecuencia con que repetían ciertos sonidos, que ella trataba de aprender su lengua; e inmediatamente pensé que yo debía aplicar la misma idea con el mismo fin. La extranjera aprendió cerca de veinte palabras en su primera lección, la mayor parte de las cuales, por cierto, yo ya conocía, pero saqué provecho del resto.

Cuando la noche llegó, Agatha y la joven árabe se retiraron temprano a dormir. Cuando se separaron, Félix besó la mano de la extranjera y dijo: "Buenas noches, dulce Safie". Estuvo levantado hasta mucho más tarde, conversando con su padre, y, debido a la frecuente repetición de su nombre, llegué a la conclusión de que la querida huésped era su tema de conversación. Yo ansiaba entender lo que decían y dediqué toda mi capacidad a conseguirlo, pero lo encontré totalmente imposible.

A la mañana siguiente Félix se marchó a trabajar y en cuanto Agatha terminó sus ocupaciones usuales, la árabe se sentó a los pies del anciano, tomó su guitarra y tocó unas melodías tan entrañablemente bellas que inmediatamente hicieron brotar lágrimas de mis ojos. También cantó, y su canto fluía en una rica cadencia, subiendo o extinguiéndose como el de un ruiseñor de los bosques.

Cuando terminó, le dio la guitarra a Agatha, quien en un primer momento la rechazó. Luego tocó una melodía simple, y su voz la acompañó con un dulce acento, pero distinto del maravilloso canto de la extranjera. El anciano parecía muy emocionado y dijo algunas palabras que Agatha intentó explicar a Safie, mediante las cuales parecía querer explicar que le había dado una gran alegría escuchar su música.

Los días siguientes fueron tan apacibles como los anteriores, con la única diferencia de que la alegría había reemplazado a la tristeza en el rostro de mis amigos. Safie siempre estaba alegre y feliz; ella y yo mejoramos rápidamente nuestros conocimientos de lengua, de tal modo que dos meses después entendía la mayor parte de las palabras que pronunciaban mis protectores.

Mientras tanto, el negro suelo también se había cubierto de hierba y las verdes colinas se salpicaron de flores, dulces para el olfato y la vista que, en los bosques a la luz de la luna, parecían estrellas de pálido brillo. El sol se volvió más fuerte, las noches más claras y cálidas, y mis paseos nocturnos eran un verdadero placer, aunque eran considerablemente más cortos puesto que el sol se ponía tarde y salía temprano, y yo nunca me arriesgaba a salir a la luz del día, temeroso de exponerme al mismo trato que había recibido anteriormente en el primer pueblo en que había entrado.

Mientras mejoraba mi lenguaje, también aprendí la ciencia de las letras que era enseñada a la extranjera, y esto abrió ante mí un mundo maravilloso y encantador.

El libro del cual Félix enseñaba a Safie era *La ruina de los imperios* de Volney. No hubiese entendido el significado de este libro si Félix, al leerlo, no hubiese dado una explicación minuciosa. Había escogido esta obra, dijo, porque su estilo declamatorio estaba estructurado a la manera de los autores orientales. Por medio de esta obra, obtuve un conocimiento superficial de historia y un panorama de varios imperios que existen actualmente en el mundo. Me dio una idea de las costumbres, gobiernos y religiones de las diferentes naciones de la tierra. Supe de los perezosos asiáticos, de la genialidad y de la actividad intelectual de los griegos, de las guerras y maravillosas virtudes de los antiguos romanos —de su posterior degeneración—, de la caída de ese poderoso imperio, de la caballería, de la cristiandad y de los reyes. Supe del descubrimiento del hemisferio americano, lloré con Safie el desafortunado destino de sus habitantes originales.

Estas maravillosas narraciones me inspiraron extraños sentimientos. ¿Era realmente el hombre tan poderoso, virtuoso y magnífico y, al mismo tiempo, tan vicioso e infame? En algunos momentos parecía un mero hijo de la ley del mal, y en otros noble y divino. Ser un hombre excelente y virtuoso parecía ser el mayor honor a que puede aspirar un ser sensible; ser vicioso e infame, como consta que muchos han sido, parecía la mayor degradación, una condición más despreciable que la del ciego topo o el inofensivo gusano. Durante bastante tiempo no pude concebir cómo un hombre era capaz de asesinar a un semejante, ni tampoco la razón de las leyes y gobiernos; pero en cuanto oí detalles de vicios y derramamientos de sangre, mi asombro desapareció y se transformó en desagrado y repugnancia.

Ahora todas las conversaciones de los habitantes de la casa me abrían un nuevo mundo maravilloso. Mientras escuchaba las enseñanzas que Félix daba a la muchacha árabe, aprendí el extraño sistema de la sociedad humana. Supe de la división de la propiedad, de inmensas riquezas y de la miserable pobreza; del rango, la descendencia y la sangre noble.

Las palabras también me llevaron a pensar en mí mismo. Aprendí que lo más estimado por tus semejantes es el linaje puro junto con las riquezas. Un hombre puede ser respetado sólo por poseer una de estas ventajas, pero si carece de ambas es considerado, salvo escasas excepciones, un vagabundo y un esclavo condenado a utilizar sus fuerzas en beneficio de unos pocos elegidos. ¿Y qué era yo? Ignoraba absolutamente todo con respecto a mi creación y a mi creador, pero sabía que no poseía dinero, ni amigos, ni alguna clase de propiedad. Además, estaba dotado de una figura horriblemente deformada y asquerosa. Ni siquiera tenía la misma naturaleza que los hombres. Era más ágil y podía subsistir a base de dietas más toscas; soportar, con menor daño para mi cuerpo, tanto el calor como el frío extremos, y mi estatura excedía ampliamente la suya. Mirando a mi alrededor y escuchando conversaciones, nunca había sabido de nadie como yo. ¿Era, entonces, un monstruo de quien todos los hombres renegaban, una mancha sobre la Tierra de la cual todo el mundo escapaba?

No puedo describir la agonía que estas reflexiones me infligían; trataba de disiparlas, pero la tristeza no hacía más que aumentar con el conocimiento. ¡Ay, si hubiese permanecido para siempre en mi bosque natal, desconocido, sin sentir más que las sensaciones producidas por el hambre, la sed y el calor!

¡Qué naturaleza extraña tiene el conocimiento! Una vez que está dentro de la mente, se aferra a ella como el liquen a la roca. Algunas veces anhelaba poder librarme de todo pensamiento y sentimiento, pero entonces aprendí que no había más que una forma de conseguirlo: la muerte, un estado al que temía aunque todavía no comprendía. Admiraba la virtud y los buenos sentimientos, y amaba los modales bondadosos y las cualidades amables de mis vecinos, pero estaba excluido de toda relación con ellos, excepto teniendo cautela, cosa que, más que disminuir, aumentaba mi deseo de convertirme en un compañero suyo. Las palabras amables de Agatha y las vivas sonrisas de la encantadora árabe no eran para mí. Las suaves exhortaciones del anciano y la animada conversación del amado Félix tampoco eran para mí. ¡Miserable e infeliz desgraciado!

Otras lecciones dejaron aún mayor huella sobre mí. Había oído de la diferencia de sexos y del nacimiento y crecimiento de los niños; de cómo el padre disfrutaba con las sonrisas de su niño y con las adorables salidas del hijo mayor; de cómo toda la vida y cuidados de una madre estaban envueltos en aquella preciosa carga; de cómo la mente del joven crece y gana conocimientos; del hermano, la hermana y todas las relaciones que unen un ser humano a otro a través de lazos mutuos.

Pero, ¿dónde estaban mis amigos y parientes? Ningún padre había vigilado mi infancia, ninguna madre me había bendecido con sus sonrisas y cuidados, y si lo habían hecho, toda mi vida anterior se había borrado, se había convertido en un vacío en el que no distinguía nada.

Incluso en mis más antiguos recuerdos yo había sido siempre como era entonces, tanto en altura como en proporciones. Ni siquiera había visto alguna vez un ser que se me pareciese o que quisiera tener alguna relación conmigo. ¿Qué era yo? La pregunta volvía una y otra vez a mí, pero sólo podía responderla con gruñidos.

Pronto explicaré a qué me impulsaron estos sentimientos, pero ahora volvamos a mis vecinos, cuya historia despertaba en mí sensaciones tan variadas como la indignación, el encanto y el asombro, que finalmente produjeron todavía más amor y admiración hacia mis protectores, como me gustaba llamarlos de forma inocente, medio angustiosa y autocompasiva.»

CAPÍTULO XV

«Pasó algún tiempo hasta que conocí la historia de mis amigos. Era de las que no podían dejar de imprimir una huella profunda en mi mente, por revelar, como lo hizo, una serie de circunstancias, cada una interesante y maravillosa para alguien tan completamente inexperto como yo lo era.

El nombre del anciano era De Lacey. Descendía de una buena familia francesa, país donde había vivido en la opulencia durante muchos años, respetado por sus superiores y querido por sus iguales. Su hijo había sido criado para servir a ese país y Agatha había alternado con las damas más distinguidas. Hasta pocos meses antes de que yo llegara, no vivían allí sino en una ciudad grande y lujosa llamada París, rodeados de amigos y disfrutando de todo cuanto la virtud, el refinamiento y el buen gusto pueden permitirse cuando están acompañados de una moderada fortuna.

El padre de Safie había sido la causa de su ruina. Era un mercader turco que vivía en París desde hacía muchos años. En un momento, por alguna razón que no pude saber, se volvió odioso para el Gobierno. Fue arrestado y encarcelado el mismo día en que Safie llegaba de Constantinopla para reunirse con él. Fue juzgado y condenado a muerte. La injusticia de esta sentencia era muy flagrante, todo París estaba indignado, y se consideró que su religión y su riqueza, más que el crimen alegado en su contra, habían sido la causa de la condena.

Félix había presenciado accidentalmente el juicio, y cuando escuchó la decisión de la corte su horror e indignación fueron incontrolables. En ese momento, hizo la solemne promesa de rescatarlo y se puso a buscar los medios para hacerlo. Después de varios intentos estériles de conseguir entrar en la prisión, encontró, en una zona no vigilada del edificio, una ventana con fuertes rejas que daba luz al calabozo del desafortunado Muhammadan, quien, cargado de cadenas, aguardaba desesperado la ejecución de la bárbara sentencia. Félix visitó la ventana por la noche e hizo saber al prisionero cuáles eran sus intenciones. El turco, asombrado y contento, intentó encender más aún el celo de su liberador haciéndole promesas de recompensa y riqueza. Félix rechazó sus ofertas con desdén, pero cuando vio a la adorable Safie, a quien se le había permitido visitar a su padre y quien, por medio de gestos, expresaba su gratitud, el joven no pudo evitar pensar que el cautivo tenía un tesoro que compensaría totalmente sus esfuerzos y sus riesgos.

El turco rápidamente percibió el impacto que su hija había hecho en el corazón de Félix e intentó asegurarse más íntegramente sus intereses prometiendo la mano de su hija en matrimonio tan pronto como fuera llevado a un sitio seguro. Félix era demasiado delicado para aceptar semejante ofrecimiento; sin embargo, anhelaba ese acontecimiento y creía que colmaría su felicidad.

Durante los días siguientes, mientras iban avanzando los preparativos para la escapada del mercader, el celo que Félix empleaba en ellos fue animado por varias cartas que recibió de aquella adorable niña, quien encontró medios para expresar sus sentimientos en su idioma gracias a la ayuda de un anciano, un criado de su padre que entendía el francés. Le agradeció de la forma más apasionada la ayuda que iba a dar a su padre, y al mismo tiempo ella lamentaba su propia suerte.

Tengo copia de esas cartas, puesto que encontré medios, durante mi residencia en la casucha, de procurarme los útiles que se utilizan para escribir, y con frecuencia las cartas estaban en manos de Félix o Agatha. Antes de mi partida te las daré; te probarán la verdad de mi historia; pero ahora, como el sol ya está bastante bajo, sólo tendré tiempo para relatarte lo más sustancial de ellas.

Safie contaba que su madre era una árabe cristiana, apresada y hecha esclava por los turcos; ayudada por su belleza, había ganado el corazón del padre de Safie, quien se casó con ella. La joven hablaba muy bien y con entusiasmo de su madre, quien, nacida en libertad, rechazaba la esclavitud a la que estaba sometida. Educó a su hija en los principios de su religión y le enseñó a tener mayores aspiraciones intelectuales y una independencia prohibida para las seguidoras femeninas de Mahoma. Esa dama murió, pero sus enseñanzas quedaron impresas de forma indeleble en la mente de Safie, quien se ponía enferma ante la perspectiva de regresar a Asia y verse recluida dentro de las paredes de un harén, donde sólo se le permitía ocupar su tiempo con entretenimientos infantiles que se adaptaban mal al temperamento de su alma, acostumbrada, como ahora estaba, a las grandes ideas y a la noble emulación de la virtud. La posibilidad de casarse con un cristiano y de permanecer en un país donde a las mujeres se les permitía ocupar un lugar en la sociedad era encantadora para ella.

El día de la ejecución del turco estaba fijado, pero la noche anterior escapó de su prisión y antes del amanecer estaba a muchas leguas de París. Félix se había procurado pasaportes a nombre de su padre, su hermana y suyo propio. Había comunicado previamente su plan al primero, quien contribuyó al engaño cerrando su casa con el pretexto de un viaje y escondiéndose, junto con su hija, en una zona apartada de París.

Félix condujo a los fugitivos a través de Francia hasta Lyon, y luego, cruzando el Mont Cenis, les guió hasta Livorno, donde el mercader había decidido esperar una oportunidad favorable para pasar a algún territorio bajo dominio turco.

Safie decidió permanecer con su padre hasta el momento de su partida, antes de la cual el turco renovó la promesa de que se uniría en matrimonio a su libertador, y Félix permaneció con ellos en espera de ese acontecimiento. Mientras tanto disfrutó de la compañía de la árabe, quien mostró hacia él el más sencillo y tierno afecto. Conversaban por medio de un intérprete y, algunas veces, por medio de la interpretación de sus miradas; Safie le cantaba las divinas melodías de su país natal.

El turco permitía esta intimidad y alentaba las esperanzas de los jóvenes enamorados, pero en su corazón tenía unos planes bien diferentes. Odiaba la idea de que su hija se casara con un cristiano, pero temía el resentimiento de Félix si se mostraba poco entusiasta, y sabía que todavía estaba en manos de su libertador, quien podía delatarlo al Estado italiano, donde se encontraban. Dio vueltas en torno a mil planes para prolongar el engaño hasta que ya no fuera necesario y pudiera, secretamente, llevarse al partir a su hija. Sus planes fueron facilitados por las noticias que llegaron de París.

El Gobierno de Francia estaba enfurecido por la huida de su prisionero y no escatimaba esfuerzos para encontrar y castigar a su libertador. El plan de Félix había sido descubierto rápidamente y De Lacey y Agatha habían sido encarcelados. Las noticias llegaron hasta Félix y le apartaron de su sueño placentero. Su ciego y viejo padre y su bondadosa hermana estaban en una pestilente celda mientras él disfrutaba del aire libre y de la compañía de quien amaba. Esta idea era una tortura para él. Acordó con el turco que si encontraba una oportunidad favorable para escapar antes de que Félix regresase a Italia, Safie permanecería como huésped en un convento de Livorno. Y entonces, dejando a la adorable árabe, se apresuró a llegar a París y se entregó a la ley, esperando con esto liberar a De Lacey y a Agatha.

Pero no lo consiguió. Permanecieron encerrados durante cinco meses hasta que tuvo lugar el juicio, cuyo resultado les privó de su fortuna y les condenó al exilio perpetuo de su país natal.

Encontraron un miserable lugar de asilo en Alemania, que es donde yo los descubrí. Félix pronto se enteró de que el vil turco, por quien él y su familia estaban soportando tan inaudita opresión, al descubrir que su libertador había sido humillado de este modo, había traicionado sus buenos sentimientos y su propio honor, abandonando Italia con su hija e insultando a Félix con el envío de una miseria de dinero para ayudarle, según dijo, en algún proyecto de manutención.

Estos eran los hechos que azotaban el corazón de Félix y le hacían, cuando le vi por primera vez, la persona más desgraciada de la familia. Podría haber soportado la pobreza, incluso con placer, si ese sufrimiento fuera el tributo que debía pagar por su virtud; pero la ingratitud del turco y la pérdida de su amada eran desgracias más amargas e irreparables. La llegada de Safie había infundido nueva vida a su alma.

Cuando llegó a Livorno la noticia de que Félix había sido privado de su riqueza y su rango, el mercader ordenó a su hija que se olvidara de su amado y que preparara su regreso a su país natal. Safie se sintió ofendida por esta orden e intentó discutir con su padre, pero este se marchó enfadado, reiterando su tiránico mandato.

Pocos días después, el turco entró en la habitación de su hija y de forma intempestiva le dijo que tenía razones para pensar que se había divulgado su presencia en Livorno y que sería enviado ante el Gobierno francés. Por tanto, había alquilado un barco que le llevaría hasta Constantinopla, ciudad para la cual partiría en unas pocas horas. Tenía intenciones de dejar a su hija al cuidado de un criado de confianza para que le siguiera, cuando pudiese, con la mayor parte de su fortuna, que aún no había llegado a Livorno.

En cuanto quedó sola, Safie decidió el plan que le permitiría alcanzar su objetivo en esta emergencia. La idea de residir en Turquía la horrorizaba; su religión y sus sentimientos eran igualmente contrarios a esto. Por ciertos papeles de su padre que llegaron a sus manos, se enteró del exilio de su amado y del nombre del lugar donde ahora residía. Dudó durante algún tiempo, pero finalmente tomó una decisión. Cogió algunas joyas que le pertenecían y una cierta suma de dinero, abandonó Italia con una criada, una nativa de Livorno que entendía la lengua común de Turquía, y partió para Alemania.

Llegó a salvo a un pueblo, a unas veinte leguas de la casa de los De Lacey, donde su criada cayó gravemente enferma. Safie la atendió con gran devoción y afecto, pero la pobre muchacha murió y la joven árabe quedó sola, sin saber la lengua del país y totalmente ignorante de las costumbres. Sin embargo, cayó en buenas manos. La italiana había mencionado el nombre del lugar a donde se dirigían y, después de su muerte, la mujer de la casa en que vivían se ocupó de que Safie llegara ilesa a la casa de su amado.»

CAPÍTULO XVI

«Esa era la historia de mis amados vecinos. Me produjo una fuerte impresión. A partir de las escenas de su vida social, aprendí a admirar las virtudes y a desaprobar los vicios de la humanidad.

Hasta ese momento había considerado el crimen como un mal distante; la bondad y la generosidad habían estado siempre presentes ante mí, incitándome a convertirme en un actor de la animada obra en que se exhibían cualidades tan admirables. Pero, al dar cuenta de los progresos de mi mente, no debo omitir una circunstancia que ocurrió al principio del mes de agosto del mismo año.

Una noche, durante mi acostumbrada visita a los bosques vecinos donde recogía mi propia comida y de donde traía leña para mis protectores, encontré sobre el suelo un baúl de viaje de piel que contenía varias prendas y algunos libros. Cogí ansiosamente el botín y volví a mi casucha. Afortunadamente, los libros estaban escritos en la lengua cuyos rudimentos yo había adquirido en la casa. Se trataba de *El paraíso perdido,* un volumen de *Vidas,* de Plutarco, y *Las desventuras de Werther.* La posesión de estos tesoros me ocasionó gran placer; a partir de ese momento, estudiaba continuamente y ejercitaba mi mente con esas historias, mientras mis amigos se dedicaban a sus ocupaciones normales.

Apenas puedo describir el efecto que me produjeron esos libros. Me proporcionaron infinidad de nuevas imágenes y sentimientos, que algunas veces me llevaban al éxtasis, pero con más frecuencia me hundían en el más profundo desaliento. En *Las desventuras de Werther,* además del interés de su simple y conmovedora historia, se examinan tantas opiniones y se echa tanta luz sobre lo que hasta ahora habían sido para mí temas oscuros, que me pareció una fuente inagotable de especulación y asombro. Los hábitos bondadosos y domésticos que describe, combinados con elevados sentimientos y sensaciones que tienen, debido a su objeto, algo de ajeno, se ajustaban bien a la experiencia que había tenido con mis protectores y con los deseos que para siempre vivirán en mi pecho. Pero yo consideraba que Werther era el ser más divino de todos cuantos yo jamás hubiese conocido e imaginado; su carácter no era pretencioso, pero, sin embargo, causaba una profunda impresión. Las disquisiciones acerca de la muerte y el suicidio parecían hechas especialmente para maravillarme. No pretendía analizar los méritos del caso no obstante, yo compartía las opiniones del héroe, cuya muerte lloré sin comprenderla totalmente.

Mucho de lo que leía lo aplicaba a mis propios sentimientos y condición. Me encontraba a mí mismo similar y, sin embargo, al mismo tiempo, extrañamente diferente a los seres que encontraba en mis lecturas y a aquellos cuyas conversaciones escuchaba. Les compadecía y en parte les comprendía, pero era mentalmente inmaduro: no dependía de nadie ni estaba vinculado a nadie. «El camino de mi partida estaba libre», y nadie iba a lamentar mi aniquilación. Mi persona era espantosa y mi estatura gigante. ¿Qué significaba esto? ¿Quién era yo? ¿Qué era yo? ¿De dónde venía? ¿Cuál era mi destino? Estas preguntas volvían continuamente a mí, pero yo era incapaz de responderlas.

El volumen de *Vidas* de Plutarco que yo poseía contenía las historias de los fundadores de las antiguas repúblicas. Este libro tuvo un efecto completamente diferente sobre mí que *Las desventuras de Werther*. De la imaginación de Werther aprendí sobre el desaliento y la melancolía, pero Plutarco me enseñó altos ideales; me elevó por encima del desventurado mundo de mis propias reflexiones y me llevó a admirar y amar a los héroes del pasado. Muchas cosas que leía sobrepasaban mi comprensión y mi experiencia. Tenía nociones muy confusas acerca de los reinos, las amplias extensiones de territorio, los poderosos ríos y los mares ilimitados. Pero ignoraba todo acerca de las ciudades y las grandes concentraciones de hombres. La casa de mis protectores había sido la única escuela en que había estudiado la naturaleza humana, y este libro desarrollaba nuevas y más poderosas escenas de acción. Leí acerca de hombres involucrados en los asuntos públicos, que gobernaban y masacraban a su especie. Sentí que surgía dentro de mí un gran fervor hacia la virtud y odio hacia el vicio, en la medida en que entendía el significado de estos términos, tan relativos como eran, cuando los aplicaba sólo al dolor y al placer. Por supuesto, estos sentimientos me impulsaron a admirar a los gobernantes pacíficos —Numa, Solón y Licurgo— más que a Rómulo y a Teseo. La vida patriarcal de mis protectores hizo que estas impresiones se afianzaran en mi mente; si hubiese sido un soldado, sediento de gloria y sangre, quien me presentara la humanidad, tal vez me habría infundido otros sentimientos.

Pero *El paraíso perdido* me despertó emociones diferentes y mucho más profundas. Lo leí, como había leído los otros volúmenes que habían llegado a mis manos, como una historia real. Produjo todos los sentimientos de asombro y miedo que era capaz de despertar la imagen de un dios omnipotente en guerra con sus criaturas. Mucha veces relacioné diversas situaciones con las mías propias y su parecido me estremeció. Como Adán, yo estaba aparentemente desvinculado de cualquier otro ser existente; pero su estado era muy distinto del mío en todo lo demás. Había surgido de la mano de Dios como una criatura perfecta, feliz y próspera, protegida por el cuidado especial de su Creador; se le permitía conversar y adquirir conocimientos de seres de naturaleza superior; en cambio, yo era un desgraciado que estaba desamparado y solo. Muchas veces consideré que Satán era el emblema más adecuado a mi condición, puesto que, como él, cuando veía la felicidad de mis protectores, sentía dentro de mí la amarga bilis de la envidia.

Otra circunstancia afianzó y confirmó estos sentimientos. Poco después de mi llegada al refugio descubrí unos papeles en uno de los bolsillos de la ropa que había cogido de tu laboratorio. Al principio no les había prestado atención, pero ahora que podía descifrar los caracteres con que estaba escrito, comencé a estudiarlos con diligencia. Era tu diario de los cuatro meses que precedieron a mi creación. En estos papeles describiste minuciosamente cada paso que diste en el desarrollo de tu trabajo; en la historia se mezcla el relato de eventos domésticos. Sin duda recordarás estos papeles. Aquí están. En ellos se cuenta todo lo que hace referencia a mi maldito origen; toda la serie de desagradables circunstancias que lo produjeron está puesta a la vista; la minuciosa descripción de mi odiosa y repugnante persona está hecha con un lenguaje que pinta tus propios horrores y hace los míos imborrables. Enfermé mientras los leía. "¡Odio el día en que he recibido la vida!", exclamé agonizante. "¡Maldito creador! ¿Por qué has hecho un monstruo tan horrendo del que hasta tú huyes despavorido? Dios, misericordioso, hizo al hombre bello y fascinante, a su imagen; en cambio, mi forma es una grosera réplica de la tuya, más horrible todavía por su parecido con la tuya. Satán tiene sus compañeros, otros diablos, para admirarle y darle coraje, pero yo estoy solo y soy aborrecido."

Estas eran mis reflexiones en mis horas de desánimo y soledad. Sin embargo, contemplando las virtudes de los habitantes de la casa, su disposición amable y benevolente, me convencí de que en cuanto supieran de la admiración que sentía por sus virtudes se compadecerían de mí y pasarían por alto la deformidad de mi figura. ¿Echarían de su puerta a alguien que, si bien es monstruoso, solicita su compasión y amistad? Decidí, sin desesperarme, prepararme lo mejor posible para un encuentro que decidiría mi suerte. Pospuse este intento durante algunos meses, pues la importancia que asignaba a su éxito me producía miedo a fracasar. Además, veía que mi comprensión mejoraba tanto con la experiencia cotidiana que no quería enfrentarme a esta prueba hasta que unos pocos meses más hubiesen aumentado mi sagacidad.

Mientras tanto, se produjeron varios cambios en la casa. La presencia de Safie propagaba la felicidad entre sus habitantes, y también noté que había una mayor abundancia. Félix y Agatha pasaban más tiempo divirtiéndose y conversando, y unos criados les ayudaban en sus tareas. No parecían ricos, pero estaban felices y contentos; sus sentimientos eran serenos y pacíficos, en cambio los míos se hacían cada día más tumultuosos. El aumento de conocimientos sólo me descubrió más claramente qué desgraciado paria era. Abrigaba esperanzas, es verdad, pero se desvanecían cuando veía mi persona reflejada en el agua o mi sombra a la luz de la luna, de la misma forma en que lo hacían la frágil imagen y la inconstante sombra.

Me dediqué a eliminar esos temores y a fortalecerme para la prueba a que había decidido someterme en un par de semanas. Algunas veces permitía que mis pensamientos pasearan, sin someterse a la razón, por los campos del Paraíso, y me atrevía a imaginar que amables y adorables criaturas se compadecían de mis sentimientos y alegraban mi tristeza; su rostro angelical sonreía consolándome. Pero todo era un sueño; ninguna Eva acallaba mis lamentos ni compartía mis pensamientos; estaba solo. Recordaba las súplicas de Adán a su Creador. Pero, ¿dónde estaba el mío? Me había abandonado. Con amargura en mi corazón, lo maldije.

Así pasó el otoño. Vi, con sorpresa y tristeza, el decaimiento y caída de las hojas; nuevamente la naturaleza adquirió el estéril y desolado aspecto que tenía cuando vi por primera vez los bosques y la adorable luna. Sin embargo, todavía no me afectaban los rigores del tiempo; por mi conformación estaba mejor dotado para soportar el frío que el calor. Pero uno de mis principales placeres era ver las flores, los pájaros y toda la gracia del verano. Una vez que me abandonaron, puse más atención en observar a los habitantes de la casa. Su felicidad no había disminuido por el fin del verano. Se amaban y compartían sus sentimientos, y su alegría dependía sólo de ellos mismos y no era afectada por las eventualidades que tenían lugar a su alrededor. Cuanto más los miraba, mayor era mi deseo de solicitar su protección y su favor; mi corazón suspiraba por ser conocido y amado por estas amables criaturas; ver sus dulces miradas dirigidas hacia mí con afecto era el límite supremo de mi ambición. No me atrevía a pensar que se alejarían de mí con desdén y horror. Los pobres que golpeaban a su puerta nunca eran echados. Pedía, es verdad, tesoros más valiosos que un poco de comida y descanso; pedía amabilidad y comprensión, pero no me creía indigno de ello.

El invierno avanzó y ya se había cumplido un ciclo completo de estaciones desde que yo despertara a la vida. En ese momento toda mi atención estaba concentrada en mi plan para presentarme en la casa de mis protectores. Di vueltas a varios proyectos, pero finalmente elegí entrar en la casa cuando el hombre ciego estuviese solo. Tenía la suficiente sagacidad como para darme cuenta de que la anormal fealdad de mi persona era la principal causa del horror de quienes me habían visto antes. Mi voz, aunque tosca, no tenía nada de terrible; creía, por tanto, que si en la ausencia de sus hijos podía ganar la buena voluntad y mediación del anciano De Lacey, luego mis protectores más jóvenes también me aceptarían.

Un día en que el sol brillaba sobre las hojas rojas que cubrían el suelo y daban alegría, aunque confirmaban que el calor había desaparecido, Safie, Agatha y Félix salieron a dar un largo paseo por el campo, y el anciano, por su propia voluntad, quedó solo en la casa. Cuando sus hijos ya se habían marchado, cogió su guitarra y tocó varias tristes y dulces melodías, más dulces y tristes que las que le había oído tocar hasta ahora. Al principio su rostro estaba iluminado de placer, pero, al continuar, la circunspección y la tristeza triunfaron; finalmente, dejó a un lado el instrumento y quedó absorto en la meditación.

Mi corazón latía con fuerza; era la hora y el momento de la prueba que decidiría si se harían realidad mis ilusiones o se confirmarían mis temores. Los criados habían ido a una feria en un pueblo vecino. Todo estaba en silencio dentro y fuera de la casa, era una oportunidad excelente; sin embargo, cuando procedí a ejecutar mi plan, las piernas se me aflojaron y caí al suelo. Volví a ponerme de pie, ejerciendo toda la firmeza de que era capaz, y quité las tablas que había colocado delante de la casucha para ocultar mi escondite. El aire fresco me reanimó y con renovada decisión me acerqué a la puerta de su casa.

Golpeé. "¿Quién está ahí?", respondió el anciano. "Entre".

Entré. "Perdone esta intromisión", dije: "Soy un viajero que necesita un poco de descanso; le agradecería mucho si me permitiera permanecer unos pocos minutos delante del fuego".

"Pase", dijo De Lacey, "y veré de qué forma puedo ayudarlo; pero, desafortunadamente, mis hijos no están en casa y, como soy ciego, me temo que me será difícil procurarle comida".

"No se preocupe, mi amable anfitrión; tengo comida; es el calor y el descanso lo único que necesito."

Me senté, y hubo silencio. Sabía que cada minuto que pasaba era precioso para mí; sin embargo, no podía decidir cómo comenzar la conversación. Entonces, el anciano me dijo: "Por su idioma, supongo que usted es compatriota mío; ¿es usted francés?".

"No; pero fui educado por una familia francesa, y comprendo sólo esta lengua. Ahora voy a pedir la protección de unos amigos, a quienes quiero realmente, y en cuyo favor tengo puestas ciertas esperanzas."

"¿Son alemanes?"

"No, son franceses. Pero cambiemos de tema. Soy una criatura desafortunada y abandonada; miro a mi alrededor y no tengo parientes ni amigos sobre la Tierra. Esta gente amable que voy a ver nunca me ha visto y saben poco de mí. Tengo mucho miedo, porque si fracaso, seré un paria para siempre en el mundo."

"No desespere. No tener amigos es realmente una desgracia, pero los corazones de la gente, a no ser que tengan mala voluntad por algún obvio egoísmo, están llenos de amor fraternal y caridad. Confíe, por tanto, y tenga esperanzas; y si estos amigos son buenos y amables, no debe perder la calma."

"Son amables, son las criaturas más excelentes del mundo; pero, desgraciadamente, están mal predispuestos hacia mí. Tengo buenas intenciones; mi vida ha sido hasta ahora inofensiva y en cierta medida benefactora; pero un prejuicio fatal enturbia sus ojos, y donde deberían ver un amigo sensible y amable, ven sólo un monstruo detestable."

"Eso es realmente desafortunado; pero si es inocente, ¿no puede hacer que salgan de su engaño?"

"Estoy a punto de intentarlo, y es por eso que siento temores tan abrumadores. Quiero tiernamente a esos amigos; he estado durante muchos meses, sin que ellos lo supiesen, teniendo atenciones diariamente con ellos; pero ellos creen que quiero hacerles daño, y es ese prejuicio lo que quiero que superen."

"¿Dónde viven estos amigos?"

"Cerca de aquí."

El anciano se detuvo y luego continuó: "Si quiere contarme sin reservas los detalles de su historia, tal vez yo pueda ayudarle a desengañarles. Soy ciego y no puedo juzgar su aspecto, pero hay algo en sus palabras que me dice que es sincero. Soy un pobre exiliado, pero me gustaría mucho poder ayudar a otro ser humano."

"¡Usted es un hombre excelente! Le agradezco y acepto su generoso ofrecimiento. Me anima con su amabilidad y confío en que, con su ayuda, no seré excluido de la compañía y la compasión de sus semejantes."

"¡No lo permita Dios!, aunque usted fuese un criminal, porque esto sólo le conduciría a la desesperación en lugar de alentarle a ser virtuoso. También yo he caído en la desgracia; mi familia y yo hemos sido condenados, aunque somos inocentes; juzgue, pues, si sufro al ver su desdicha."

"¿Cómo puedo agradecerle, mi querido y único benefactor? De sus labios han salido las primeras palabras de amabilidad dirigidas hacia mí que he oído; le estaré eternamente agradecido; y su humanidad me asegura el éxito con esos amigos que estoy a punto de ver."

"¿Puedo saber sus nombres y dónde viven?"

Vacilé. Este, creía, era el momento de decisión que me iba a robar u otorgar la felicidad para siempre. Luché en vano por ser lo suficientemente firme como para poder responderle, pero el esfuerzo consumió todas las fuerzas que me quedaban; me hundí en la silla y lloré. En ese momento oí los pasos de mis protectores más jóvenes. No tenía un instante que perder y, cogiendo la mano del anciano, grité: "¡Ahora es el momento! ¡Sálveme y protéjame! Usted y su familia son los amigos que yo busco. ¿Va a abandonarme a la hora de la verdad?"

"¡Dios santo!", exclamó el anciano. "¿Quién es usted?"

En ese momento la puerta de la casa se abrió y Félix, Safie y Agatha entraron. ¿Quién puede describir su horror y consternación al verme? Agatha se desmayó y Safie, incapaz de atender a su amiga, huyó fuera de la casa. Félix se lanzó sobre mí y, con una fuerza sobrenatural, me arrancó del lado de su padre, a cuyas rodillas me agarré. Luego, en un rapto de furia, me arrojó al suelo y me pegó violentamente con un bastón. Podría haberle destrozado como el león desgarra al antílope. Pero mi corazón se hundió de amargura y me abstuve. Vi que estaba a punto de repetir su golpe cuando, dominado por la angustia y el dolor, me fui de la casa y, en el alboroto general, me escapé sin que me viesen a mi refugio.»

CAPÍTULO XVII

«¡Maldito, maldito creador! ¿Por qué seguí viviendo? ¿Por qué no extinguí, en ese mismo instante, la llama de la existencia que caprichosamente me habías dado? No lo sé; la desesperación aún no se había apoderado de mí; sentía rabia y sed de venganza. Con placer podría haber destruido la casa y a todos sus habitantes, y hartarme con sus chillidos y su sufrimiento.

Por la noche, abandoné mi escondite y vagué por el bosque, y entonces, cuando ya no me sentía cohibido por el miedo a ser descubierto, desahogué mi angustia profiriendo terribles aullidos. Era como una bestia salvaje que, una vez en libertad, destruía todo lo que obstruía su paso y recorría el bosque a la velocidad de un venado. ¡Ay! ¡Qué noche más desgraciada pasé! Las frías estrellas brillaban mofándose de mí y los árboles desnudos sacudían sus ramas sobre mi cabeza; una y otra vez, la dulce voz de un pájaro estallaba en aquel silencio universal. Todos, excepto yo, descansaban o trabajaban; yo, en cambio, al igual que Satán, llevaba el infierno dentro de mí y, al no encontrar compasión, quería arrancar los árboles, diseminar estragos y destrucción a mi alrededor y, luego, sentarme y disfrutar de la ruina.

Pero este desorden de sentimientos no podía durar; sentía fatiga por el exceso de esfuerzo físico y me eché en la hierba húmeda enfermo por la impotencia que me producía la falta de esperanza. Ni siquiera uno, entre los innumerables hombres que existían sobre la Tierra, se compadecería y me ayudaría; ¿debía, pues, ser bondadoso con mis enemigos? No; a partir de ese momento, declaré la guerra perpetua contra la especie, especialmente contra quien me había concebido y lanzado a esta insoportable desdicha.

Amaneció; oí voces humanas y supe que era imposible volver a mi refugio durante ese día. Por tanto, me escondí en la espesura del bosque y decidí dedicar las siguientes horas a reflexionar sobre la situación.

El agradable sol y el aire puro del día me devolvieron algo de serenidad; y una vez que hube analizado lo que había sucedido en la casa, no pude evitar pensar que mis conclusiones habían sido demasiado precipitadas. Realmente había actuado con imprudencia. Era evidente que mi conversación había conseguido que el padre se interesara por mí, y había sido un tonto al enseñar mi figura a sus hijos provocando su horror. Antes debí haber conseguido que el viejo De Lacey se familiarizara conmigo, y luego, cuando el resto de la familia estuviese preparado, presentarme paulatinamente ante ellos. Pero no creía que mis errores fueran irreparables, y después de mucho pensar, resolví volver a la casa, buscar al anciano y, mediante argumentos, conseguir que se pusiera de mi lado.

Estos pensamientos me tranquilizaron, y por la tarde me dormí profundamente; pero la fiebre de mi sangre no permitió que me visitaran sueños sosegados. La horrible escena del día anterior estaba siempre presente ante mis ojos; las mujeres huían y Félix me arrancaba de los pies de su padre. Me desperté exhausto y, al ver que ya era de noche, me deslicé fuera de mi escondite y fui a buscar comida.

Una vez que había aplacado mi hambre, dirigí mis pasos hacia el familiar sendero que me conducía a la casa. Todo estaba en paz. Entré sigilosamente en la casucha y permanecí en silencio esperando que llegara la hora en que acostumbraba levantarse la familia. Pasó esa hora; el sol estaba ya en lo alto del cielo y mis vecinos seguían sin aparecer. Mi cuerpo temblaba violentamente presintiendo alguna temeraria desgracia. El interior de la casa estaba oscuro y no oía ningún movimiento; no puedo describir la agonía que me producía la incertidumbre.

Algo más tarde, dos campesinos que pasaban por allí se detuvieron frente a la casa y se pusieron a hablar haciendo gestos violentos; pero yo no podía entender lo que decían, pues hablaban en la lengua del país, que era diferente a la de mis protectores. Poco después, llegó

Félix con otro hombre; esto me sorprendió porque sabía que no había salido de la casa esa mañana, y escuché ansiosamente para descubrir qué significaban esas insólitas presencias.

"Tenga en cuenta", dijo a su compañero, "que está obligado a pagar tres meses de renta y que perderá el producto de su huerto. No quiero aprovecharme de la situación, por eso le ruego que utilice algunos días para considerar su decisión".

"Es totalmente inútil", respondió Félix, "no podemos volver a habitar la casa. La vida de mi padre está en peligro, debido a la terrible circunstancia que le he contado. Mi esposa y mi hermana no se recuperarán nunca del susto. Le suplico que no discuta más conmigo. Tome posesión de su casa y déjeme alejarme de este lugar".

Félix temblaba violentamente mientras hablaba. Ambos entraron en la casa, donde permanecieron durante unos pocos minutos y luego se marcharon. Nunca volví a ver a la familia De Lacey.

Permanecí el resto del día en mi refugio, en un estado de total y estúpida desesperación. Mis protectores habían partido, rompiendo así el único vínculo que me unía al mundo. Por primera vez colmaron mi pecho sentimientos de revancha y odio, y no me esforcé por contenerlos, sino que me dejé arrastrar por la corriente. Mis pensamientos derivaron al daño y la muerte. Cuando pensé en mis amigos, en la suave voz de De Lacey, en los tiernos ojos de Agatha y en la exquisita belleza de la joven árabe, estos pensamientos se desvanecieron y de mis ojos surgió un mar de lágrimas que, en cierto modo, me aliviaron. Pero cuando volví a pensar que me habían rechazado y abandonado, volví a enfurecerme y al no poder atacar a ningún humano, me volví con fuerza hacia los objetos inanimados de mi alrededor. Ya avanzada la noche, coloqué diversos combustibles alrededor de la casa y, después de destruir todo vestigio de cultivo en el jardín, esperé, conteniendo mi impaciencia, hasta que la luna se ocultara para comenzar mis operaciones.

Al avanzar la noche, un viento feroz llegó desde el bosque y dispersó rápidamente las nubes que merodeaban por el cielo; la ráfaga pasó como una poderosa avalancha y despertó cierta locura en mi espíritu que desbordaba todos los límites de la razón y la reflexión. Encendí la rama seca de un árbol y bailé con furia alrededor de la casa con mis ojos aún fijos en el horizonte occidental, cuya línea la luna casi tocaba. Una parte de su esfera estaba ya oculta, cuando sacudí la rama encendida; desapareció y, entonces, lanzando un fuerte grito encendí la paja, el brezo y los arbustos que había juntado. El viento avivó el fuego y la casa pronto estuvo envuelta en llamas, que se aferraban a ella y la lamían con sus múltiples y destructivas lenguas.

En cuanto quedé convencido de que nadie podría salvar siquiera una parte de la casa, abandoné ese paraje y busqué refugio en los bosques.

Y entonces, con el mundo ante mí, ¿hacia dónde dirigiría mis pasos? Decidí huir lejos del escenario de mis desgracias; pero para mí, odiado y despreciado, todos los países debían ser igual de horribles. Finalmente tú apareciste en mi mente. Supe por aquellos papeles que eras mi padre, mi creador; ¿a quién podía recurrir sino a ti que me habías dado la vida? En las lecciones que Félix había dado a Safie, estaba incluida la geografía; en ellas yo había aprendido la situación relativa de los distintos países del mundo. Habías mencionado Ginebra como nombre de tu ciudad natal, y hacia ese sitio decidí dirigirme.

Pero, ¿cómo iba a orientarme? Sabía que debía viajar en dirección sudoeste para llegar al destino, pero el sol era mi única guía. No conocía los nombres de los pueblos por los que pasaría ni podía pedir información a ningún ser humano, pero no desesperé. Sólo a ti podía pedirte socorro, aunque no sintiera hacia ti otro sentimiento que no fuera odio. ¡Eras un creador insensible y sin corazón! Me habías dotado de percepción y de pasiones, y luego convertido en objeto del asco y el horror de la humanidad. Pero sólo de ti podía reclamar compasión y desagravio, y a ti decidí pedir la justicia que vanamente había intentado obtener de todo otro ser con forma humana.

Mis viajes fueron largos, e intensos los sufrimientos que tuve que soportar. Era el final de otoño cuando dejé la región donde había vivido durante tanto tiempo, temeroso de encontrar el rostro de un ser humano. La naturaleza decaía a mi alrededor y el sol ya no calentaba; la lluvia y la nieve caían a mi alrededor; ríos caudalosos se helaban; la superficie de la tierra se volvía dura, helada y desnuda, y yo no encontraba refugio. ¡Ay, tierra! ¡Qué frecuentemente maldije mi existencia! La dulzura de mi carácter había desaparecido, y todo en mí se había vuelto irritación y amargura. Cuanto más me acercaba a tu lugar de residencia, más intensamente sentía un espíritu de venganza encendido en mi corazón. Caía nieve y las aguas se endurecían, pero yo no descansaba. Unos pocos accidentes del camino me orientaron. Poseía un mapa del país, pero muchas veces vagaba apartándome de mi camino. La agonía de mis sentimientos no me daba respiro; ningún incidente ocurrió del cual mi odio y mi desgracia no pudiesen sacar su alimento; pero una circunstancia que ocurrió al llegar a los confines de Suiza, cuando el sol había vuelto a calentar y la tierra a cubrirse de verde, renovó de una manera especial la amargura y el horror de mis sentimientos.

Generalmente descansaba durante el día y viajaba sólo cuando la noche me ocultaba de las miradas del hombre. Una mañana, sin embargo, al ver que mi camino atravesaba un bosque espeso, me aventuré a continuar después de la salida del sol; era uno de los primeros días de la primavera, y la belleza del Sol y la fragancia del aire consiguieron alegrarme. Revivió en mí una sensación de serenidad y de placer que parecía muerta desde hacía tiempo. Algo sorprendido por la novedad de estas sensaciones, me dejé arrastrar por ellas y, olvidando mi soledad y mi deformidad, me atreví a ser feliz. Las lágrimas volvieron a bañar mis mejillas y llegué a alzar mi húmeda mirada al cielo, agradeciendo al bendito sol que me diera esa alegría.

Continué serpenteando por los senderos del bosque hasta que llegué a su límite, que estaba rodeado por un río rápido y profundo, hacia el cual inclinaban sus ramas muchos de los árboles, que ahora abrían sus yemas en la incipiente primavera. Allí estaba, sin saber qué camino tomar, cuando oí voces que me indujeron a ocultarme detrás de un ciprés. Apenas me había escondido cuando una joven niña se acercó corriendo y riendo a donde yo estaba, como si, jugando, escapara de alguien. Continuó su camino por las orillas acantiladas del río, hasta que, de pronto, su pie resbaló y cayó al río. Salí corriendo de mi escondite, y después de mucho trabajo, debido a la fuerza de la corriente, la salvé y la arrastré hasta la orilla. Había perdido el sentido, y yo estaba intentando reanimarla utilizando todos los medios a mi alcance, cuando, de repente, me interrumpió la llegada de un campesino que probablemente era la persona de quien ella escapaba en su juego. Al verme, se abalanzó sobre mí, arrancó la niña de mis brazos y huyó hacia la parte más espesa del bosque. Lo seguí enseguida; apenas sabía por qué; pero cuando el hombre vio que me acercaba, apuntó a mi cuerpo con una pistola que llevaba y disparó. Caí al suelo, y él, con más rapidez que antes, desapareció en el bosque.

¡Esta era entonces la recompensa a mi bondad! Había salvado a un ser humano de la destrucción y, como recompensa, me retorcía ahora por el terrible dolor de una herida que había hecho pedazos la carne y los huesos. Los sentimientos de bondad y amabilidad que había albergado hacía sólo unos momentos dieron lugar a un odio diabólico y a un rechinar de dientes. Acalorado por el dolor, juré odio y venganza a toda la humanidad. Pero la agonía de mi herida me dominó, mi pulso se hizo más lento y perdí el conocimiento.

Después de algunas semanas mi herida cicatrizó y continué mi viaje. Ni el sol brillante ni la suave brisa de la primavera compensaban ya mis esfuerzos; la alegría no era más que una burla que insultaba mi soledad y me hacía sentir más dolorosamente que no estaba hecho para disfrutar.

Pero mis esfuerzos estaban por llegar a su fin, y en dos meses a partir de este momento llegué a los alrededores de Ginebra.

Llegué al atardecer y me retiré a un escondite en los campos de los alrededores para meditar de qué forma debía dirigirme a ti. Me oprimían la fatiga y el hambre, y me sentía demasiado triste como para poder disfrutar de las suaves brisas del anochecer o de la vista del sol poniéndose detrás de las maravillosas montañas del Jura.

En un momento, mientras un leve sueño me liberaba del sufrimiento que me producían mis reflexiones, un hermoso niño se acercó corriendo con alegría infantil al escondrijo que yo había elegido. De pronto, en cuanto lo vi, se me ocurrió la idea de que esta pequeña criatura no tendría prejuicios, y que habría vivido demasiado poco como para haber aprendido a horrorizarse ante la deformidad. Por consiguiente, si conseguía cogerlo y educarlo como mi compañero y amigo, no me sentiría tan solitario en este poblado mundo.

Alentado por este impulso, cogí al niño cuando pasó cerca y lo atraje hacia mí. En cuanto vio mi figura, puso las manos delante de sus ojos y profirió un estridente grito. A la fuerza, quité las manos de su cara y le dije: "Niño, ¿qué significa esto? No quiero hacerte daño; escúchame".

146

Luchó con violencia. "Déjame", gritaba, "¡monstruo! ¡Horrible desgraciado! Quieres comerme y destrozarme a pedazos. Eres un ogro. Déjame ir o se lo diré a mi padre".

"Niño, nunca volverás a ver a tu padre; debes venir conmigo."

"¡Horrible monstruo! Suéltame. Mi padre es síndico, es el señor Frankenstein; él te castigará. No te atrevas a llevarme."

"¡Frankenstein! Entonces tú perteneces a mi enemigo contra quien he jurado eterna venganza; serás mi primera víctima."

El niño todavía luchaba y me agobiaba con epítetos que llenaban mi corazón de desesperación; agarré su cuello para silenciarle, y un instante después yacía muerto a mis pies.

Miré a mi víctima, y mi corazón se hinchó exultante por el endiablado triunfo; batiendo las palmas, exclamé: "También yo puedo crear desolación; mi enemigo no es invulnerable; esta muerte provocará su desesperación y mil otras desgracias lo atormentarán y lo destruirán".

Mientras miraba a mi víctima, vi algo que brillaba en su pecho. Lo cogí; era el retrato de una adorable señora. A pesar de mi maldad, me enterneció y me atrajo. Durante unos pocos instantes miré embelesado sus ojos oscuros, sus densas pestañas y sus adorables labios; pero rápidamente mi ira volvió; recordaba que estaba privado para siempre de las delicias que tan bellas criaturas podían brindarme, y ella, cuyo retrato yo contemplaba, hubiese cambiado, al verme, ese aire de divina bondad por una expresión de disgusto y pánico.

¿Te extraña que tales pensamientos me produjeran arrebatos de rabia? A mí sólo me extraña que en ese momento, en lugar de desahogarme con exclamaciones y sufrir agonía, no me hubiese precipitado sobre la humanidad y muerto en el intento de destruirla.

Mientras me dominaban estos sentimientos, dejé el lugar donde había cometido el asesinato y busqué un lugar más retirado para esconderme. Entré en un granero que creí vacío. Sin embargo, una mujer dormía sobre la paja; era joven, no tan bella como la del retrato que yo tenía, pero de un aspecto agradable y rebosante del encanto que otorgan la juventud y la salud. Aquí, pensé, tenemos a una de esas criaturas cuyas sonrisas son capaces de dar alegría a cualquiera menos a mí. Y entonces, me incliné sobre ella y le susurré: "Despierta, hermosa, tu amado, el que daría su vida para conseguir una mirada de afecto de tus ojos está cerca. ¡Despierta, mi amada!".

Ella se movió; el miedo me estremeció. Despertaría y, al verme, me insultaría y me denunciaría por asesinato. Seguramente sería eso lo que haría si sus oscuros ojos se abrieran y me viera. Pensar esto me enloqueció; despertó al diablo que había dentro de mí. Entonces pensé: no yo, sino ella, sufriría; ella expiaría el asesinato que yo había cometido por estar privado para siempre de todo lo que ella podría darme. Ella era la causa del crimen; ¡que fuera ella quien fuese castigada! Gracias a las lecciones de Félix y a las sanguinarias leyes de los hombres, había aprendido a hacer daño. Me incliné sobre ella y puse el retrato bien sujeto a uno de los pliegues de su vestido. Ella volvió a moverse y yo hui.

Durante algunos días merodeé por el lugar donde habían tenido lugar estos hechos, algunas veces ansiando verte y otras, decidido a abandonar el mundo y sus miserias para siempre. Finalmente, caminé en dirección a estas montañas, y he recorrido sus partes más recónditas consumido por un dolor ardiente que sólo tú puedes calmar. No nos iremos hasta que me hayas prometido cumplir con mis requerimientos. Estoy solo y soy desdichado; los humanos no se relacionarán nunca conmigo; pero, en cambio, otro ser tan deforme y horrible como yo no me rechazaría. Mi compañera debe ser de mi misma especie y tener mis mismos defectos. Debes crear este ser.»

CAPÍTULO XVIII

Aquel ser terminó de hablar y fijó su mirada en mí esperando una respuesta. Pero yo estaba desconcertado, perplejo, y era incapaz de ordenar mis ideas lo suficiente como para comprender el verdadero alcance de su proposición. Continuó: «Debes crear una compañera con la cual yo pueda compartir los sentimientos que necesito para poder vivir. Sólo tú puedes hacerlo, y te lo pido como un derecho que no debes negarte a concederme».

La parte final de este relato había vuelto a despertar en mí la cólera que se había desvanecido mientras narraba su vida pacífica junto a los habitantes de la casa, y cuando dijo esto no pude contener más la rabia que ardía dentro de mí.

«Me niego», respondí, «y ninguna extorsión podrá conseguir mi consentimiento. Puedes hacer que me convierta en el más desdichado de los hombres, pero nunca conseguirás que me degrade ante mí mismo. ¿Crees que puedo crear otro como tú, cuya maldad unida a la tuya podría asolar el mundo? ¡Vete! Ya te he respondido; puedes torturarme si quieres, pero nunca haré eso».

«Estás en un error», respondió el demonio. «Podría amenazarte, pero me conformo con razonar contigo. Soy malvado porque soy desdichado. ¿Acaso no soy rechazado y odiado por toda la humanidad? Tú, mi propio creador, te alegrarías si me destrozaras a pedazos y, recuerda eso y dime: ¿por qué debo ser más compasivo con el hombre de lo que él lo es conmigo? Si pudieses empujarme dentro de una grieta del hielo y destruirme, no lo considerarías asesinato. ¿Crees que debo respetar al hombre si él me condena? Que comparta amablemente su vida conmigo y verá que en lugar de hacerle daño le retribuiré con lágrimas de gratitud todos los beneficios que implican su aceptación. Pero eso no puede ser; los sentidos humanos son barreras insuperables que impiden nuestra unión. Pero la mía no será una sumisión esclava y rastrera. Me vengaré por el daño que me hacen; si no puedo inspirar amor, causaré miedo, y principalmente a ti, que por ser mi creador eres mi principal enemigo, te juro odio perpetuo. Ten cuidado: trabajaré para destruirte y no descansaré hasta que haya asolado tu corazón, de tal modo que odiarás la hora en que has nacido.»

Mientras decía esto le animaba un odio demoníaco; su cara se arrugaba con muecas demasiado horribles para ser soportadas por el ojo humano; pero inmediatamente se calmó y continuó: «Intento razonar. Esta ira me perjudica, puesto que tú no reconoces que eres su verdadera causa. Si algún ser sintiera simpatía por mí, yo se lo retribuiría cientos de veces: ¡por esa única criatura yo haría la paz con toda la humanidad! Pero estos son sueños de felicidad que no pueden hacerse realidad. Lo que pido de ti es razonable y moderado; pido una criatura de otro sexo, pero tan horrenda como yo; la satisfacción que pido es pequeña, pero es todo lo que puedo recibir, y me conformaré. Es verdad, seremos monstruos, aislados del resto del mundo, pero por ello estaremos más unidos el uno al otro. Nuestras vidas no serán felices, pero seremos inofensivos y libres de toda la desdicha que ahora siento. ¡Ay! Mi creador, hazme feliz; haz que pueda sentir gratitud hacia ti aunque no sea más que por un acto de piedad. ¡Permíteme sentir que despierto la simpatía de algún ser viviente; no me niegues mi petición!».

Estaba conmovido. Me estremecía al pensar en las posibles consecuencias de mi consentimiento, pero creía que había cierta justicia en sus palabras. Su historia y los sentimientos que ahora expresaba demostraban que era una criatura de buenos sentimientos, y yo, como su creador, ¿no le debía acaso toda la felicidad que estaba a mi alcance proporcionarle? Él notó el cambio en mi expresión y continuó: «Si accedes a hacer lo que te he pedido, ni tú ni ningún otro ser humano volverán a vernos jamás; iré a las vastas tierras deshabitadas de Sudamérica. Mi alimento no es el hombre; no destruyo a la oveja y al cordero para saciar mi apetito; las bellotas y las bayas me aportan alimento suficiente. Mi compañera tendrá mi misma naturaleza y se conformará con lo mismo. Haremos nuestra cama de hojas secas; el sol brillará sobre nosotros al igual que sobre los demás hombres y madurará nuestro alimento. El panorama que te presento es pacífico y humano, y sólo puedes negarte obedeciendo a un antojo de poder y crueldad. Nunca has tenido compasión por mí y, sin embargo, ahora veo compasión en tus ojos; déjame aprovechar este momento propicio; déjate persuadir y prometerme cumplir el que es mi más ardiente deseo».

«Propones», respondí, «abandonar los lugares donde habita el hombre y vivir en esas soledades donde sólo las bestias del campo serán tus compañeras. ¿Cómo podrías tú, que añoras el amor y la simpatía del hombre, perseverar en este exilio? Volverás y buscarás otra vez su amistad, y te encontrarás con su rechazo; tus malvadas pasiones revivirán y entonces tendrás una compañera para ayudarte en tu tarea destructiva. Esto no puede ser; deja ya de argumentar sobre esto, puesto que no puedo acceder».

«¡Qué inconstantes son tus sentimientos! Hace sólo un momento estabas conmovido por mi relato: ¿por qué vuelves a endurecer tu corazón ante mis quejas? Te juro, por la tierra en que habito, y por ti que me has creado, que con la compañera que te estoy pidiendo abandonaré la proximidad del hombre y viviré en los lugares más salvajes. Mis malvadas pasiones desaparecerán, puesto que conoceré la simpatía. Mi vida fluirá serenamente, y cuando esté a punto de morir no insultaré a mi creador.»

Sus palabras tuvieron un extraño efecto sobre mí. Sentía compasión por él y, por momentos, sentía deseos de consolarle, pero en cuanto le miraba, en cuanto veía la asquerosa masa que se movía y hablaba, mi corazón enfermaba y mis sentimientos cambiaban al horror y el odio. Traté de sofocar estas sensaciones; pensaba que, como no podía simpatizar con él, no tenía derecho a rehusarle la pequeña parte de felicidad que estaba en mis manos ofrecerle.

«Juras», dije, «ser inofensivo; pero, ¿no has demostrado ya un grado de maldad que razonablemente debería hacerme dudar de ti? ¿No podría ser esto una trampa que haría mayor tu triunfo por darte mayores posibilidades de venganza?».

«Pero, ¿qué dices? No quiero ser engañado y exijo una respuesta. Si carezco de lazos y afectos, el odio y la maldad serán mi compensación. El amor de otro hará que desaparezca la causa de mis crímenes y me convertiré en algo cuya existencia todo el mundo ignorará. Mis vicios son hijos de esta forzada soledad que aborrezco y mis virtudes necesariamente surgirán cuando viva en comunión con un igual. Debo sentir el afecto de un ser sensible y encontrar el vínculo a la cadena de la existencia y a los sucesos de los que ahora soy excluido.»

Me mantuve un momento en silencio para pensar en lo que me había relatado y en los diversos argumentos que había dado. Pensé en las promisorias virtudes que había tenido al comienzo de su existencia y en las subsiguientes frustraciones de todo tipo de sentimientos debido al odio y al desprecio que sus protectores habían expresado hacia él. En mis apreciaciones, no pasaba por alto sus poderes y sus amenazas. Una criatura capaz de vivir en las cavernas de los glaciares y esconderse, cuando es perseguido, en montañas de precipicios inaccesibles, era un ser dotado de facultades a las que sería vano enfrentarse. Después de reflexionar durante largo rato, concluí que acceder a su petición sería lo más justo, tanto para él como para mis semejantes. Por tanto, volviéndome hacia él, le dije: «Cumpliré con tu demanda, bajo tu solemne juramento de abandonar para siempre Europa y todo otro lugar cercano a donde habite el hombre en cuanto yo te entregue una criatura femenina para que te acompañe en tu exilio».

«Juro», dijo, «por el sol y el cielo azul del paraíso mientras existan, y por el amor que arde en mi corazón, que si me concedes lo que te he rogado, nunca me volverás a ver. Ponte en camino y comienza tu trabajo; vigilaré tus progresos con la mayor ansiedad, y no temas, que en cuanto termines yo apareceré».

Después de decir esto, desapareció repentinamente temeroso, tal vez, de algún cambio en mis sentimientos. Le vi bajar la montaña a mayor velocidad que el vuelo del águila y, rápidamente, se perdió en las ondulaciones del mar de hielo.

Su historia había durado el día entero y el sol estaba ya al borde del horizonte cuando partió. Sabía que debía apresurarme a descender hacia el valle, puesto que pronto me alcanzaría la oscuridad; pero mi corazón estaba apesadumbrado y mis pies se movían lentamente. La tarea de bajar por los pequeños senderos que serpenteaban por la montaña afirmando mis pies mientras avanzaba me fastidió, preocupado como estaba por las emociones que me habían producido los eventos del día. La noche estaba muy avanzada cuando llegué al refugio de mitad de camino y me senté junto a la fuente. Las estrellas brillaban intermitentemente cuando las nubes pasaban delante de ellas; los oscuros pinos se levantaban ante mí, y aquí y allá un árbol caído yacía sobre el suelo; era una escena de maravillosa solemnidad que me despertó extraños pensamientos. Lloré amargamente y, agonizante, exclamé: «¡Ay, estrellas, nubes y vientos! Estáis todos a mi alrededor para mofaros; si realmente sentís compasión, borrad mis sensaciones y mi memoria; dejad que me convierta en la nada; pero si no, partid, partid y dejadme en la oscuridad».

Eran pensamientos desdichados, pero no puedo describir cómo me apesadumbraba el eterno titilar de las estrellas y cómo cada ráfaga de viento me parecía un sordo y terrible siroco a punto de destruirme.

Amaneció antes de que llegara a Chamounix. No descansé, sino que regresé a Ginebra inmediatamente. Ni siquiera en mi propio corazón estaban claros mis sentimientos: pesaban sobre mí como una montaña y su peso me destruía de agonía. Así volví a casa, entré y me presenté ante la familia. Mi aspecto demacrado y desaliñado despertó gran alarma, pero no respondí a sus preguntas y apenas hablé. Sentía como si estuviera sometido a una prohibición, como si no tuviera derecho a gozar de su simpatía, como si nunca más fuese a disfrutar de su compañía. Sin embargo, los amaba con adoración y para salvarlos decidí entregarme a mi más aborrecida tarea. La perspectiva de tal ocupación hacía que toda otra circunstancia de la vida pasara delante de mí como un sueño, y que sólo esa idea me pareciese real.

CAPÍTULO XIX

Día tras día y semana tras semana, pasaba el tiempo tras mi regreso a Ginebra sin que consiguiera juntar coraje para retomar mi trabajo. Temía que el demonio se vengara al verse defraudado, pero, sin embargo, era incapaz de superar mi repugnancia hacia la tarea que me era exigida. Encontré que no podía hacer una criatura femenina sin volver a dedicar varios meses a un estudio profundo y a laboriosas disquisiciones. Había oído que un filósofo inglés había hecho algunos descubrimientos, y algunas veces pensaba en obtener el consentimiento de mi padre para viajar a Inglaterra a informarme; pero me aferraba a cualquier posibilidad de retraso, y retrocedía, en lugar de avanzar, en una empresa cuya imperiosa necesidad comenzó a parecerme más relativa. Sin duda, se había operado un cambio en mí; mi salud, hasta entonces desmejorada, se había recuperado bastante y, proporcionalmente, mejoraba mi ánimo, mientras no lo refrenaba el recuerdo de mi desdichada promesa. Mi padre estaba complacido con este cambio y se dedicó a pensar en la mejor forma de erradicar los resabios de melancolía, que me volvían a rachas, una y otra vez, y con una devoradora oscuridad ocultaban el sol. En esos momentos yo me refugiaba en la más absoluta soledad. Pasaba días enteros solo, navegando en el lago en un pequeño bote, mirando las nubes y escuchando, silencioso y apático, el murmullo de las olas. Pero el aire fresco y el sol brillante rara vez dejaban de restituirme cierto grado de calma, y al regresar recibía los saludos de mis amigos con la sonrisa más dispuesta y el corazón más alegre.

Fue a mi regreso de uno de estos paseos cuando mi padre, llamándome aparte, se dirigió a mí con estas palabras: «Me alegra observar, mi querido hijo, que has retomado tus antiguas aficiones y pareces estar volviendo a ser como eras. Pero, sin embargo, creo que sigues siendo infeliz y continúas evitando nuestra compañía. Durante algún tiempo estuve desorientado conjeturando acerca del motivo, pero ayer me asaltó una idea y, si está bien fundada, apelo a ti para que lo confieses. Las reservas en un asunto como este no sólo serían inútiles, sino que atraerían mayor desgracia sobre nosotros».

Al oír esta introducción me puse a temblar violentamente, y mi padre continuó: «Confieso, hijo, que siempre he anhelado que te casaras con nuestra querida Elizabeth, pensando que afianzaría la felicidad familiar y daría un respiro a mis años de decadencia. Habéis estado unidos el uno al otro desde vuestra primera infancia; habéis estudiado juntos y parecéis, por temperamento y gustos, totalmente apropiados el uno para el otro. Pero a veces el hombre es ciego; y, tal vez, lo que yo consideraba la mejor ayuda para mis planes los haya destruido totalmente. Puede que tú la veas como una hermana y no sientas ningún deseo de que se convierta en tu esposa. También puedes haber conocido a alguien a quien amas y, al considerarte ligado a Elizabeth por una deuda de honor, vivas en una lucha que sería la causa de la conmovedora desventura que pareces sufrir».

«Mi querido padre, tranquilízate. Quiero a mi prima tierna y sinceramente. Nunca he conocido una mujer que me despierte tanta admiración y afecto como Elizabeth lo hace. Mis ilusiones para el futuro y mis proyectos están totalmente ligados a la posibilidad de nuestra unión.»

«Conocer tus sentimientos con respecto a este asunto, querido Víctor, es el mayor placer que he experimentado en los últimos tiempos. Si eso es lo que sientes, seguramente seremos felices, aunque los presentes acontecimientos nos hayan traído melancolía. Pero es esta melancolía que parece haberse aferrado tan firmemente a tu mente lo que me gustaría poder disipar. Dime, por tanto, si te opones a la inmediata celebración de la boda. Los presentes sucesos nos han hecho infelices y nos han apartado de nuestra paz cotidiana tan apropiada para mis años y mi debilidad. Tú eres más joven; sin embargo, siendo como eres, dueño de una cómoda fortuna, no creo que un matrimonio a edad temprana pudiera interferir de alguna manera con los planes de honor y de servicio al prójimo que te has propuesto para el futuro. No creas, sin embargo, que quiero imponerte la felicidad o que un retraso por tu parte me causaría una seria intranquilidad. Medita mis palabras con sinceridad y respóndeme. Apelo a tu confianza y a tu franqueza.»

Escuché a mi padre en silencio y por un momento fui incapaz de darle una respuesta. Multitud de pensamientos agitaron mi mente y me afané en llegar a alguna conclusión. ¡Ay de mí! La idea de una inmediata unión con mi prima Elizabeth me llenaba de horror y consternación. Estaba atado a una solemne promesa que aún no había cumplido y que no me atrevía a romper. Y si lo hacía, ¡qué desgracias podrían caer sobre mí y mi adorada familia! ¿Podía entregarme a un festejo teniendo aún este temerario peso sobre mis espaldas e inclinándome hacia el suelo? Debía cumplir con mi compromiso y hacer que el monstruo se marchara con su compañera; entonces podría permitirme disfrutar de las delicias de una unión de la que esperaba obtener la paz.

Recordé también la necesidad que tenía de viajar a Inglaterra o de iniciar una larga correspondencia con los filósofos de aquel país cuyos conocimientos y descubrimientos eran indispensables para mí en mi actual empresa. Este último método de obtener la información requerida era lento e inadecuado; además, aborrecía la idea de dedicarme a mi repugnante tarea en la casa de mi padre mientras mantenía el trato familiar con aquellos a quienes amaba. Sabía que podían ocurrir miles de accidentes terribles, el más insignificante de los cuales desvelaría una historia capaz de horrorizar a todos mis allegados. También era consciente de que frecuentemente perdería el control de mí mismo y, con ello, toda mi capacidad de ocultar las angustiosas sensaciones que se apoderarían de mí durante el proceso de mi horripilante tarea. Debía apartarme de todos a quienes amaba mientras estuviera dedicado a ella. Una vez que comenzase, acabaría rápidamente y podría reintegrarme a mi familia feliz y en paz. Cumplida mi promesa, el monstruo partiría para siempre. O, entretanto —así creía mi fantasiosa imaginación—, podría ocurrir algún accidente que lo destruyese, y terminar para siempre con mi esclavitud.

Estos sentimientos decidieron la respuesta que di a mi padre. Expresé el deseo de visitar Inglaterra pero, escondiendo la verdadera razón de mi ruego, oculté mi verdadero deseo detrás de un disfraz que no despertaría sospechas, demostrando unas ansias de ir que fácilmente indujeron a mi padre a complacerme. Después de un período tan largo de absorbente melancolía, que se parecía a la locura por su intensidad y sus efectos, él se alegró de saber que yo era capaz de disfrutar con la idea de aquel viaje y esperó que, antes de regresar, el cambio de aires y de variado entretenimiento me hiciesen volver a ser el mismo de antes.

Yo decidiría la duración de mi ausencia; unos pocos meses, a lo sumo un año, fue el período contemplado. Mi padre había tomado la cariñosa precaución de asegurar que tuviese un compañero. Sin comunicármelo previamente, y de común acuerdo con Elizabeth, había dispuesto que Clerval se uniera a mí en Estrasburgo. Esto interfería con la soledad que yo codiciaba para llevar a cabo mi tarea; sin embargo, al iniciar mi viaje la presencia de mi amigo no fue, en modo alguno, un inconveniente, y realmente me alegré de poder ahorrarme muchas horas de soledad y de enloquecedores devaneos. Henry podría evitar la intromisión de mi enemigo. Si yo estuviese solo, ¿acaso no impondría él de cuando en cuando su aborrecida presencia para recordarme mi tarea o para observar mis progresos?

Me dirigí, pues, hacia Inglaterra y quedó establecido que mi unión con Elizabeth tendría lugar inmediatamente después de mi regreso. La edad hacía a mi padre totalmente reacio a las dilaciones. En cuanto a mí, me había prometido una recompensa por mi detestada y pesada tarea, un consuelo para mis incomparables sufrimientos: la ilusión de, liberado ya de mi desgraciada esclavitud, unirme a Elizabeth y olvidar el pasado al unirme a ella.

Entonces hice los preparativos para el viaje, pero me dominaba una idea que me llenaba de miedo y de agitación. Durante mi ausencia dejaría a mi familia inconsciente de la existencia de su enemigo y expuesta a sus ataques, con lo exasperado que se encontraría ante mi partida. Pero él había jurado seguirme a donde yo fuera, y entonces, ¿no me seguiría hasta Inglaterra? Sólo pensarlo me aterrorizaba, pero a su vez me tranquilizaba en la medida en que suponía la seguridad de mi familia. Me atormentaba la idea de que ocurriese lo contrario. Pero durante todo el período en que fui esclavo de mi criatura me permití responder a mis impulsos; en ese momento, tenía la convicción de que el demonio me seguiría y de que mi familia quedaría liberada del peligro de sus maquinaciones.

Fue a finales de septiembre cuando volví a dejar mi país natal. El viaje había sido una sugerencia mía, y Elizabeth, por tanto, estuvo de acuerdo, pero quedó muy intranquila pensando que yo podría sufrir, lejos de ella, y hundirme en la desdicha y la tristeza. Había sido su preocupación la que me había procurado la compañía de Clerval —un hombre es ciego ante miles de minúsculos detalles que incitan la cuidadosa atención de una mujer—. Quería pedirme que regresara pronto, pero miles de emociones contradictorias la dejaron muda cuando me dijo adiós llorando en silencio.

Subí al coche que me conduciría lejos de allí, sabiendo apenas adónde iba, y sin interesarme por lo que sucedía a mi alrededor. Sólo recordé ordenar, y fue con una amarga angustia como pensé en ello, que empaquetaran mis instrumentos químicos para que pudiese llevarlos conmigo. Hundido en mis habituales pensamientos, crucé hermosos y majestuosos paisajes, pero mi mirada estaba fija e insensible. Sólo podía pensar en el objetivo de mi viaje y en el trabajo que iba a ocupar mi tiempo hasta conseguirlo.

Después de varios días de apatía, durante los cuales recorrí muchas leguas, llegué a Estrasburgo, donde esperé a Clerval durante dos días. ¡Ay de mí, qué inmenso era el contraste entre nosotros! Le animaba cada paisaje nuevo, gozaba observando las bellezas del sol poniente, y era más feliz aún al verlo nacer e iniciar un nuevo día. Me señalaba los colores cambiantes del paisaje y las apariciones en el cielo. «¡Esto es vida!», exclamaba, «¡ahora disfruto de la existencia! Pero, mi querido Frankenstein, ¿por qué estás desanimado y triste?». En realidad, yo estaba sumido en mis melancólicos pensamientos y ni siquiera veía el descenso de la brillante estrella del atardecer ni la dorada salida del sol reflejada en el Rin. En cuanto a usted, mi amigo, se divertiría mucho más oyendo el diario de Clerval, quien gozaba del paisaje, que escuchando mis reflexiones. Yo era un infeliz obsesionado por una maldición que coartaba toda posibilidad de disfrutar.

Habíamos decidido bajar en barco por el Rin desde Estrasburgo hasta Rotterdam, y allí embarcarnos para Londres. Durante este viaje pasamos muchas islas pobladas de sauces y vimos varios bellos pueblos. Nos detuvimos un día en Mannheim, y cinco días después de nuestra partida de Estrasburgo, llegamos a Mainz. El curso del Rin aguas abajo de Mainz se hace mucho más pintoresco. El río desciende veloz serpenteando entre colinas, que no son altas, pero sí escarpadas y bellas. Vimos muchos castillos en ruina, altos e inaccesibles, sobre los bordes de los precipicios y rodeados de negros bosques. Realmente esta parte del Rin presenta un paisaje singularmente variado. En un lugar se ven colinas accidentadas y castillos en ruina dominando terribles precipicios, con el oscuro Rin fluyendo abajo, y al girar repentinamente, después de un promontorio, ocupan el escenario vigorosos viñedos sobre las verdes orillas empinadas, los meandros del río y las populosas ciudades.

Viajábamos en la época de la vendimia y al deslizarnos río abajo oíamos a los trabajadores cantar. Incluso yo, deprimido como me encontraba, y con mi espíritu siempre agitado por mis melancólicos pensamientos, incluso yo estaba contento. Yacía en el fondo del barco, y al mirar el cielo sin estrellas, parecía gozar de una tranquilidad a la que había permanecido ajeno durante mucho tiempo. Y si esas eran mis sensaciones, ¿quién puede describir las de Henry? Se sentía como si hubiese sido transportado a una tierra de hadas y disfrutaba de una felicidad que sólo ocasionalmente puede experimentar el hombre. «He visto», dijo, «los paisajes más bellos de mi país; he visitado los lagos de Lucerna y Uri, donde las nevadas montañas descienden casi perpendicularmente hasta el agua, proyectando sombras negras e impenetrables, que podrían tener un aspecto oscuro y lúgubre a no ser por las más verdes islas que con su aspecto alegran al ojo; he visto ese lago agitado por una tempestad, cuando el viento producía torbellinos de agua, dando una idea de lo que sería un tromba en el gran océano, y las olas romper con furia al pie de las montañas, donde el sacerdote y su amante fueron arrollados por una avalancha, y donde se dice que sus voces agonizantes aún pueden oírse durante las pausas del viento nocturno; he visto las montañas de La Valais, y el Pays de Vaud, pero este país, Víctor, me atrae más que todas esas maravillas. Las montañas de Suiza son más majestuosas y extrañas, pero en las orillas de este divino río hay un encanto que nunca antes había visto. Mira los castillos que dominan los precipicios, y también aquel en la isla casi escondido entre el follaje de esos adorables árboles, y ahora aquel grupo de trabajadores que sale de las viñas, y aquel pueblo algo oculto en el escondrijo de la montaña. ¡Ay!, sin duda el espíritu que habita y cuida este lugar tiene su alma en más armonía con el hombre que los que habitan en los glaciares o se retiran a las cumbres inaccesibles de las montañas de nuestro país».

¡Clerval, mi querido amigo! Incluso ahora me llena de alegría recordar tus palabras y elogiarte como mereces. Era un ser educado en «la misma poesía de la naturaleza». La sensibilidad de su corazón moderaba su extravagante y entusiasta imaginación. Su alma rebosaba de cariño y su amistad era tan devota y maravillosa que el mundano sólo la buscaría en la imaginación. Pero ni siquiera el afecto humano era suficiente para satisfacer su ávida mente. Amaba apasionadamente el espectáculo de la naturaleza, el cual otros sólo contemplan con admiración:

La sonora catarata
lo hechizaba como una pasión: la roca alta,
la montaña y el bosque oscuro y espeso,
sus colores y sus formas, eran entonces para él
un deseo, una sensación y un amor,
que no necesitaba un encanto más remoto,
provisto por el pensamiento, o algún interés
que el ojo no viera.

¿Y dónde está él ahora? ¿Se ha perdido para siempre este tierno y encantador ser? ¿Ha perecido su mente, esa mente tan repleta de ideas, de imaginación fantástica y magnífica que creaba un mundo cuya existencia dependía de la vida de su creador? ¿Existe ahora sólo en mi memoria? No, no es así; tu figura tan divinamente forjada y dotada de belleza se ha degradado, pero tu espíritu aún visita y consuela a tu infeliz amigo.

Perdón por este desliz de tristeza; estas palabras inútiles son un tributo demasiado pequeño para la incomparable valía de Henry, pero alivian mi corazón invadido por la angustia que crea su recuerdo. Continuaré con mi relato.

Más allá de Colonia descendimos a las llanuras de Holanda y decidimos hacer el resto del viaje en coche, puesto que el viento soplaba en contra y la corriente del río era demasiado lenta.

Nuestro viaje perdió aquí el interés que surgía de la belleza del paisaje, pero pocos días después llegamos a Rotterdam, desde donde continuamos por mar hasta Inglaterra. Fue en una mañana clara de finales de diciembre cuando vi por primera vez los blancos acantilados de Gran Bretaña. Las orillas del Támesis nos ofrecieron un nuevo espectáculo; eran llanas pero fértiles, y casi todas las ciudades estaban marcadas por alguna historia. Vimos Tilbury Fort y recordamos la Armada Española, Gravesend, Woolwich y Greenwich, lugares de los que había oído hablar incluso en mi país.

Finalmente, vimos los numerosos capiteles de Londres, San Pablo destacando por encima de todos ellos, y la afamada torre de la historia inglesa.

CAPÍTULO XX

Londres era ahora nuestro punto de descanso; decidimos permanecer varios meses en esta maravillosa y célebre ciudad. Clerval quería tratar a los hombres de genio y talento que destacaban por entonces, pero este era para mí un objetivo secundario. Estaba principalmente preocupado por la forma de obtener la información necesaria para cumplir con mi promesa y pronto me valí de las cartas de presentación que había traído dirigidas a los más distinguidos estudiosos de la filosofía natural.

Si este viaje hubiese tenido lugar durante mis días de estudiante y cuando todavía era feliz, hubiese gozado de un placer indecible. Pero mi vida estaba arruinada y sólo visitaba a esas personas debido a la información que podían darme sobre el tema en que tenía tanto interés. La compañía me fastidiaba; cuando estaba solo, podía llenar mi mente con imágenes del cielo y de la tierra; la voz de Henry me serenaba, de modo que podía engañarme con una paz transitoria. Pero las caras ocupadas, poco interesantes y alegres devolvían la desesperación a mi corazón. Veía una barrera insuperable entre mí y mis semejantes; esta barrera estaba sellada con la sangre de William y Justine, y reflexionar sobre los acontecimientos vinculados a esos dos nombres llenaba mi alma de angustia.

Veía en Clerval la imagen de quien yo había sido en el pasado; era inquisitivo y estaba ansioso por obtener experiencia y conocimientos. La diferencia que observaba en las costumbres era para él una fuente inagotable de aprendizaje y diversión. También él perseguía un objetivo que había tenido bajo la mira durante mucho tiempo. Tenía el propósito de viajar a la India, creyendo que, por los conocimientos que poseía de las diversas lenguas que allí se hablan y la visión que había adquirido de su sociedad, contaba con los medios necesarios para colaborar en el progreso de la colonización y el comercio europeos.

Sólo en Gran Bretaña podía ultimar la ejecución de su plan. Estaba siempre ocupado, y observar su alegría era el único freno para mi apesadumbrado y abatido espíritu. Traté de ocultar lo más posible mis sentimientos para no privarle de los placeres normales de quien está iniciando una nueva etapa de su vida sin encontrarse perturbado por ninguna preocupación o amargo recuerdo. Frecuentemente me negaba a acompañarlo —alegando que tenía otro compromiso— porque prefería estar solo. Por entonces también comencé a reunir los materiales necesarios para mi nueva creación, y esto fue para mí una tortura, similar a la que podría producir el agua cayendo gota a gota sobre mi cabeza. Cada pensamiento que dedicaba a ello me angustiaba profundamente y cada palabra que pronunciaba en relación a ello me hacía estremecer, y mi corazón palpitaba.

Ya llevábamos varios meses en Londres cuando recibimos una carta de una persona de Escocia que nos había visitado anteriormente en Ginebra. Mencionaba las bellezas de su país y nos preguntaba si no nos parecían una atracción suficiente para prolongar nuestro viaje hacia el norte hasta llegar a Perth, donde él residía. Clerval deseaba ansiosamente aceptar la invitación, y yo, aunque aborrecía la compañía, deseaba ver las montañas, los ríos y todas las maravillosas obras con que la naturaleza ha decorado sus moradas más elegidas.

Habíamos llegado a Inglaterra a principios de octubre y ya estábamos en febrero. Acordamos comenzar nuestro viaje hacia el norte a finales del mes siguiente. En esta expedición no teníamos la intención de seguir el camino principal hacia Edimburgo, sino visitar Windsor, Oxford, Matlock y los lagos de Cumberland, y decidimos llegar a nuestro destino hacia finales de julio. Empaqueté los instrumentos químicos y los materiales que había reunido y decidí terminar mis trabajos en algún oscuro rincón de las tierras altas de Escocia.

Abandonamos Londres el 27 de marzo y permanecimos unos días en Windsor, paseando por su hermoso bosque. Era un panorama nuevo para montañeros como nosotros; los majestuosos robles, la abundancia de caza y las manadas de imponentes ciervos eran novedades.

Desde allí continuamos hasta Oxford. Al entrar en esta ciudad nos invadió el recuerdo de los eventos que habían tenido lugar allí hacía más de un siglo y medio. Había sido allí donde Carlos I había reunido sus fuerzas. Esta ciudad había permanecido fiel a él, después de que toda la nación hubiese renunciado a su causa para unirse al estandarte del Parlamento y de la libertad. La memoria de ese desafortunado rey y sus partidarios, el amable Falkland, el insolente Goring, su reina y su hijo, daban un interés especial a todas las partes de la ciudad en que se suponía que ellos habían habitado. El espíritu de los años pasados encontraba aquí una morada y nosotros disfrutábamos siguiendo sus pasos. Si estas sensaciones no hubiesen sido una gratificación para nuestra imaginación, el bello aspecto de la ciudad era de por sí suficiente como para ganar nuestra admiración. Los colegios son antiguos y pintorescos; las calles son casi magníficas, y el encantador Isis fluye junto a ella por praderas de un verde exquisito, y se expande en un sereno remanso, que refleja su majestuosa reunión de torres, agujas y cúpulas repujadas entre la añosa arboleda.

Yo disfrutaba del espectáculo; sin embargo, mi goce estaba amargado tanto por la memoria del pasado como por la anticipación del futuro. Estaba educado para una felicidad apacible. Durante mi juventud nunca el descontento había visitado mi mente, y si alguna vez me había dominado el aburrimiento, la belleza de la naturaleza y el estudio de la magnífica y sublime producción del hombre siempre conmovían mi corazón y reanimaban mi espíritu. Pero ahora soy un árbol derribado: el relámpago ha llegado a mi alma y siento que debo sobrevivir para demostrar que pronto dejaré de ser un espectáculo desgraciado de destruida humanidad, despreciable para los otros e intolerable para mí mismo.

Pasamos una temporada considerable en Oxford, paseando por sus alrededores y dedicándonos a identificar todos los lugares que nos pudiesen referir a la época más estimulante de la historia inglesa. Nuestros pequeños viajes de descubrimiento frecuentemente se prolongaban debido a los sucesivos objetos que se iban presentando. Visitamos la tumba del ilustre Hampden y el campo en el cual cayó este patriota. Por un momento, mi alma se elevó de sus degradantes y desgraciados temores para admirar las divinas ideas de libertad y abnegación de las cuales estas vistas eran los monumentos y recordatorios. Por un instante me atreví a sacudir mis cadenas y a mirar a mi alrededor con espíritu libre y animado, pero mi cuerpo estaba atenazado y volví a hundirme, tembloroso y desesperanzado, en mi miserable existencia.

Dejamos Oxford con tristeza y continuamos hacia Matlock, que fue nuestro siguiente lugar de descanso. El campo en los alrededores de este pueblo recordaba, en gran medida, el paisaje de Suiza; pero todo estaba a una escala menor y las colinas verdes carecían de la coronación de los blancos Alpes que siempre acompañan a las montañas pobladas de pinos en mi país natal. Visitamos las maravillosas cavernas y las pequeñas vitrinas en que se exponían curiosidades de historia natural de la misma forma que en las colecciones de Servox y Chamounix. Temblé cuando Henry pronunció este último nombre y me apresuré a dejar Matlock por recordarme aquel terrible lugar.

Después de Derby, continuando nuestro viaje hacia el norte, pasamos dos meses en Cumberland y Westmorland. Casi podía imaginar que estaba entre las montañas de Suiza. Las pequeñas manchas de nieve que tardaban en desaparecer en las laderas septentrionales de las montañas, los lagos y el golpeteo del agua en los ríos pedregosos eran todos paisajes familiares y queridos para mí. Aquí hicimos algunas relaciones que casi lograron hacerme creer que era feliz. La alegría de Clerval era muy superior a la mía; su mente se abría al estar en compañía de hombres de talento y encontraba, en su propia naturaleza y capacidades, dotes mayores de las que había imaginado poseer cuando se relacionaba con personas de capacidad inferior. «Podría pasar mi vida aquí», me dijo, «y entre estas montañas casi no echaría de menos Suiza ni el Rin».

Pero observó que la vida del viajero tiene mucho sufrimiento junto con sus alegrías. Sus sentimientos están siempre en tensión, y cuando comienza a relajarse, se siente obligado a marcharse del lugar donde descansa placenteramente para buscar algo nuevo, que vuelve a despertar su atención, pero que más tarde también abandonará por otras novedades.

Apenas habíamos visitado los distintos lagos de Cumberland y Westmorland y comenzado a sentir afecto por algunos de los habitantes cuando tuvimos que partir para continuar nuestro viaje, puesto que la fecha de la cita con nuestro amigo escocés se acercaba. Por mi parte me alegraba. Había descuidado mi promesa durante algún tiempo y temía las consecuencias de contrariar al demonio. Era posible que él hubiese permanecido en Suiza y se vengase con mis familiares. Esta idea me perseguía y me atormentaba en todo momento sin que pudiera tener un instante de reposo y paz. Esperaba las cartas con febril impaciencia; si se retrasaban me sentía desgraciado y me dominaban miles de temores, y cuando llegaban y veía el nombre de Elizabeth o de mi padre, casi no me atrevía a leerlas para averiguar mi suerte. Algunas veces, pensaba que el demonio me seguía y que podía intentar acelerar mi tarea asesinando a mi compañero. Cuando estas ideas me dominaban, no dejaba a Henry ni por un instante, sino que le seguía como una sombra, para protegerlo de la furia imaginaria de su destructor. Me sentía como si hubiese cometido un terrible crimen y me persiguiese la conciencia. Era inocente, pero había atraído una horrible maldición sobre mí, tan fatal como si realmente hubiese cometido un crimen.

Visité Edimburgo con ojos y mente lánguidos; sin embargo, esa ciudad podría haber interesado al ser más desafortunado. A Clerval no le gustó tanto como Oxford, porque la antigüedad que tiene esta última ciudad le resultaba más agradable. Pero a pesar de ello la belleza y regularidad de la ciudad nueva de Edimburgo, su romántico castillo y sus alrededores, los más deliciosos del mundo, el Arthur's Seat, St. Bernard Well y las colinas de Pentland le compensaron por el cambio y le llenaron de alegría y admiración. Pero yo estaba impaciente por llegar al final de mi viaje.

Dejamos Edimburgo una semana más tarde, pasando junto a Coupar, St. Andrew's, y continuamos por la orilla del Tay hasta Perth, donde nos esperaba nuestro amigo. Pero yo no estaba de ánimo para reírme y hablar con extraños, o para interesarme por sus sentimientos o planes con el buen humor que se espera de un huésped, y le dije a Clerval que quería recorrer Escocia solo. «Diviértete», le dije, «y utilicemos este lugar como punto de reunión. Estaré ausente durante un mes o dos; pero no interfieras en mis movimientos, te lo suplico; déjame en paz y soledad durante un tiempo, y cuando vuelva, espero estar con el corazón más alegre, más de acuerdo con tu temperamento».

Henry quiso disuadirme, pero viendo que yo estaba empecinado, dejó de discutir. Me rogó que le escribiese con frecuencia. «Preferiría seguirte en tus paseos solitarios», dijo, «a quedarme aquí con estos escoceses, a quienes no conozco; apresúrate a volver, mi querido amigo, así volveré a sentirme, en cierto modo, como en casa, cosa que no sentiré durante tu ausencia».

Una vez que dejé a mi amigo, decidí dirigirme a cierto remoto lugar de Escocia y terminar mi trabajo en soledad. No dudaba de que el monstruo me seguiría y se presentaría ante mí en cuanto hubiese terminado para recibir a su compañera.

Con esta decisión atravesé las tierras altas del Norte y fijé una de las más remotas de las Orcadas como escenario de mis trabajos. Era un sitio apropiado para un trabajo como este, por ser poco más que una roca cuyas altas laderas eran continuamente golpeadas por las olas. El suelo estaba desnudo, ofreciendo sólo escasas hierbas para unas pocas vacas raquíticas y avena para sus habitantes, que sumaban cinco personas, cuyos demacrados y flacos cuerpos daban testimonio de su miserable suerte. Debían procurarse los vegetales y el pan, cuando se daban tales lujos, y hasta el agua fresca, fuera de la isla, a unas cinco millas de distancia.

En toda la isla había sólo tres casuchas miserables, y una de estas estaba libre cuando yo llegué. La alquilé. Sólo tenía dos habitaciones, que mostraban la miseria en todo su esplendor. El techo de paja se había caído, las paredes no estaban enlucidas y la puerta no tenía sus bisagras. Ordené que la repararan, compré algunos muebles y me instalé allí, una circunstancia que seguramente habría ocasionado cierta sorpresa si los sentidos de los campesinos no hubiesen estado entumecidos por la necesidad y la pobreza extremas. Así las cosas, viví sin ser observado ni molestado, y apenas me agradecieron la escasa comida y ropas que les di; tanto debilita el sufrimiento hasta las sensaciones más comunes del hombre.

En este refugio dedicaba las mañanas al trabajo; pero por las tardes, cuando lo permitía el tiempo, caminaba por la pedregosa costa del mar y escuchaba las olas que rugían y rompían a mis pies. Era un espectáculo monótono y, a su vez, cambiante. Pensaba en Suiza. Era muy diferente de este desolado y espantoso paisaje. Sus colinas estaban cubiertas de viñas, y sus numerosas casas de campo se dispersaban por las llanuras. Sus hermosos lagos reflejaban un cielo azul y sereno, y cuando el viento lo perturbaba, su agitación era un juego de niños si se compara con el rugir del inmenso océano.

De esta forma se distribuían mis ocupaciones poco después de llegar, pero, a medida que avanzaba en mis tareas, estas se volvieron cada día más terribles y fastidiosas para mí. Algunas veces no podía convencerme a mí mismo de entrar en el laboratorio durante varios días, pero otras veces trabajaba noche y día para completar mi tarea. Realmente estaba comprometido en un asqueroso trabajo. Durante mi primer experimento, un cierto frenesí entusiasta me había ofuscado e ignoraba el horror de mi trabajo; mi mente estaba entregada a la consumación de mi tarea y mis ojos estaban cerrados al horror de mis procedimientos. Pero ahora lo estaba haciendo a sangre fría, y mi corazón frecuentemente enfermaba ante el trabajo que tenía entre manos.

En esas condiciones, empleado en la más detestable de las ocupaciones, inmerso en una soledad, donde nada podía distraer mi atención, ni tan siquiera por un instante, de la verdadera tarea a que estaba dedicado, mi ánimo se volvió cambiante; me volví inquieto y nervioso. En todo momento temía encontrarme con mi perseguidor. Algunas veces me sentaba con la mirada fija en el suelo, temiendo levantarla y encontrarme con el objeto que temía tanto ver. Temía pasearme lejos de la vista de mis semejantes por miedo a que, al verme solo, él se presentara a reclamar su compañera.

Mientras tanto continuaba trabajando y mi tarea ya estaba considerablemente avanzada. Veía la finalización de mi obra con una trémula y ansiosa esperanza, que no me atrevía a cuestionar, pero que se mezclaba con oscuros presentimientos que hacían enfermar el corazón en mi pecho.

CAPÍTULO XXI

Una tarde yo estaba sentado en mi laboratorio, ya había caído el sol, en ese momento la luna estaba saliendo del mar y no tenía luz suficiente para trabajar; de modo que permanecía ocioso, pensando si debía dejar mi tarea por esa noche o apresurarme a terminarla sin cesar ni por un instante. Mientras estaba allí sentado, una sucesión de reflexiones me llevaron a considerar los efectos de lo que estaba haciendo. Hacía ya tres años, me había entregado a la misma tarea y había creado un monstruo cuya barbarie sin par había desolado mi corazón y lo había llenado para siempre de un amargo remordimiento. Ahora estaba a punto de crear otro ser cuyo temperamento ignoraba; podía ocurrir que fuera más maligno que su compañero, e incluso disfrutara con el asesinato y la desgracia. Él había jurado alejarse del hombre y esconderse en los desiertos, pero ella no; y ella, quien seguramente iba a convertirse en un animal pensante y capaz de razonar, podía negarse a cumplir con un pacto hecho antes de su creación. Podrían incluso odiarse el uno al otro; la criatura que ya tenía vida odiaba su propia deformidad, y ¿no podría aborrecerla aún más cuando la tuviera ante sus ojos en forma femenina? Ella también podría apartarse de él para buscar la belleza superior del hombre, podría abandonarlo, y entonces él volvería a quedarse solo, exasperado por la nueva provocación de ser abandonado por su propia especie.

Aun cuando fueran a abandonar Europa para vivir en los desiertos del Nuevo Mundo, uno de los primeros resultados de la compañía que el demonio ansiaba sería que tendrían hijos, y una raza de diablos se propagaría sobre la Tierra haciendo que la misma existencia de la especie humana se volviese precaria y llena de terror. ¿Tenía derecho, sólo en mi propio beneficio, de infligir esta maldición a las próximas generaciones? Antes había sido engañado por los sofismas del monstruo que había creado; había perdido la razón ante sus demoníacas amenazas; pero ahora, por primera vez, veía claramente la perversidad de mi promesa; me estremecía pensar que, en las futuras eras, sería maldecido como una peste que en su egoísmo no había dudado en comprar su propia paz al precio, tal vez, de la existencia de la humanidad entera.

Temblaba y mi corazón falló en mi pecho, cuando al levantar la vista vi, a la luz de la luna, al demonio mirando por la ventana. Una sonrisa burlona deformó su labios cuando me vio cumpliendo la tarea que me había encomendado. Efectivamente, me había seguido en mis viajes; había merodeado por los bosques, se había escondido en cavernas y refugiado en amplios y desiertos páramos, y ahora venía a comprobar mis avances y reclamar el cumplimiento de mi promesa.

Lo miré y vi en su semblante la máxima expresión de la malicia y el peligro. Tuve un sentimiento de locura al pensar en mi promesa de crear otro monstruo como él y, temblando de cólera, destrocé el objeto sobre el que estaba trabajando. Cuando el desgraciado me vio destrozar la criatura de cuya futura existencia dependía su felicidad, dio un alarido que expresaba una endiablada desesperación y sed de venganza, y se alejó.

Pasaron varias horas, y yo permanecí junto a la ventana mirando el mar que estaba casi inmóvil, puesto que los vientos se habían apaciguado y toda la naturaleza reposaba bajo la mirada de la serena luna. Sólo unos pocos barcos de pesca salpicaban las aguas, y, una y otra vez, una brisa suave traía el sonido de voces cuando los pescadores se llamaban unos a otros. Sentía el silencio, aunque no fui totalmente consciente de su extrema profundidad hasta que mi oído fue repentinamente sorprendido por el chapoteo de unos remos cerca de la orilla y una persona desembarcó cerca de mi casa.

Pocos minutos después, oí crujir mi puerta como si alguien estuviese intentando abrirla silenciosamente. Temblé de los pies a la cabeza; presentía quién era y quise despertar a uno de los campesinos que vivía en una casa no muy lejos de la mía; pero me sobrecogió esa sensación de impotencia que tan frecuentemente se siente durante sueños espantosos, cuando en vano intentamos huir de un peligro inminente, y me quedé anclado allí.

Inmediatamente oí el sonido de pasos en el pasillo; se abrió la puerta y el desgraciado a quien temía apareció. Cerró la puerta, se acercó a mí y dijo con voz serena: «Has destruido el trabajo que habías comenzado; ¿qué es lo que pretendes? ¿Te atreves a romper tu promesa? He soportado penurias y desdicha; dejé Suiza contigo; me arrastré por las orillas del Rin, entre sus islas pobladas de sauces y sobre las cimas de sus montañas. He vivido varios meses en los brezales de Inglaterra y en los desiertos de Escocia. He soportado una fatiga inmensa, frío y hambre; ¿te atreves a destruir mis esperanzas?».

«¡Vete! Rompo mi promesa; nunca crearé otra criatura como tú, con tu deformidad y tu maldad.»

«Eres mi esclavo. Primero intenté razonar contigo, pero ahora has demostrado que no mereces mi condescendencia. Recuerda que tengo poderes; te consideras desdichado, pero puedo hacer que llegues a odiar hasta la luz del día. Tú eres mi creador, pero yo soy tu dueño: ¡obedece!»

«La hora de mi indecisión ha pasado y el período de tu poder ha concluido. Tus amenazas no me harán cometer un acto de debilidad; por el contrario, confirman mi decisión de no crear una compañera para tus fechorías. ¿Podría, a sangre fría, dejar suelto por el mundo otro demonio que se gratifique con la muerte y la desgracia? ¡Vete! Mantendré mi postura y tus palabras sólo exasperarán mi odio.»

El monstruo vio la decisión en mi cara y rechinó sus dientes enfadado por la impotencia. «Es posible que todo hombre», dijo, «encuentre una compañera para su alma, y toda bestia tenga su pareja, y que en cambio yo esté solo. Tuve sentimientos de cariño, que sólo recibieron odio y asco a cambio. ¡Hombre, tú puedes odiarme, pero ten cuidado! Pasarás tus días sumido en el miedo y la desgracia, y pronto caerá el rayo que te arrebatará la felicidad para siempre. ¿Pretendes ser feliz mientras yo me arrastro en una profunda desdicha? Tú puedes arruinar mis otras pasiones, pero no la sed de venganza. ¡Desde ahora querré la venganza más que la luz y la comida! Puede que muera, pero antes tú, mi tirano y mi tormento, maldecirás el Sol que brilla sobre tu miserable existencia. Ten cuidado, puesto que no tengo miedo y, por tanto, soy poderoso. Te vigilaré con la astucia que lo hace una serpiente para poder morder con su veneno. Te arrepentirás del daño que me has hecho».

«Acaba, demonio, y no envenenes el aire con tu maldita voz. Te he dicho cuál es mi decisión y no soy tan cobarde que vaya a dejarme influenciar por tus palabras. Déjame; soy inexorable.»

«Está bien, me iré; pero recuerda: estaré contigo en tu noche de bodas.»

Avancé hacia él y exclamé: «¡Villano! Antes de firmar mi sentencia de muerte asegúrate de que tú mismo estás a salvo.»

Lo hubiese cogido, pero me eludió y dejó la casa precipitadamente. Poco después lo vi en su barca, surcando las aguas a la velocidad de una flecha, y pronto desapareció entre las olas.

Todo volvió a quedar en silencio, pero sus palabras sonaban en mis oídos. Ardía por seguir a quien me había privado de la paz y hundirlo en el océano. Caminaba de un lado a otro de mi habitación, ansioso y perturbado, mientras pasaban por mi imaginación mil imágenes que me atormentaban y me causaban remordimiento. ¿Por qué no lo había seguido y me había batido con él en una lucha a muerte? En cambio, había dejado que se marchara y él había dirigido su rumbo hacia el continente. Me estremecía al pensar quién sería la próxima víctima sacrificada a su insaciable venganza. Y entonces volví a pensar en sus palabras: «Estaré contigo en tu noche de bodas». Ese era el momento en que se cumpliría mi destino. Esa era la hora fijada para mi muerte, e inmediatamente después su maldad quedaría satisfecha y se extinguiría. Las perspectivas no me daban miedo; sin embargo, cuando pensaba en mi querida Elizabeth, en sus lágrimas y en su tristeza interminable, al encontrar que su amado había sido apartado de ella tan bárbaramente, las lágrimas, las primeras que había derramado en muchos meses, brotaron de mis ojos, y decidí no caer ante mi enemigo sin luchar implacablemente.

Pasó la noche, y el sol salió sobre el océano; yo estaba más calmado, si puede hablarse de calma cuando la violencia de la furia se hunde en las profundidades de la desesperación. Dejé la casa, escenario de la horrible discusión de la noche anterior, y caminé por la orilla del mar, que casi consideraba como una barrera insuperable entre mis semejantes y yo; es más, cruzó por mi mente la esperanza de que realmente esa fuera la realidad. Quería acabar mis días sobre esa roca desnuda, desanimado, es verdad, pero libre de cualquier repentino sobresalto. Si volvía, sería para ser sacrificado o para ver, a quienes más quería, morir bajo las garras del demonio que yo mismo había creado.

Caminé por la isla como un espectro desvelado, separado de todo lo que ama y desdichado por esa separación. Cuando llegó el mediodía, y el sol estaba en lo alto, me tumbé sobre la hierba y un profundo sueño se apoderó de mí. Había estado despierto toda la noche anterior, mis nervios estaban sobresaltados y mis ojos, hinchados por la vigilia y la tristeza. El sueño en que ahora me había hundido me reanimó; cuando me desperté volví a sentir que pertenecía a una raza de seres humanos similares a mí y comencé a reflexionar sobre lo ocurrido con mayor serenidad; sin embargo, las palabras del demonio todavía sonaban en mis oídos como un toque de difuntos; me parecía oírlas en un sueño, pero eran discernibles y opresivas como una realidad.

El sol ya había bajado mucho y yo todavía estaba sentado en la orilla, satisfaciendo mi apetito, que se había vuelto voraz, con una tarta de avena, cuando vi una barca pesquera atracar cerca de mí; uno de los tripulantes me acercó un paquete que contenía cartas de Ginebra y una de Clerval suplicándome que me reuniera con él. Decía que estaba perdiendo el tiempo inútilmente donde estaba, y que ciertas cartas recibidas de sus amigos de Londres le pedían que regresara para completar la negociación que habían iniciado en relación con su proyecto en la India. No podía retrasar más su partida, por lo que, tal vez antes de lo esperado, dejaría Londres para hacer un viaje más prolongado, de modo que me rogaba que le acompañase todo lo que pudiese. Por tanto, me suplicaba que dejara aquella isla solitaria y que me reuniese con él en Perth, desde donde partiríamos juntos hacia el Sur. Esta carta me devolvió algo de vida y decidí abandonar la isla en el término de dos días.

Pero, antes de partir, debía cumplir una tarea en la que me estremecía pensar: debía empaquetar mis instrumentos químicos; para ello, debía entrar en la habitación que había sido escenario de mi odioso trabajo y debía recoger aquellos utensilios cuya vista ya me enfermaba. A la mañana siguiente, a la salida del sol, junté el coraje necesario y abrí la puerta de mi laboratorio. Los restos de la criatura a medio terminar, que yo había destruido, estaban dispersos sobre el suelo, y casi sentía como si hubiese destrozado la carne viva de un ser humano. Me detuve para recuperarme y luego entré en la habitación. Con manos temblorosas transporté los utensilios fuera de la habitación; luego pensé que no debía dejar restos de mi trabajo que pudieran despertar el horror y las sospechas de los campesinos, así que los coloqué en un cesto, con una gran cantidad de piedras, y decidí echarlos al mar esa misma noche. Mientras tanto me senté junto a la orilla y me dediqué a limpiar y ordenar mis instrumentos químicos.

Nada más completo que la alteración que había ocurrido en mis sentimientos desde la noche en que había aparecido el demonio. Hasta ese momento había considerado la promesa con una tenebrosa desesperación, como algo que, con las consecuencias que fuese, debía cumplir; ahora, en cambio, sentía como si un velo se hubiese retirado de mis ojos y como si por primera vez viese con claridad. La idea de volver a iniciar mi tarea no se me ocurrió ni por un instante; la amenaza que había oído pesaba sobre mí, pero no creía que un acto voluntario mío pudiesc apartarla. Había decidido por mí mismo que crear otro demonio como el que había creado anteriormente sería un acto del egoísmo más elemental y atroz, y se desvaneció de mi mente toda idea que pudiese llevar a otra conclusión.

Entre las dos y las tres de la mañana salió la luna. Puse mi cesta en un pequeño esquife y me aparté de la costa unas cuatro millas. El paisaje estaba completamente solitario; unas pocas barcas regresaban a tierra, pero yo seguí navegando y me aparté de ellas. Me sentía como si fuese a cometer un terrible crimen y evitaba con ansiedad estremecedora cualquier encuentro con mis semejantes. De pronto, una espesa nube cubrió la luna que hasta entonces había estado despejada y aproveché ese momento de oscuridad para echar el cesto al mar. Escuché el borboteo que produjo al hundirse y me alejé del lugar. El cielo se nubló, pero el aire era puro, aunque helado por la brisa del nordeste que se estaba levantando. Pero me refrescó y me llenó de unas sensaciones tan agradables que decidí prolongar mi permanencia en el agua y, fijando el timón en una posición, me tumbé en el fondo de la barca. Las nubes escondieron la luna, todo estaba oscuro, y oía el sonido que producía la quilla de la barca al cortar las olas; el murmullo me arrulló, y poco después me dormí profundamente.

No sé cuánto tiempo estuve así, pero cuando me desperté vi que el sol ya se había elevado considerablemente. El viento era fuerte y las olas amenazaban continuamente la seguridad de mi pequeño esquife. Descubrí que el viento era del nordeste y me había llevado lejos de la costa donde me había embarcado. Quise cambiar mi curso, pero rápidamente me di cuenta de que si continuaba intentándolo la barca se llenaría de agua.

En esa situación mi única posibilidad era navegar con el viento viniendo de atrás. Confieso que tuve una sensación de pánico. No tenía brújula y estaba tan poco informado de la geografía de esta parte del mundo que el sol me era de poca utilidad. Podía ser arrastrado al ancho Atlántico y verme expuesto a las torturas del hambre o ser tragado por la inmensidad de las aguas que rugían y me zarandeaban. Ya había estado fuera muchas horas y sentía el tormento de una sed ardiente, preludio de otros padecimientos. Miré hacia el cielo, cubierto de nubes que el viento arrastraba sólo para reemplazarlas por otras. Miré hacia el mar; sería mi tumba. «Demonio», exclamé, «¡ya has cumplido con tu tarea!». Pensé en Elizabeth, en mi padre, en Clerval —todos quedarían a merced del monstruo y de sus sanguinarias y despiadadas pasiones—. Esta idea me hundió en una pesadilla tan desesperada y pavorosa que hasta hoy, cuando todo está a punto de acabar para siempre, me estremezco al recordarlo.

Así pasaron algunas horas; pero, poco a poco, cuando el sol caía sobre el horizonte, el fuerte viento cesó convirtiéndose en una suave brisa, y el mar quedó libre de las bravas olas. Esto dio lugar a una fuerte marejada; me sentía mareado y apenas tenía fuerzas para llevar el timón, cuando vi una línea de montañas hacia el sur.

Casi agotado, como me encontraba, por la fatiga y la terrible tensión soportada durante tantas horas, esta repentina certeza de vida llenó mi corazón de alegría y las lágrimas brotaron de mis ojos.

¡Qué cambiantes son nuestros sentimientos y qué extraño es el apego por la vida aun cuando nos sentimos desdichados! Construí otra vela con un trozo de mi ropa, y con entusiasmo dirigí mi curso hacia tierra. Tenía un aspecto salvaje y rocoso, pero en cuanto me acerqué distinguí fácilmente que era tierra cultivada. Había embarcaciones cerca de la playa, y enseguida sentí que había regresado al entorno del hombre civilizado. Recorrí con atención las sinuosidades del terreno y divisé la aguja de una iglesia, que luego vi que salía de atrás de un promontorio. Como me encontraba en un estado de extrema debilidad, decidí navegar directamente hacia el pueblo, por ser el lugar donde podría procurarme alimentos con más facilidad. Afortunadamente, llevaba dinero conmigo. Al dar la vuelta al promontorio percibí un bonito pueblo y un buen puerto, al cual entré, con el corazón lleno de alegría por mi inesperada salvación.

Mientras estaba ocupado sujetando la barca y recogiendo las velas, algunas personas se reunieron en el lugar. Parecían muy sorprendidos por mi aparición, pero, en lugar de ofrecerme ayuda, murmuraban entre ellos y hacían gestos que en cualquier otro momento me hubiesen producido una leve sensación de alarma. Pero en ese momento sólo noté que hablaban inglés, y, por tanto, me dirigí a ellos en esa lengua. «Mis amigos», dije, «¿serían tan amables de decirme el nombre de este pueblo y de informarme de dónde me encuentro?».

«Pronto lo sabrá», respondió un hombre con voz ronca. «Tal vez ha llegado a un lugar que no será de su agrado, pero no se le pedirá opinión, se lo prometo».

Yo estaba muy sorprendido por recibir una respuesta tan brusca de un extraño, y también me desconcertaba ver las caras fruncidas y enfadadas de sus acompañantes. «¿Por qué me responde tan bruscamente?», respondí. «Seguramente no es costumbre inglesa recibir a los extraños de forma tan poco hospitalaria.»

«No sé», dijo el hombre, «cuál puede ser la costumbre de los ingleses, pero es costumbre de los irlandeses odiar a los maleantes».

Mientras proseguía este extraño diálogo, vi que la multitud crecía rápidamente. Sus caras expresaban una mezcla de curiosidad y enfado que me molestó y en cierta medida me alarmó. Pregunté dónde estaba la posada, pero nadie respondió. Entonces comencé a avanzar y surgió un murmullo de la multitud que me seguía y me rodeaba. Entonces un hombre de mal aspecto se acercó, me tocó el hombro y me dijo: «Venga; debe seguirme a donde está el señor Kirwin para explicar su situación».

«¿Quién es el señor Kirwin? ¿Por qué debo darle explicaciones? ¿No es este un país libre?»

«Sí, señor, lo es para gente honrada. El señor Kirwin es un magistrado y usted debe responder por la muerte de un señor que fue encontrado asesinado anoche.»

Esta respuesta me sobresaltó pero pronto me recuperé. Era inocente y podría probarlo fácilmente. Le seguí en silencio y me llevó a una de las mejores casas del pueblo. Estaba a punto de caer por la fatiga y el hambre, pero, por estar rodeado de una multitud, creí conveniente juntar todas mis fuerzas para que la debilidad física no produjera aprensión o fuera entendida como prueba de mi culpabilidad. No tenía ni idea de la calamidad que me abrumaría unos momentos más tarde, y cómo el horror y la desesperación harían desaparecer el miedo a la vergüenza y la muerte.

Debo detenerme aquí, puesto que requiere toda mi fortaleza recordar, con el detalle adecuado, los terribles acontecimientos que voy a relatar.

CAPÍTULO XXII

Pronto me llevaron ante el magistrado, un anciano bondadoso de modales serenos y suaves. Me miró, sin embargo, con cierta severidad, y entonces, dirigiéndose a quienes me habían traído, preguntó quiénes era testigos en esta ocasión.

Una media docena de hombres avanzó; el magistrado eligió a uno de ellos, quien declaró que había estado fuera pescando con su hijo y su cuñado, Daniel Nugent, cuando, cerca de las diez de la noche, vieron que se acercaba una fuerte ráfaga del Norte y volvieron rumbo al puerto. La noche estaba muy oscura, puesto que la luna no había salido aún. No desembarcaron en el puerto, sino, como era su costumbre, en una ensenada unas dos millas más abajo. Él caminaba delante llevando parte del equipo de pesca y sus compañeros le seguían a cierta distancia. Yendo por la arena, su pie tropezó con algo y cayó al suelo. Sus compañeros vinieron a ayudarle y, con la luz de su linterna, vieron que había caído sobre el cuerpo de un hombre que aparentemente estaba muerto. La primera suposición fue que era el cuerpo de alguna persona ahogada que las olas habían traído a la playa. Pero al examinarlo observaron que sus ropas no estaban mojadas y que, en ese momento, el cuerpo ni siquiera estaba frío. Inmediatamente lo llevaron a la casa de una anciana cerca de allí e intentaron, aunque en vano, reanimarlo. Parecía un joven apuesto, de unos veinticinco años. Aparentemente había sido estrangulado, puesto que no había otros signos de violencia excepto la oscura marca de unos dedos sobre el cuello.

La primera parte de su testimonio no me interesó en absoluto, pero cuando mencionó la marca de los dedos recordé el asesinato de mi hermano y me sentí terriblemente conmovido; mis piernas temblaban, mi vista se nubló y me vi obligado a sujetarme en una silla para mantenerme en pie. El magistrado me observó con mirada escudriñante, y seguramente mi comportamiento le dio una impresión desfavorable.

El hijo confirmó el relato de su padre, pero cuando Daniel Nugent fue llamado a testimoniar juró que, justo antes de la caída de su compañero, había visto a corta distancia de la playa una barca que llevaba un solo hombre, y que, hasta donde había podido ver gracias a la escasa luz de las estrellas, era la misma barca de la que yo había desembarcado.

Una mujer declaró que ella vivía junto a la playa y que estaba junto a la puerta esperando el regreso de los pescadores, aproximadamente una hora antes de oír acerca del descubrimiento del cuerpo, cuando vio una barca con un solo hombre que se alejaba de la playa donde el cuerpo fue encontrado luego.

Otra mujer confirmó el relato de los pescadores que habían traído el cuerpo a su casa; no estaba frío. Lo habían puesto sobre una cama tratando de reanimarle y Daniel había ido al pueblo en busca de un farmacéutico, pero en ese momento ya no vivía.

Varios hombres más fueron consultados en relación con mi desembarco, y estuvieron de acuerdo en que era probable que yo hubiese luchado durante varias horas contra el fuerte viento del Norte que había estado soplando, y que me hubiese visto obligado a volver casi al mismo lugar del cual había partido. Además, observaron que parecía que había traído el cuerpo de otro sitio, y que tenían la impresión de que, como no conocía la costa, lo habría colocado en el puerto ignorando la distancia desde el punto donde lo había depositado al pueblo.

Después de oír estas evidencias, el señor Kirwin quiso que me llevaran a la habitación donde el cuerpo yacía en depósito para observar el efecto que me producía verlo. Posiblemente esta idea hubiese sido sugerida por la extrema conmoción que había demostrado cuando oí describir el método del asesinato. El magistrado y varias personas más me condujeron hasta la posada. No podía evitar sentirme afectado por las extrañas coincidencias que habían tenido lugar durante esta accidentada noche; pero, sabiendo que había estado conversando con varias personas en la isla en que residía cerca de la hora en que el cuerpo había sido encontrado, yo estaba totalmente tranquilo acerca de las posibles consecuencias del asunto.

Entré en la habitación donde yacía el cuerpo y me llevaron hasta el ataúd. ¿Cómo puedo describir lo que sentí al verlo? Todavía me siento pasmado por el horror, y no puedo relatar ese terrible momento sin sentir estremecimiento y agonía. La inspección, la presencia del magistrado y de los testigos pasaron como un sueño de mi mente cuando vi el cuerpo sin vida de Henry Clerval extendido ante mí. Luché por respirar y lanzándome sobre el cuerpo, exclamé: «¿Te han privado a ti también de la vida mis asesinas maquinaciones, mi querido Henry? Ya he destruido a dos; otras víctimas aguardan su destino; pero tú, Clerval, mi amigo, mi benefactor...».

Ningún cuerpo humano podría soportar la angustia que yo sufría, y fui llevado fuera de la habitación con fuertes convulsiones.

A esto sucedió una fiebre. Estuve dos meses al borde de la muerte; mis desvaríos, como luego me enteré, eran espantosos; me acusaba a mí mismo de ser el asesino de William, de Justine y de Clerval. Algunas veces suplicaba a quienes me atendían que me ayudaran a destruir al demonio que me atormentaba; otras sentía los dedos del monstruo agarrando mi cuello, y gritaba agonizante y aterrorizado. Afortunada-

176

mente, como hablaba en mi lengua nativa, sólo el señor Kirwin me entendía; pero mis gestos y amargos gritos eran suficientes como para asustar a los demás testigos.

¿Por qué no moría? Era el más desdichado de los hombres que jamás hubiese existido. ¿Por qué no me hundía en el olvido y el descanso? La muerte arrebata la vida a muchos niños saludables, única esperanza de sus encariñados padres; ¡cuántas novias y jóvenes amados han estado un día rebosantes de salud e ilusiones y poco después habían sido víctimas de los gusanos y de la descomposición en la tumba! ¿De qué materiales estaba hecho que podía resistir semejantes conmociones, que, como la rueda que gira, continuamente renovaban la tortura?

Pero yo estaba condenado a vivir, y dos meses más tarde me encontraba como despertando de un sueño, en prisión, extendido sobre una miserable cama, rodeado de carceleros, cerrojos, y de todos los despreciables aparatos de un calabozo. Era de mañana cuando volví a comprender lo que sucedía a mi alrededor; había olvidado los detalles de lo sucedido y sólo sentía como si una gran desgracia me hubiese abrumado; pero cuando miré a mi alrededor y vi las ventanas con barrotes y la asquerosidad de la habitación en que estaba, todo volvió a pasar por mi memoria y gemí con amargura.

Esto molestó a una anciana que dormía en una silla a mi lado. Era una enfermera contratada, la esposa de uno de los carceleros, y su semblante expresaba todas las malas cualidades que frecuentemente caracterizan a esta clase de gente. Las líneas de su rostro eran duras y toscas, como suelen tener las personas acostumbradas a ver la desgracia ajena sin compadecerse. Su tono expresaba una indiferencia total. Se dirigió a mí en inglés, y su voz me conmovió como si la hubiese oído durante mis padecimientos. «¿Está mejor, señor?», preguntó.

Respondí en el mismo idioma, con una voz débil: «Creo que sí; pero si es así, si de verdad no estoy soñando, siento estar vivo puesto que seré desdichado y sufriré».

«Con respecto a ese asunto», respondió la anciana, «si se refiere al caballero que asesinó, creo que sería mejor para usted estar muerto, puesto que parece que las cosas se pondrán mal para usted. Sin embargo, esto a mí no me incumbe; me han enviado para cuidarle y hacer que se ponga bien; hago mi trabajo con la conciencia tranquila; sería bueno que todos hicieran lo mismo».

Sentí repugnancia y di la espalda a esta persona capaz de decir palabras tan insensibles a alguien que acababa de estar al borde mismo de la muerte; pero me sentía lánguido y era incapaz de pensar en todo lo que había sucedido. Toda la secuencia de acontecimientos de mi vida me parecía un sueño. Por momentos dudaba si lo ocurrido era realmente cierto, puesto que nunca se presentaba ante mí con la fuerza de lo real.

Cuando las imágenes que flotaban ante mí se volvieron más claras tuve fiebre; la oscuridad me oprimía; nadie estaba a mi lado para tranquilizarme con amables palabras de amor; ningún ser querido me animaba. Venía el médico y me prescribía medicamentos, y la anciana los preparaba para dármelos; pero una total despreocupación era evidente en el primero, y la expresión de brutalidad estaba fuertemente marcada en el semblante de la segunda. ¿Quién podía estar interesado en la suerte de un asesino además del verdugo que se ganaría su salario?

Estas fueron mis primeras reflexiones, pero pronto me enteré de que el señor Kirwin había mostrado una extremada amabilidad hacia mí. Había hecho que se me preparara la mejor celda (la mejor era ciertamente miserable) y había sido él quien se había preocupado de que me asistieran un médico y una enfermera. Era verdad que rara vez venía a verme, puesto que si bien quería fervientemente aliviar los sufrimientos de toda criatura humana, no quería presenciar las agonías y los desvaríos de un asesino. Por tanto, venía sólo algunas veces para comprobar que estaba bien atendido, pero estas visitas eran cortas y espaciadas.

Un día, cuando ya me iba recuperando poco a poco, me senté en la silla con mis ojos medio abiertos y mis mejillas lívidas como las de un muerto. Me dominaba la melancolía y la desdicha, y muchas veces pensaba que prefería la muerte a permanecer en un mundo que estaba para mí repleto de desgracias. De pronto consideré si no debía declararme culpable y sufrir el castigo que impone la ley, puesto que era menos inocente de lo que había sido la pobre Justine. En esto pensaba cuando se abrió la puerta de mi celda y entró el señor Kirwin. Su semblante expresaba simpatía y compasión; acercó una silla a la mía y se dirigió a mí en francés: «Me temo que este lugar debe ser espantoso para usted, ¿puedo hacer algo para que esté más cómodo?».

«Se lo agradezco, pero todo a lo que usted se refiere no es nada para mí; no hay sitio sobre la Tierra donde pueda estar cómodo.»

«Sé que la compasión de un extraño puede aliviar poco a alguien doblegado como usted lo está por una desgracia tan extraña. Pero espero que pronto podrá abandonar esta melancólica morada, puesto que la evidencia es lo suficientemente dudosa como para que sea puesto en libertad sin cargos.»

«Eso es lo que menos me preocupa; me he convertido, debido a una serie de extraños acontecimientos, en el más desdichado de los mortales. Perseguido y torturado como soy y he sido, ¿puede ser la muerte mala para mí?»

«Nada puede ser más desafortunado y angustioso que las extrañas coincidencias que han ocurrido últimamente. Fue arrojado accidentalmente a estas costas, famosas por su hospitalidad; apresado inmediatamente y culpado de asesinato. Lo primero que presentaron ante su vista fue el cuerpo de su amigo, asesinado de una forma tan desalmada y puesto, como lo fue, por algún demonio en su camino.»

Mientras el señor Kirwin decía esto, a pesar de la inquietud que me producía el relato de mis sufrimientos, sentía también una considerable sorpresa por la información que parecía tener acerca de mí. Supongo que mi semblante expresaba cierta sorpresa, puesto que el señor Kirwin se apresuró a decir: «Inmediatamente después de que se puso enfermo, me fueron entregados todos los papeles que se hallaban en su persona, y al examinarlos descubrí ciertos datos gracias a los cuales pude enviar a sus parientes un relato de sus desventuras y de su enfermedad. Encontré varias cartas y, entre otras, una que desde el comienzo me di cuenta de que era de su padre. Inmediatamente escribí a Ginebra; han pasado casi dos meses desde que salió mi carta. Pero usted está enfermo; aun ahora tiembla; no está en condiciones de ningún tipo de perturbación».

«La incertidumbre es mil veces peor que los acontecimientos más terribles; dígame qué nuevo escenario de muerte ha ocurrido y a quiénes debo ahora lamentar.»

«Su familia está perfectamente bien», dijo el señor Kirwin con amabilidad, «y alguien, un amigo, ha llegado a visitarlo».

No sé qué secuencia de pensamientos tuve, pero inmediatamente asaltó mi mente la idea de que el asesino había venido a mofarse de mi desgracia y echarme en cara la muerte de Clerval, como una nueva provocación para que cumpliera con sus endiablados deseos. Puse la mano delante de mis ojos y largué un grito de agonía: «¡Llévenselo, no puedo verlo; por Dios, no lo dejen entrar!».

El señor Kirwin me miró con rostro preocupado. No podía evitar considerar mi exclamación como una prueba de mi presunta culpabilidad y dijo con un tono bastante severo: «Había pensado, joven, que la presencia de su padre iba a ser bienvenida en lugar de inspirarle una repugnancia tan violenta».

«¡Mi padre!», grité, mientras cada facción y cada músculo de mi cara se relajaba y pasaba de la angustia al placer. «¿Es realmente mi padre quien ha venido? ¡Qué alegría! ¡qué gran alegría! Pero, ¿dónde está? ¿Por qué no viene rápidamente a verme?»

Mi cambio de actitud sorprendió y agradó al magistrado, tal vez por pensar que mi anterior exclamación era un retorno momentáneo al delirio, y recuperó su semblante bondadoso. Se puso de pie y dejó la habitación junto con mi enfermera; un momento más tarde entró mi padre.

Nada podría haberme dado más placer en ese momento que la llegada de mi padre. Extendí mi mano hacia él y grité: «Entonces, ¿estás a salvo? ¿Y Elizabeth? ¿Y Ernest?».

Mi padre me tranquilizó asegurándome que se encontraban bien e intentó, insistiendo en estos temas que me interesaban tanto, levantar mi descorazonado ánimo; pero pronto se dio cuenta de que en una prisión no puede habitar la alegría. «¡En qué sitio has estado viviendo, hijo mío!», dijo con tristeza mientras observaba las ventanas cerradas con barrotes y el miserable aspecto de la habitación. «Has viajado buscando la felicidad, pero la fatalidad parece perseguirte. Y pobre Clerval...»

Oír el nombre de mi desafortunado amigo asesinado fue demasiada agitación para mi debilitado estado y me puse a llorar.

«¡Ay, padre mío!», respondí. «El más horrible de los destinos se cierne sobre mí, y debo vivir para que se cumpla; de lo contrario hubiese sido yo quien ocupara el ataúd de Henry.»

No nos permitieron continuar hablando; el estado precario de mi salud exigía que tomáramos todas las precauciones necesarias para asegurar mi tranquilidad. El señor Kirwin entró e insistió en que no me cansara con un exceso de esfuerzo. Pero la aparición de mi padre era para mí como la de mi ángel guardián, y poco a poco recobré la salud.

A medida que me abandonaba la enfermedad, fui absorbido por una triste y tenebrosa melancolía que nada podía disipar. La imagen de Clerval estaba siempre ante mis ojos, pálida y cadavérica. Más de una vez, la agitación que me producían estas reflexiones hacía temer una peligrosa recaída. ¡Ay de mí! ¿Por qué se esforzaban por conservar una vida tan desdichada y detestada? Estaba seguro de que se cumpliría el destino que ahora finalmente está llegando a su fin. Pronto, muy pronto, la muerte extinguirá estos latidos y me liberará del poderoso peso de la angustia que me doblega; entonces, al ejecutarse mi condena, también podré descansar. Pero en aquel momento la aparición de la muerte era todavía algo distante, aunque el deseo estaba siempre presente en mis pensamientos, y frecuentemente me sentaba durante horas inconsciente y callado, esperando que alguna hecatombe poderosa me enterrase a mí y a mi destructor en sus ruinas.

El momento del juicio se acercaba. Yo había estado ya tres meses en prisión y, aunque todavía me encontraba débil y en permanente peligro de recaer, estaba obligado a viajar unas cien millas a la ciudad donde se iba a celebrar el juicio. El señor Kirwin se ocupó de reunir a los testigos y de preparar mi defensa. Me ahorraron la deshonra de aparecer públicamente como un criminal, puesto que el caso no fue llevado ante la corte que decide sobre la vida o la muerte. El gran jurado rechazó el cargo, por quedar demostrado que yo me encontraba en las islas Orcadas a la hora en que el cuerpo de mi amigo fue encontrado; quince días después de mi traslado fui liberado.

Mi padre estaba embriagado de alegría al verme libre de la vergüenza que significaba estar envuelto en un cargo criminal y de que se me permitiese regresar a mi país natal. Yo no compartía estos sentimientos; para mí las paredes del calabozo no eran más odiosas de lo que podían ser las de un palacio. Mi vida estaba envenenada para siempre, y aunque el sol brillara sobre mí, como lo hacía sobre los hombres felices y de corazón alegre, no veía otra cosa a mi alrededor que una densa y temeraria oscuridad, a la que no llegaba luz alguna que no fuera la reflejada en dos ojos que me miraban. Algunas veces eran los ojos expresivos de Henry, languidecidos por la muerte, con sus oscuras órbitas casi cubiertas por los párpados y sus largas pestañas negras; otras veces eran los acuosos y sombríos ojos del monstruo, como los vi por primera vez en mi laboratorio de Ingolstadt.

Mi padre trataba de despertar en mí sensaciones de cariño. Me hablaba de Ginebra, que pronto visitaría; de Elizabeth y de Ernest; pero estas palabras sólo me arrancaban hoscos gruñidos. Algunas veces, sentía realmente deseos de felicidad y pensaba con melancólica alegría en mi querida prima, o añoraba, con una devoradora *maladie du pays,* ver una vez más el lago azul y el rápido Rhone, que había querido tanto durante mi infancia; pero el estado general de mis sentimientos era de una apatía tal que una prisión hubiese sido una residencia igual de apreciada que el paisaje más divino, y este estado era solo ocasionalmente interrumpido por accesos violentos de angustia y desesperación. En esos momentos intentaba poner fin a una existencia que detestaba, y para evitar que cometiera algún temerario acto de violencia requería una atención y vigilancia permanentes.

Pero aún tenía un deber que cumplir que, al recordarlo, dominaba mi egoísta desesperación. Era necesario que regresara a Ginebra sin demora, para vigilar las vidas de quienes tanto amaba y estar al acecho del asesino, y si alguna circunstancia me llevaba al lugar de su escondite, o se atrevía a atormentarme con su presencia, podría, con un arma infalible, poner fin a la existencia de la monstruosa figura que yo grotescamente había dotado de un alma aún más monstruosa. Mi padre quería retrasar la partida, temeroso de que yo no pudiese soportar las fatigas del viaje, viendo que estaba destrozado y que era apenas la sombra de un ser humano. Mis fuerzas habían desaparecido. Era un mero esqueleto y, tanto durante el día como por la noche, la fiebre azotaba mi destruido cuerpo.

Sin embargo, insistí con tal inquietud e impaciencia que dejáramos Irlanda que a mi padre le pareció mejor acceder. Nos embarcamos rumbo a Havre-de-Grâce y nos apartamos con viento favorable de las costas de Irlanda. Era medianoche. Yo yacía sobre cubierta mirando las estrellas y escuchando el romper de las olas. Celebré que la oscuridad ocultara las costas de Irlanda y mi pulso latió con febril alegría cuando pensé que pronto vería Ginebra. El pasado me parecía un espantoso sueño; pero el barco en que estaba, el viento que me alejaba de la detestada Irlanda y el mar que me rodeaba me decían con demasiada contundencia que no me engañaba una ensoñación, y que Clerval, mi amigo y querido compañero, había sido víctima de mí mismo y de mi monstruosa creación. Repasé toda mi vida con la memoria: mi serena felicidad mientras residía con mi familia en Ginebra, la muerte de mi madre y mi partida para Ingolstadt; recordé, estremeciéndome, el loco entusiasmo que me había alentado a la creación de mi horroroso enemigo, y vino a mi mente la noche en que él había visto la vida por primera vez. Era incapaz de seguir esta sucesión de pensamientos; mil sensaciones me oprimían, y entonces lloré amargamente.

Desde que me había recobrado de la fiebre había adoptado por costumbre tomar una pequeña cantidad de láudano todas las noches, puesto que sólo gracias a esta droga conseguía descansar lo suficiente como para conservar la vida. Oprimido por el recuerdo de mis diversas desgracias, tomé el doble de esa dosis y pronto me dormí profundamente. Pero el sueño no me dio descanso; mis pensamientos y mis desgracias continuaron, y aparecieron en mis sueños mil objetos que me asustaron. Hacia la mañana tuve una pesadilla: sentía que las garras del demonio oprimían mi cuello y no me podía liberar; gemidos y llantos sonaban en mis oídos. Mi padre, que me estaba cuidando, al verme atormentado, me despertó. Oí el ruido de las olas y vi el cielo nublado sobre mi cabeza, pero el demonio no estaba allí. Tuve una sensación de seguridad, una sensación de que se había establecido una tregua entre el presente y el inevitablemente desastroso futuro, que me otorgó un cierto sereno olvido, al cual la mente humana es por su estructura particularmente propensa.

CAPÍTULO XXIII

El viaje llegó a su fin. Desembarcamos y continuamos hacia París. Pronto encontré que había sobrestimado mis fuerzas y que debía descansar antes de continuar mi viaje. Los cuidados y atenciones de mi padre eran incansables, pero él ignoraba la causa de mis sufrimientos y buscaba métodos erróneos para remediar mi incurable enfermedad. Quería que procurara divertirme en compañía de otras personas. Yo aborrecía el rostro del hombre. ¡Ay, no lo aborrecía! Eran mis hermanos, mis semejantes, y me sentía tan atraído por el más repulsivo de ellos como por una criatura celestial y de naturaleza angelical. Pero no me sentía digno de tener relaciones con ellos. Había dejado a su libre albedrío a un enemigo que disfrutaba derramando su sangre y gozaba con sus gemidos. ¡Todos y cada uno de ellos me odiarían y me buscarían por todo el mundo si conocieran mis impíos actos y los crímenes que tenían su origen en mí!

Mi padre cedió finalmente a mi deseo de evitar la compañía de otras personas y se esforzó, mediante diversos argumentos, en hacer desaparecer mi desasosiego. Por momentos creía que yo estaba profundamente afectado por la degradación que implicaba haberme visto obligado a responder a una acusación de asesinato y se dedicaba a demostrarme la inutilidad del orgullo.

«¡Ay, padre mío!», le decía, ¡qué poco me conoces! Los seres humanos, sus sentimientos y sus pasiones, serían realmente degradados si un desgraciado como yo se sintiera orgulloso. Justine, pobre Justine, era tan inocente como yo, y sufrió la misma acusación: murió por ello; por eso mismo, yo la asesiné. William, Justine y Henry, todos murieron por mi mano».

Mi padre me había oído frecuentemente hacer la misma afirmación mientras yo estaba en prisión. Cuando veía que me hacía a mí mismo estas acusaciones, algunas veces parecía querer una explicación y otras parecía considerar que no eran más que la expresión de mi delirio y que, durante mi enfermedad, alguna idea de este tipo habría aparecido en mi imaginación, cuyo recuerdo conservaba durante mi convalecencia. Yo evitaba las explicaciones y mantenía un silencio absoluto en relación con el desgraciado que había creado. Estaba convencido de que me considerarían loco y que esto por sí solo cerraría mi boca para siempre. Pero, además, no podía descubrir un secreto que llenaría de consternación a mi interlocutor y que haría que el miedo y un horror sobrenatural se instalaran en su pecho. Controlaba, por tanto, mi impaciente sed de compasión y me quedaba en silencio cuando hubiese dado un mundo por confiar el fatal secreto. Sin embargo, algunas veces, estallaba incontrolablemente con exclamaciones como las que he comentado. No podía dar explicaciones de su significado, pero me aliviaban en parte de mi misteriosa aflicción.

En esta ocasión mi padre dijo, con una expresión de gran curiosidad: «Mi querido Víctor, ¿qué chifladura es esta? Mi querido hijo, te suplico que nunca vuelvas a hacer una afirmación así».

«No estoy loco», dije enérgicamente; «el sol y el cielo que han visto mis acciones pueden atestiguar mis afirmaciones. Soy el asesino de esas inocentes víctimas; ellos murieron debido a mis maquinaciones. Mil veces hubiese derramado mi propia sangre, gota a gota, para salvar sus vidas; pero realmente no podía, padre mío, no podía sacrificar a toda la raza humana».

Estas palabras convencieron a mi padre de que mis ideas estaban perturbadas e inmediatamente cambió el tema de nuestra conversación e hizo lo posible por alterar el curso de mis pensamientos. Ansiaba hacer desaparecer lo más posible de mi memoria las escenas que habían tenido lugar en Irlanda y nunca aludía a ellas o me obligaba a hablar de mis desventuras.

Con el paso del tiempo me fui calmando; la desgracia continuaba habitando en mi corazón, pero no volví a hablar de forma tan incoherente de mis propios crímenes; era suficiente para mí conocerlos. Empleé todas mis fuerzas para moderarme y dominar la voz imperiosa de la desgracia que, por momentos, quería confesarse ante el mundo entero, y mi comportamiento se volvió más sereno y tranquilo de lo que había sido desde mi viaje al mar de hielo.

Pocos días antes de que dejáramos París en nuestro viaje hacia Suiza, recibí la siguiente carta de Elizabeth:

Mi querido amigo:

Fue un inmenso placer recibir una carta de mi tío fechada en París; ya no estás tan lejos y ya puedo tener la ilusión de verte en menos de una quincena. Mi pobre primo, ¡cómo debes de haber sufrido! Supongo que te encontraré aún más enfermo que cuando dejaste Ginebra. Este invierno ha sido de lo más desgraciado para mí, torturada como me sentía por la ansiedad de la incertidumbre; sin embargo, tengo la esperanza de ver paz en tu semblante y de encontrar que tu corazón no carece totalmente de bienestar y tranquilidad.

No obstante, temo que tengas los mismos sentimientos que te hacían tan desdichado hace un año, incluso exacerbados por el tiempo. No quiero molestarte en estos momentos en que tantas desgracias pesan sobre ti, pero una conversación que tuve con mi tío antes de su partida hace necesaria una aclaración antes de nuestro encuentro.

¡Aclaración! Puede que pienses: ¿qué puede tener que aclarar Elizabeth? Si realmente dices esto, mis preguntas están respondidas y mis dudas, satisfechas. Pero estás lejos de mí y es posible que estés esperando e incluso que te alegres de esta explicación; y por si este fuera el caso, no me demoraré más y me pondré a escribir algo que, durante tu ausencia, tuve con frecuencia intenciones de expresar, pero nunca tuve el coraje de hacerlo.

Sabes bien, Víctor, que nuestra unión era el plan predilecto de tus padres desde nuestra infancia. Nos lo dijeron cuando éramos niños y se nos enseñó a esperarlo como un evento que sin duda sucedería. Nos tuvimos mucho afecto mientras fuimos compañeros de juegos durante nuestra niñez y creo que nos quisimos y apreciamos el uno al otro como amigos a medida que fuimos creciendo. Pero, ¿no podría ser que, como muchos hermanos, también nosotros nos tengamos un vivo afecto pero carezcamos del deseo de una unión más íntima? Dímelo, querido Víctor. Respóndeme; te pido por nuestra felicidad que seas sincero: ¿no quieres a otra?

Has viajado, has pasado varios años de tu vida en Ingolstadt, y te confieso, mi amigo, que cuando el pasado otoño vi que te sentías tan desdichado y que preferías la soledad y huías de la compañía de toda criatura, no pude evitar suponer que lamentabas nuestra relación y que sólo te sentías obligado por una deuda de honor a cumplir con los deseos de tus padres, aunque en realidad eran opuestos a tus inclinaciones. Pero este es un argumento falso. Te confieso, amigo mío, que te quiero y que, siempre cuando mi imaginación ha soñado con el futuro, tú has estado presente como mi amigo y compañero. Pero busco tu felicidad tanto como la mía propia cuando te digo que nuestro matrimonio me haría infeliz para siempre, a no ser que respondiese al dictado de tu propia y libre elección. Aún ahora lloro al pensar que, destruido como te encuentras por las desgracias más crueles, puedas ahogar con la palabra «honor» toda esperanza de ese amor y felicidad que sería lo único que te haría volver a ser el mismo. Yo, que he sentido un afecto tan desinteresado por ti, puedo aumentar mil veces tu desdicha si me convierto en un obstáculo para tus deseos. ¡Ay, Víctor!, puedes estar seguro de que tu prima y compañera de juegos siente por ti un amor demasiado sincero para sentirse desgraciada por la posibilidad de que tus deseos hayan cambiado. Sé feliz, amigo mío, y si obedeces este mandato, quédate tranquilo de que nada sobre la Tierra tendrá el poder de alterar mi serenidad.

No dejes que esta carta te inquiete; no respondas mañana, ni al día siguiente, ni tan siquiera antes de regresar, si ello te hace sufrir. Mi tío me enviará noticias sobre tu salud, y si, cuando volvamos a encontrarnos, veo tan sólo una sonrisa en tus labios, provocada por este o cualquier otro acto mío, mi felicidad será plena.

Elizabeth Lavenza
Ginebra, 18 de mayo de 17..

Esta carta revivió en mi memoria algo que había olvidado, la amenaza del demonio: «¡Estaré contigo tu noche de bodas!» Esa era mi sentencia; esa noche el demonio emplearía cualquier arte para destruirme y arrancarme el atisbo de felicidad que prometía mitigar al menos en parte mis sufrimientos. Había decidido consumar sus crímenes con mi muerte justamente esa noche. Bien, que así fuese. Seguramente tendría lugar una lucha a muerte en la cual, si él resultaba victorioso, yo quedaría en paz y acabaría su poder sobre mí. Y si él era derrotado, me convertiría en un hombre libre. ¡Ay de mí! ¿Cómo sería esa libertad? Como la de un campesino que disfruta al ver que su familia ha sido masacrada ante sus ojos, su casa quemada y sus tierras desbastadas, y él ha quedado a la deriva, sin hogar, sin un penique, solo, pero libre. Así sería mi libertad, excepto que yo poseería un tesoro en mi Elizabeth capaz de contrarrestar todos los horrores del remordimiento y la culpa que me perseguirían hasta la muerte.

¡Dulce y amada Elizabeth! Leía y releía su carta, y ciertos enternecedores sentimientos penetraban en mi corazón y se atrevían a susurrar sueños paradisíacos de amor y alegría; pero la manzana ya había sido mordida y el brazo del ángel se había descubierto para apartarme de toda esperanza. Sin duda yo hubiese muerto para hacerla feliz. Si el monstruo hacía efectiva su amenaza, la muerte sería inevitable; sin embargo, volví a considerar si mi matrimonio aceleraría mi destino. Mi destrucción podía efectivamente llegar unos pocos meses antes, pero si mi torturador sospechaba que yo lo posponía influido por sus amenazas, seguramente encontraría nuevos y más terroríficos medios para vengarse. Había prometido estar conmigo en mi noche de bodas; sin embargo, él no creía que su amenaza le obligara a la paz hasta que llegara ese momento y, como para demostrarme que no estaba saciado de sangre, había asesinado a Clerval inmediatamente después de anunciar sus amenazas. Resolví, por tanto, que si mi inmediata unión con mi prima conduciría a la felicidad de ella y a la de mi padre, los designios de mi adversario en contra de mi vida no debían retardarla ni una sola hora.

En este estado de ánimo escribí a Elizabeth. Mi carta fue serena y afectuosa. «Me temo, mi querida niña», dije, «que poca felicidad nos queda a ambos en la tierra; no obstante, todo a lo que aspiro a disfrutar está vinculado a ti. Ahuyenta tus inútiles temores; sólo a ti consagro mi vida y mis ansias de felicidad. Pero, Elizabeth, tengo un secreto horroroso; si te lo revelara, el espanto te helaría la sangre, y entonces, lejos de sorprenderte por mi desdicha, sólo te preguntarías cómo he sobrevivido a lo que he soportado. Te confiaré esta historia de desgracia y terror el día después de nuestra boda, puesto que, mi dulce prima, a partir de ese momento debe haber confianza absoluta entre nosotros. Pero hasta entonces, te ruego que no lo menciones ni aludas a ello. Te lo pido encarecidamente y sé que me complacerás».

Aproximadamente una semana después de la llegada de la carta de Elizabeth regresamos a Ginebra. La dulce niña me dio la bienvenida con cálido afecto, pero había lágrimas en sus ojos cuando contempló mi demacrado cuerpo y mis febriles mejillas. Observé que ella también estaba cambiada. Estaba más delgada y había perdido gran parte de esa divina vivacidad que siempre me había encantado. Pero su amabilidad y sus tiernas miradas de compasión la hacían la mejor compañera para alguien arruinado y desgraciado como yo.

La tranquilidad de la que disfruté en esos momentos no duró. El recuerdo trajo con él la locura, y cuando pensaba en todo lo que había sucedido, una verdadera demencia se apoderaba de mí; por momentos estaba furioso y ardía de rabia; otros, abatido y desanimado. No hablaba ni miraba a nadie; me quedaba sentado inmóvil, desconcertado por la multitud de desgracias que me vencían.

Sólo Elizabeth tenía la capacidad de sacarme de estos ataques; su voz suave me serenaba cuando me dominaba la pasión y me inspiraba sentimientos humanos cuando caía en la apatía. Lloraba conmigo y por mí. Cuando yo recobraba la razón, ella discutía conmigo y me animaba a resignarme, pero no es posible la paz cuando se siente culpa. Las agonías del remordimiento envenenan incluso el alivio que algunas veces se encuentra al estar sometido a un sufrimiento excesivo.

Poco después de mi llegada mi padre habló de mi inmediata boda con Elizabeth. Permanecí en silencio.

«Entonces, ¿tienes algún otro amor?»

«En absoluto. Quiero a Elizabeth y anhelo nuestra unión. Fijemos la fecha, y desde ese momento me dedicaré, en la vida y en la muerte, a la felicidad de mi prima.»

«Mi querido Víctor, no hables así. Serias desgracias han caído sobre nosotros, pero debemos aferrarnos más a lo que tenemos y transferir el amor que sentíamos por quienes hemos perdido a aquellos que todavía viven. Nuestro círculo será pequeño, pero muy unido por vínculos de afecto y mutuas desventuras. Y cuando el tiempo haya aliviado tu desesperación, nacerán nuevos seres que cuidar, que reemplazarán a aquellos que tan cruelmente nos han sido arrebatados.»

Esas eran las enseñanzas de mi padre. Pero el recuerdo de la amenaza regresó a mí. Usted no puede imaginar cuán invencible consideraba yo al demonio, omnipotente como hasta ahora había sido en sus acciones sangrientas, y en qué medida, cuando había pronunciado las palabras «estaré contigo en tu noche de bodas», yo creí inevitable el destino que me amenazaba. Pero la muerte no era para mí un mal si la alternativa significaba la pérdida de Elizabeth y, por tanto, con semblante satisfecho e incluso alegre, acordé con mi padre que, si mi prima daba su consentimiento, la ceremonia tendría lugar en diez días. Entonces, según creía, se cumpliría mi destino.

¡Dios mío! Si tan sólo por un instante hubiese imaginado cuáles podían ser las intenciones de mi demoníaco adversario, habría desaparecido para siempre de mi país natal y vagado, sin amigos y desterrado, sobre la tierra en lugar de acceder a celebrar esta desdichada boda. Pero, como si estuviese dotado de poderes mágicos, el monstruo me había vuelto ciego a sus verdaderas intenciones, y cuando creía que sólo preparaba mi propia muerte, estaba acelerando la de una víctima mucho más querida.

A medida que se acercaba la fecha fijada para la boda, posiblemente por cobardía o por un sentimiento profético, sentía dentro de mí que mi corazón se hundía. Pero escondí mis sentimientos tras una aparente hilaridad que trajo risas y alegría al semblante de mi padre, pero apenas engañó a los bellos y siempre alerta ojos de Elizabeth. Ella esperaba nuestra unión con plácida alegría aunque con cierto temor, fundado en las pasadas desgracias, de que lo que ahora parecía una felicidad cierta y tangible podía pronto disiparse como un sueño etéreo, e irse sin dejar más rastro que una profunda y permanente pena.

Se hicieron los preparativos para el acontecimiento; recibimos visitas para felicitarnos y todos parecíamos alegres. En la medida que pude, mantuve encerrada en mi corazón la ansiedad de que era víctima y participé con aparente sinceridad en los planes de mi padre, aunque en realidad solo sirvieran de decoración a mi tragedia. Gracias a las gestiones de mi padre, el Gobierno austriaco había restituido a Elizabeth una parte de su herencia. Una pequeña finca a orillas del Como le pertenecía. Acordamos que, tan pronto como se celebrase la boda, iríamos a Villa Lavenza y pasaríamos nuestros primeros días de felicidad junto al hermoso lago.

Mientras tanto tomé todas las precauciones necesarias para defender mi persona ante un posible ataque del demonio. Llevaba constantemente pistolas y una daga, y estaba siempre alerta para evitar ardides, gracias a lo cual gané mucha tranquilidad. Realmente, a medida que se acercaba el momento, la amenaza parecía una alucinación incapaz de alterar la paz, y la felicidad que anhelaba encontrar en mi matrimonio era, en apariencia, más factible según se acercaba el día fijado para su celebración y se oía hablar continuamente de él como de un acontecimiento que ningún hecho podía evitar.

Elizabeth parecía feliz; mi comportamiento tranquilo contribuyó en gran medida a serenar su mente. Pero el día en que se cumplirían mis anhelos y, al mismo tiempo, mi destino, ella se encontraba melancólica y la invadía un mal presentimiento. Tal vez pensara en el horroroso secreto que yo había prometido revelarle al día siguiente. Mi padre, mientras tanto, estaba dichoso y en el bullicio de los preparativos confundió la melancolía de su sobrina con la timidez propia de una novia.

Después de la ceremonia se celebró una gran fiesta en la casa de mi padre, pero se acordó que Elizabeth y yo comenzáramos nuestro viaje por barco, que durmiéramos esa noche en Evian y continuáramos nuestro viaje al día siguiente. El día era hermoso, el viento favorable y todo sonreía en nuestra embarcación nupcial.

Esos fueron los últimos momentos de mi vida en los que disfruté de una sensación de felicidad. Avanzamos rápidamente; el sol calentaba, pero un toldo nos protegió de sus rayos mientras disfrutábamos de las bellezas del paisaje. Por momentos, a un lado del lago, veíamos el Monte Salêve, las agradables cumbres de Montalègre, y a la distancia, dominando todo, el hermoso Mont Blanc y las montañas nevadas a su alrededor que en vano intentaban emularlo. Luego, sobre la orilla opuesta, veíamos el poderoso Jura, que oponía su oscura ladera al ambicioso que quisiera dejar su país natal, y era, a su vez, una barrera casi infranqueable para el invasor que quisiera someterlo.

Cogí la mano de Elizabeth. «Estás triste, amor mío. ¡Ay! Si supieras lo que he sufrido y lo que todavía tendré que soportar, tratarías de hacerme gozar del silencio y la serenidad que durante este único día podré disfrutar.»

«Sé feliz, mi querido Víctor», respondió Elizabeth; «no hay, espero, nada que te aflija y te aseguro que, aunque la alegría no se expresa en mi rostro, mi corazón está contento. Una voz me susurra que no debo esperar demasiado del futuro que se abre ante nosotros, pero no escucharé esa voz siniestra. Observa qué rápido avanzamos y cómo las nubes hacen que este bello paisaje sea aún más interesante, algunas veces oscureciendo el Mont Blanc y otras subiendo por encima de su cima. Mira, también, los innumerables peces que nadan en las aguas transparentes, donde podemos distinguir cada guijarro que está en el fondo. ¡Qué día divino! ¡Qué feliz y tranquila parece la naturaleza».

Así intentó Elizabeth distraer sus pensamientos y los míos de toda reflexión sobre temas tristes. Pero su humor era fluctuante. Durante unos breves instantes brillaba la alegría en sus ojos, pero continuamente se distraía y permanecía absorta.

El sol bajaba en el cielo; pasamos el río Drance y vimos su curso entre los abismos de las colinas altas y las cañadas de las colinas más bajas. Los Alpes aquí están muy cerca del lago, y nos acercamos al anfiteatro de montañas que forman su límite oriental. La aguja de la iglesia de Evian brillaba sobre los bosques y la cadena de montañas que la rodeaban.

A la caída del sol, el viento que hasta ese momento nos había llevado con asombrosa rapidez, se transformó en una suave brisa; el aire suave apenas agitaba las aguas y producía un movimiento agradable en los árboles mientras nos acercábamos a la orilla, desde donde emanaba el más delicioso aroma de flores y hierbas. Mientras desembarcábamos, el sol desapareció tras el horizonte, y en cuanto pisé tierra sentí los temores y las preocupaciones que pronto me alcanzarían y se aferrarían a mí para siempre.

CAPÍTULO XXIV

Eran las ocho de la noche cuando desembarcamos; caminamos durante unos momentos por la orilla, disfrutando de la luz que aún había; luego nos retiramos a la posada y desde allí contemplamos el adorable paisaje del agua, los bosques y las montañas en la oscuridad, cuando todavía muestran sus oscuras siluetas.

El viento, que provenía del Sur, había cesado y ahora se levantaba con gran violencia desde el Oeste. La luna había alcanzado el cenit en el cielo y estaba comenzando a descender; las nubes, que pasaban más veloces que el vuelo de un buitre, palidecían sus rayos, y el lago reflejaba la turbulenta escena del cielo y la hacía aún más turbulenta por las agitadas olas que comenzaban a levantarse. De repente, una fuerte tormenta de agua comenzó a caer.

Había estado tranquilo durante el día, pero en cuanto la luz oscureció la silueta de los objetos, mil temores surgieron en mi mente. Estaba ansioso y atento, con la mano derecha sobre una pistola que estaba escondida en mi pecho; todos los sonidos me aterrorizaban, pero decidí que vendería cara mi vida y no me retiraría del conflicto hasta que mi propia vida o la de mi adversario terminase.

Elizabeth estuvo un momento observando mi agitación en tímido y temeroso silencio; había algo en mi mirada que le transmitía terror y, temblando, me preguntó: «¿Qué es lo que te perturba, mi querido Víctor? ¿Qué es lo que temes?».

«¡Ay! Tranquilízate, mi amor», respondí. «Después de esta noche, estaremos a salvo; pero esta noche será horrorosa, horrorosa.»

Había pasado una hora en ese estado de ánimo, cuando, de repente, pensé en lo espantoso que sería para mi esposa el combate que estaba esperando y le pedí encarecidamente que se retirase a la habitación; decidí no reunirme con ella hasta que obtuviese alguna información acerca de la situación de mi enemigo.

Ella se marchó y yo continué durante algún tiempo caminando de un lado a otro por los pasillos de la casa e inspeccionando todos los rincones que podían valer de escondite a mi adversario. Pero no encontré rastro alguno de él y comenzaba a pensar que algún evento fortuito habría intervenido para evitar la ejecución de sus amenazas, cuando, de repente, oí un grito estridente y horroroso. Venía de la habitación en la que estaba Elizabeth. En cuanto lo oí, me di cuenta inmediatamente de lo que sucedía; mis brazos cayeron, todos mis músculos se paralizaron y sentí mi sangre circular por las venas y hormiguear en las extremidades de mi cuerpo. Este estado duró un instante; el grito se repitió y corrí hacia la habitación.

¡Dios santo! ¿Cómo no morí en ese mismo momento? ¿Por qué estoy aquí para relatar la destrucción de quien era mi mayor ilusión y era, además, la mejor de las criaturas de la Tierra? Allí estaba ella, sin vida, inmóvil, tendida sobre la cama, con la cabeza colgando y sus pálidas y alteradas facciones medio ocultas por el cabello. Dondequiera que vaya veo la misma imagen: sus lívidos brazos y su cuerpo flácido arrojado por su asesino sobre su lecho nupcial. ¿Podría soportar esto y continuar viviendo? ¡Ay de mí! La vida es obstinada y se aferra con más fuerza cuanto más odiada es. Sólo por un momento perdí el sentido y caí al suelo.

Cuando me recuperé me encontré rodeado por la gente de la posada; sus semblantes estaban pasmados por el terror; pero el terror ajeno me parecía una burla, una sombra de los sentimientos que me oprimían. Me acerqué a la habitación donde yacía el cuerpo de Elizabeth, mi amor, mi esposa, tan querida y tan noble. Ya no estaba en la postura en que la había visto antes; ahora yacía con la cabeza sobre su brazo y un pañuelo tapaba su cara y su cuello. Podía pensar que estaba durmiendo. Corrí a abrazarla fuertemente, pero su mortal languidez y la frialdad de su cuerpo me confirmaron que lo que ahora tenía en mis brazos había dejado de ser Elizabeth, a quien tanto había amado y apreciado. La marca mortal de las garras del demonio estaba sobre su cuello, y la respiración había dejado de brotar de sus labios.

Mientras su cuerpo colgaba, agonizante y desesperado, levanté casualmente la vista. Hasta hacía unos momentos las ventanas de la habitación habían estado oscurecidas; al ver que la pálida y amarilla luz de la luna iluminaba la habitación sentí pánico. Las contraventanas habían sido retiradas y, con una sensación de horror que no puedo describir, vi, a través de la ventana abierta, la más horrorosa y aborrecida de las figuras. El monstruo tenía una mueca en la cara, y parecía burlarse, cuando con su demoníaco dedo señalaba el cuerpo de mi esposa. Corrí hacia la ventana y, sacando la pistola que tenía en el pecho, disparé; pero él eludió el disparo de un brinco y corrió a la velocidad de la luz hasta que se zambulló en el lago.

El estallido de la pistola atrajo una multitud hasta la habitación. Señalé al lugar por donde había desaparecido y seguimos la huella con botes; echamos redes, pero fue en vano. Después de pasar varias horas volvimos desesperanzados y la mayoría de mis compañeros creyó que él sólo era producto de mi imaginación. Después de desembarcar, se continuó la búsqueda por tierra; salieron varios grupos en direcciones diferentes buscando por los bosques y los viñedos.

Intenté acompañarlos y continué hasta una corta distancia, pero mi cabeza daba vueltas, mis pasos eran como los de un borracho, y finalmente caí totalmente exhausto; mis ojos se nublaron y me abrasó el calor de la fiebre. En ese estado me llevaron hasta la casa y me tendieron sobre una cama, apenas consciente de lo que sucedía; mis ojos daban vueltas por la habitación como buscando algo que había perdido.

Poco tiempo después me levanté y, como por instinto, me metí a gatas dentro de la habitación donde yacía el cuerpo de mi amada. Había mujeres llorando a su alrededor; me incliné sobre el cuerpo y uní mis tristes lágrimas a las suyas. Durante todo ese tiempo, ninguna idea definida apareció en mi mente; en cambio, mis pensamientos divagaban por varios temas, reflexionando confusamente sobre mis desgracias y su causa. Estaba desconcertado, en una nube de perplejidad y horror. La muerte de William, la ejecución de Justine, el asesinato de Clerval y, finalmente, el de mi esposa; incluso en ese mismo momento yo no sabía si los únicos amigos que me quedaban estaban a salvo de la malignidad del demonio; tal vez ahora mismo mi padre estuviera retorciéndose bajo sus garras y Ernest muerto a sus pies. Esta idea me hizo estremecer y me llamó a volver a la acción. Me decidí a volver a Ginebra lo antes posible.

No pude conseguir caballos y tuve que regresar por el lago; pero el viento era desfavorable y la lluvia caía torrencialmente. Sin embargo, no había amanecido aún y podía razonablemente esperar que llegaría por la noche. Contraté hombres para remar y cogí yo mismo un remo, puesto que el ejercicio físico siempre me había producido alivio cuando padecía tormento mental. Pero la inmensa desdicha que sentía en ese momento, y el exceso de agitación que poseía me hacían incapaz de actividad alguna. Tiré el remo y, apoyando la cabeza sobre las manos, me entregué a las tristes ideas que pudieran surgir en mi mente. Si levantaba la vista, veía escenas que eran muy familiares para mí en mis tiempos felices y que había contemplado tan sólo el día anterior en compañía de quien ahora no era más que una sombra y un recuerdo. Las lágrimas brotaron de mis ojos. La lluvia cesó por un momento y vi a los peces jugando en las aguas tal como lo hacían unas pocas horas antes; entonces los había observado Elizabeth. Nada es más triste para la mente humana que un cambio grande y repentino. El sol podía brillar o las nubes bajar, pero nada podría parecerme lo mismo que el día anterior. Un monstruo me había arrebatado toda esperanza de un futuro feliz; nunca había existido una criatura tan desgraciada como lo era yo en ese momento; un evento tan espantoso es único en la vida de un hombre.

Pero, ¿para qué insistir en hablar de los incidentes que sucedieron a este último y abrumador evento? La mía había sido una historia de horrores; ya he alcanzado la cima, y lo que ahora tengo que contar puede resultar tedioso para usted. Sepa que, uno a uno, me fueron arrebatados todos mis amigos; quedé desolado. Mis fuerzas están exhaustas y debo contar, en pocas palabras, lo que queda de mi horrorosa narración.

Llegué a Ginebra. Mi padre y Ernest todavía vivían, pero el primero se hundió al oír la noticia que yo traía. Todavía puedo verlo, ¡hombre excelente y venerable! Sus ojos vagaban en el vacío, habiendo perdido a quien los encantaba y atraía. Su Elizabeth, que era más que su hija, a quien adoraba con todo el afecto que puede sentir un hombre que, en la declinación de su vida, ya contando con pocos afectos, se aferra con más fuerza a los que le quedan. ¡Maldito, maldito sea el demonio que trajo la desgracia sobre sus grises cabellos y lo entristeció hasta hundirlo en la desdicha! No pudo vivir rodeado de tanto horror; su razón para vivir desapareció; fue incapaz de levantarse de la cama, y pocos días después murió en mis brazos.

¿Qué sucedió entonces conmigo? No lo sé; dejé de sentir; lo único que percibía eran cadenas y oscuridad. Algunas veces, por cierto, soñaba que vagaba por prados floridos y valles apacibles con mis amigos de juventud, pero cuando despertaba me encontraba en una celda. A esto siguió la melancolía, pero poco a poco fui teniendo una clara idea de mis desgracias y de mi situación. Finalmente fui liberado de la prisión. Me habían tomado por loco, y durante muchos meses, según entiendo, había estado recluido en una celda solitaria.

Sin embargo, la libertad hubiese sido para mí un obsequio inútil, si cuando despertó en mí la razón no hubiese despertado, al mismo tiempo, mi necesidad de venganza. En cuanto los recuerdos de mis pasadas desgracias comenzaron a presionarme comencé a reflexionar sobre su causa: el monstruo que había creado, el desgraciado demonio que había dejado libre en el mundo para mi propia destrucción. Me poseía una ira enloquecedora cuando pensaba en él, y deseaba y rogaba ardientemente tenerlo en mis manos para causar una gran y significativa venganza sobre su maldita cabeza.

Mi odio no quedó limitado durante mucho tiempo a anhelos inútiles; comencé a pensar en el mejor medio para atraparlo, y con este propósito, aproximadamente un mes después de mi liberación, recurrí a un juez criminalista de la ciudad y le dije que tenía que hacer una acusación, que conocía al destructor de mi familia y que necesitaba que ejerciera toda su autoridad para conseguir la captura del asesino.

El magistrado me escuchó con atención y amabilidad. «Esté seguro, caballero», dijo, «de que no se ahorrarán esfuerzos ni acciones de mi parte para descubrir al asesino».

«Se lo agradezco», respondí. «Escuche, por tanto, la declaración que tengo que hacer. Es realmente una historia tan extraña que temería que no la creyese si no hubiera en ella verdades que fuerzan a creerla más allá de lo extraordinaria que es. La historia tiene demasiados vínculos con la realidad para ser tomada por un sueño, y no tengo motivos para el engaño.» Cuando me dirigía a él de este modo, mi actitud era vehemente pero serena. Albergaba en mi corazón la decisión de perseguir a mi destructor hasta la muerte, y ese propósito calmaba mi agonía y, durante algún tiempo, me reconcilió con la vida. Entonces le relaté la historia brevemente, pero con firmeza y precisión, señalando las fechas con exactitud y sin desviarme en discursos violentos ni exclamaciones.

El magistrado parecía en un principio totalmente incrédulo, pero a medida que yo proseguía ponía más atención e interés. Por momentos, lo veía estremecerse de espanto, y en otros su rostro expresaba una viva sorpresa, mezclada con algo de descrédito.

Cuando terminé mi narración, dije: «Ese es el ser a quien acuso y para cuya captura y castigo le llamo a ejercer todo su poder. Es su deber como magistrado, y creo y espero que sus sentimientos como hombre no le impidan ejecutar esas funciones en este caso».

Estas palabras causaron un considerable cambio en la expresión de mi interlocutor. Había escuchado la historia creyéndola sólo a medias como suele hacerse con los relatos de espíritus y de acontecimientos sobrenaturales, pero cuando le reclamé que actuara oficialmente en consecuencia, toda su incredulidad se hizo presente. No obstante, respondió amablemente: «De buena gana le ofrecería toda la ayuda que necesita para su persecución, pero la criatura de la que habla parece tener poderes que desafiarían todas mis acciones. ¿Quién puede seguir a un animal capaz de atravesar el mar de hielo y de habitar en las cavernas y agujeros en que ningún hombre se aventuraría a introducirse? Además, han pasado algunos meses desde que se cometieron los crímenes, y no se pueden hacer conjeturas acerca de hacia dónde se ha dirigido o en qué región puede estar habitando».

«No dudo que ronda cerca del lugar en que yo vivo, y si realmente se ha refugiado en los Alpes, puede ser cazado como una gamuza y destruido como un animal de rapiña. Pero veo lo que piensa; usted no da crédito a mi narración y no tiene intenciones de perseguir a mi enemigo a pesar del castigo que se merece.»

Mientras hablaba, el odio brillaba en mis ojos y el magistrado estaba intimidado. «Se equivoca», dijo. «Haré los esfuerzos que estén a mi alcance y, si está dentro de mis posibilidades atrapar al monstruo, le aseguro que sufrirá un castigo proporcional a sus crímenes. Pero me temo que, debido a los poderes que tiene y que usted mismo ha descrito, nuestro esfuerzo será inútil; así, pues, aunque se tomen todas las medidas posibles, usted tendrá que admitir el fracaso.»

«Eso no puede ser; pero veo que todo lo que le diga servirá de poco. Mi necesidad de venganza no tiene interés para usted. Reconozco que es un vicio, pero confieso que es la única y devoradora pasión de mi alma. Mi odio es incontrolable cuando pienso que el asesino que he dejado libre en el mundo aún vive. Usted se niega a responder a mi justa demanda; me queda un solo recurso, y me dedicaré, en mi vida o en mi muerte, a su destrucción.»

Mientras decía yo esto temblaba debido a lo extremadamente perturbado que me encontraba. Había cierto frenesí en mi comportamiento y algo, no lo dudo, de aquella altanera furia que se decía que habían tenido los antiguos mártires. Pero a un magistrado ginebrino, cuya mente estaba ocupada por asuntos muy diferentes a la devoción y el heroísmo, estas expresiones del espíritu le parecían locura. Intentó tranquilizarme como lo hace una niñera con un niño y se refería a mi relato como si fuera el efecto de un delirio.

«Hombre», dijo, «¡qué ignorancia hay en su pretensión de sabiduría! Cállese; no sabe lo que dice».

Salí del edificio enfadado y perturbado, y me retiré a meditar en algún otro modo de acción.

CAPÍTULO XXV

Mi situación era tal que toda intención de pensar era inútil. Me dominaba la cólera. Sólo la sed de venganza me dotaba de cierta fuerza y serenidad, controlaba mis sensaciones y me permitía pensar con astucia y estar tranquilo en una etapa en que hubiese estado destinado al delirio y la muerte.

Mi primera decisión fue dejar Ginebra para siempre; el país que tanto había querido mientras era feliz y me sentía amado se había convertido, en la adversidad, en un lugar odioso. Provisto de una suma de dinero y de unas joyas de mi madre, partí.

Y entonces comencé los vagabundeos que sólo acabarán con mi muerte. Atravesé una inmensa región de la Tierra y he soportado todas las privaciones a que están acostumbrados quienes viajan por desiertos y países bárbaros. Apenas entiendo cómo he sobrevivido; muchas veces extendí mi débil cuerpo sobre la arenosa llanura y pedí morir. Pero la necesidad de vengarme me mantenía vivo; no me atrevía a morir dejando con vida a mi adversario.

Cuando dejé Ginebra mi primera tarea fue encontrar alguna clave a partir de la cual pudiera rastrear los pasos de mi demoníaco enemigo. Pero sin haber establecido aún mi plan, vagué durante horas por las afueras de la ciudad dudando qué camino seguir. Al llegar la noche me encontré junto a la entrada del cementerio donde reposaban William, Elizabeth y mi padre. Entré y me acerqué a donde estaban sus sepulcros. Todo estaba en silencio, excepto las hojas de los árboles que el viento agitaba suavemente. La noche estaba casi totalmente oscura y la escena hubiese resultado solemne y conmovedora incluso a un observador desinteresado. Los espíritus de los difuntos parecían revolotear por ahí y echar una sombra invisible sobre la cabeza del doliente.

La inmensa pena que en un principio me produjo esta escena pronto cedió el paso a la ira y la desesperación. Ellos habían muerto y yo vivía; también vivía su asesino, y para destruirlo debía prolongar mi tediosa existencia. Me arrodillé sobre la hierba, besé la tierra y con labios temblorosos exclamé: «Juro por la tierra sagrada sobre la que estoy arrodillado, por las sombras que merodean a mi alrededor, por el profundo y eterno dolor que siento, y por ti, ¡ay, noche!, y por los espíritus que te presiden, que perseguiré al demonio que causó mi desdicha, hasta que él o yo perezcamos en una lucha a muerte. Con este propósito me mantendré vivo; para ejecutar esta ansiada venganza volveré a ver el sol y a caminar sobre la verde hierba de la Tierra, la cual, de lo contrario, desaparecería para siempre de mi vista. Y os convoco, espíritus de la muerte, y a vosotros, errantes ministros de la venganza, a ayudarme en mi propósito. Que el maldito y demoníaco monstruo beba la profunda agonía; que sienta la desesperación que me atormenta».

Había iniciado mi juramento con una solemnidad y reverencia que casi me aseguraban que los espíritus de mis amigos asesinados oían y aprobaban mi devoción. Pero en cuanto terminé, la ira se apoderó de mí y la rabia ahogó mis palabras.

En la quietud de la noche me respondió una fuerte y demoníaca risa. Sonó en mis oídos larga y opresivamente; las montañas me devolvieron su eco, y me sentí como si todos los demonios me rodearan burlándose y riendo. En ese momento, seguramente, hubiese dejado que el frenesí me dominara y destruyera mi miserable existencia, si no hubiese sido porque mi juramento había sido escuchado y me sentía destinado a la venganza. Cuando la risa se desvaneció, una bien conocida y aborrecida voz, que parecía sonar junto a mi oído, se dirigió a mí con un susurro audible: «¡Me siento satisfecho, desgraciado! Has decidido vivir; estoy satisfecho».

Me precipité hacia el lugar de donde provenía el sonido, pero el demonio volvió a eludirme. De repente, el gran disco de la Luna se levantó e iluminó su horroroso y desfigurado cuerpo mientras este desaparecía a una velocidad inconcebible.

Lo perseguí; durante muchos meses esta ha sido mi tarea. Guiado por una pista imprecisa, seguí el serpenteante cauce del Ródano, pero fue en vano. Apareció el azul Mediterráneo y, por una extraña casualidad, vi al demonio entrar y esconderse en un barco que se dirigía al mar Negro. Me embarqué en el mismo barco, pero, no sé cómo, él escapó.

En las soledades de Tartaria y de Rusia, aunque continuaba eludiéndome, siempre seguí su rastro. Algunas veces los campesinos, asustados por su horrible aspecto, me informaban de qué rumbo había seguido; otras, él mismo dejaba algunas señales para guiarme, pensando que si perdía su rastro me desesperaría y moriría. Cuando la nieve comenzó a caer sobre mí, encontraba la huella de su inmenso pie sobre la blanca planicie. Usted, que acaba de comenzar la vida y desconoce las preocupaciones y la agonía, no puede comprender lo que sentía y todavía siento. Frío, necesidades y fatigas eran los menores sufrimientos que estaba destinado a soportar. Era víctima de la maldición de un demonio y llevaba conmigo el infierno eterno. No obstante, un espíritu benigno me acompañaba y orientaba mis pasos, y cuando más me quejaba, me libraba repentinamente de dificultades que eran en apariencia insuperables. Algunas veces, cuando me dominaba el hambre y estaba totalmente exhausto, me preparaba una vianda en el desierto y me reanimaba e inspiraba. La comida era, realmente, tosca, pero similar a la que comían los campesinos de ese país, y no dudo que la colocaban allí los espíritus que yo había invocado para ayudarme. Con frecuencia, cuando todo estaba seco, el cielo sin nubes y yo abrasado por la sed, una pequeña nube oscurecía el cielo, enviaba las pocas gotas que yo necesitaba para revivir y desaparecía.

Cuando podía, seguía el curso de los ríos; pero el demonio, por lo general, los evitaba, puesto que la población se reunía principalmente en torno a ellos. En los demás lugares rara vez se veían seres humanos, y me veía obligado a subsistir de animales salvajes que se cruzaban por mi camino. Llevaba dinero y repartiéndolo me ganaba la simpatía de los habitantes de los pueblos; también llevaba conmigo comida de animales que cazaba, que, después de apartar una pequeña cantidad, regalaba a quienes me proporcionaban fuego y utensilios de cocina.

Odiaba mi vida, que así transcurría, y sólo mientras dormía podía saborear el placer. ¡Ay, sueño bendito! Con frecuencia, cuando más desgraciado me sentía, me abandonaba al descanso y los sueños me sosegaban, llegando incluso a producirme éxtasis. Los espíritus que cuidaban de mí me procuraban estos momentos, e incluso horas, de felicidad para que pudiese tener fuerzas suficientes para continuar mi peregrinación. Privado de ese respiro, las privaciones me hubiesen abatido. Durante el día me sostenía e inspiraba pensando en la noche, pues mientras dormía veía a mis amigos, a mi esposa y a mi querido país; volvía a ver el semblante bondadoso de mi padre, a oír el tono persuasivo de la voz de Elizabeth y a ver a Clerval, disfrutando de salud y juventud. A menudo, cuando me sentía agotado por una marcha forzada, intentaba engañarme pensando que estaba soñando, hasta que la noche llegaba y podía disfrutar de la realidad en los brazos de mis mejores amigos. ¡Qué intensamente los quería! Algunas veces, cuando sus queridas imágenes me rodeaban, incluso durante mis horas de marcha, ¡cómo me aferraba a ellas e intentaba convencerme de que todavía vivían! En esos momentos, la sed de venganza, que ardía dentro de mí, moría en mi corazón y yo seguía mi camino persiguiendo la destrucción del demonio más como una tarea impuesta por el cielo, como un impulso mecánico del cual no era consciente, que como un ferviente deseo de mi alma.

Ignoro cuáles eran los sentimientos de mi perseguido. Algunas veces, por cierto, dejaba señales escritas en las cortezas de los árboles o grabadas en la piedra, que me guiaban e incitaban mi furia. «Mi reinado aún no ha llegado a su fin» eran palabras que podían leerse en una de estas inscripciones. «Tú vives y mi poder es total. Sígueme; me dirijo hacia las nieves eternas del Norte, donde sentirás el sufrimiento producido por el frío y las heladas, al cual yo soy indiferente. Cerca de este lugar, si no llegas demasiado tarde, encontrarás una liebre muerta; cómela y recupera tus energías. Sígueme, enemigo mío; todavía tenemos que batirnos por nuestras vidas, pero todavía debes soportar muchas horas arduas y desdichadas antes de que llegue ese momento.»

¡Demonio sarcástico! Otra vez juro venganza; otra vez, desgraciado demonio, me dedicaré a torturarte y matarte. ¡Nunca abandonaré mi búsqueda antes de que él o yo resultemos muertos y, entonces, con qué éxtasis me reuniré con mi Elizabeth y con mis difuntos amigos, que ya estarán preparando para mí la recompensa a mis tediosos esfuerzos y mi horrorosa peregrinación!

A medida que continuaba mi camino hacia el Norte, la nieve se hacía más alta y el frío aumentaba hasta volverse tan severo que apenas podía soportarlo. Los campesinos estaban encerrados en sus casas y sólo los más rudos se atrevían a salir para cazar algún animal, al cual el hambre hubiese forzado a salir de su guarida en busca de una presa. No podía procurarme peces, puesto que los ríos estaban cubiertos de hielo y, por tanto, me veía privado de mi principal fuente de manutención.

El triunfo de mi enemigo aumentaba con la dificultad de mi tarea. En una inscripción me dejó estas palabras: «¡Prepárate! Tus penurias no han hecho más que comenzar; envuélvete en pieles y consigue comida, puesto que pronto emprenderemos un viaje en el cual tus sufrimientos darán satisfacción a mi odio ilimitado».

Estas palabras burlonas vigorizaron mi coraje y mi perseverancia; decidí no fracasar en mi propósito, pedí al cielo que me ayudara, y con fervor renovado proseguí a través de inmensos desiertos hasta que, a la distancia, apareció el océano formando el límite más lejano del horizonte. ¡Ay! ¡Qué diferente era aquello del mar azul del Sur! Cubierto de hielo, sólo se distinguía de la tierra por tener una superficie más desierta y accidentada. Los griegos lloraron de alegría al ver las costas del Mediterráneo desde las colinas de Asia y celebraron extasiados el fin de sus esfuerzos. Yo no lloré, pero me arrodillé, y con el corazón satisfecho agradecí a los guías de mi espíritu por conducirme a salvo al lugar donde esperaba, a pesar de sus burlas, alcanzar a mi adversario y luchar cuerpo a cuerpo con él.

Algunas semanas antes me había procurado un trineo y perros, y gracias a ellos atravesaba la nieve a una velocidad increíble. No sé si el demonio poseía las mismas ventajas, pero observé que, si antes perdía terreno diariamente en la persecución, ahora lo ganaba, tanto que cuando divisé por primera vez el océano él estaba a tan sólo un día de ventaja, de modo que esperaba interceptarlo antes de que llegara a la costa. Con coraje renovado, por tanto, seguí adelante, y dos días más tarde llegué a una miserable aldea sobre la costa del mar. Pregunté a los aldeanos por el demonio y conseguí información precisa. Un monstruo gigante, dijeron, había llegado la noche anterior, armado con un fusil y varias pistolas, y había provocado la huida de los habitantes de una casa solitaria a quienes dio miedo su terrorífico aspecto. Se había llevado sus reservas de comida para el invierno y las había colocado en un trineo; para arrastrarlo se había valido de una numerosa jauría de perros adiestrados que enganchó con unos arreos, y, esa misma noche, para alegría de los aterrorizados aldeanos, había continuado su viaje a través del mar en una dirección que no conducía a territorio alguno; ellos especulaban que se moriría muy pronto, cayendo en alguna grieta del hielo o congelándose en las nieves eternas.

Al oír esta información sufrí un ataque momentáneo de desesperación. Había escapado y yo tendría que iniciar un destructivo y casi interminable viaje a través de los hielos montañosos del océano, sometido a un frío que pocos habitantes podían soportar durante mucho tiempo y al que yo, nativo de un clima apacible y soleado, no podía ambicionar a sobrevivir. Sin embargo, al pensar que el demonio viviría triunfante, mi ira y mi sed de venganza se renovaron, y como una poderosa marea superaron a todos los demás sentimientos. Después de un breve descanso, durante el cual los espíritus de los difuntos rondaban a mi alrededor y me instigaban a trabajar con fuerza para vengarme, me preparé para el viaje.

Cambié mi trineo de tierra por uno más preparado para las irregularidades del océano helado, compré una abundante provisión de comida y partí.

No puedo calcular cuántos días han pasado desde entonces, pero he pasado sufrimientos que no hubiese podido soportar de no haber sido por la necesidad, que ardía en mi corazón, de dar un castigo justo a mi enemigo. Frecuentemente obstruían mi camino montañas de hielo inmensas y accidentadas, y muchas veces el estruendo del océano bajo mis pies amenazaba mi destrucción. Pero nuevamente volvía a helarse y el camino por el mar volvía a ser seguro.

Por la cantidad de provisiones que había consumido debo pensar que pasé tres semanas viajando de este modo; y la continua postergación del cumplimiento de mi objetivo hizo brotar muchas veces amargas lágrimas de desaliento y amargura. La desesperación tenía casi asegurada su presa, y pronto me hubiese hundido en su miseria. En una ocasión, los pobres animales que me transportaban, haciendo un esfuerzo increíble, alcanzaron la cima de una escarpada montaña de hielo y uno de ellos murió, derrotado por la fatiga. Después de esto yo me encontraba observando con angustia la extensión que estaba ante mí, cuando, de pronto, mi ojo se topó con un pequeño punto oscuro sobre la planicie bañada por la luz del atardecer. Esforcé mi vista para descubrir qué podía ser y lancé un grito salvaje de éxtasis cuando distinguí un trineo y dentro de él las deformes partes de una bien conocida silueta. ¡Ay! ¡Qué esperanza volvió a encender mi corazón! Cálidas lágrimas llenaron mis ojos, pero las sequé rápidamente para que no interfirieran con la vista que tenía del demonio; pero mis ojos seguían empañados por las ardientes lágrimas, hasta que dejé en libertad las emociones que me oprimían y rompí a llorar.

Pero no era momento para perder el tiempo; liberé a los perros de su compañero muerto, les di una ración completa de comida y, después de una hora de descanso, que era absolutamente indispensable y que, sin embargo, me fastidiaba, continué mi camino. Aún podía verse el trineo y no volví a perderlo de vista excepto durante los cortos períodos en que alguna roca de hielo lo ocultaba tras sus peñascos. Era evidente que ganaba terreno, y cuando, después de dos días de viaje, vi a mi enemigo a no más de una milla de distancia, mi corazón brincaba de alegría dentro de mí.

Pero en ese momento, cuando parecía que casi iba a atrapar a mi enemigo, mis ilusiones se desvanecieron de repente y perdí todo rastro de él. Entonces se oyó el movimiento del mar bajo el hielo. El estruendo provocado por el movimiento del oleaje se hacía cada vez más amenazador y terrorífico. Seguí adelante, pero fue en vano. Se levantó viento; el mar rugió y, como si hubiese ocurrido un poderoso terremoto, el hielo se quebró y se partió con un ruido tremendo y abrumador. El trabajo estuvo pronto acabado; en pocos minutos un mar tumultuoso se agitaba entre mi enemigo y yo, y quedé a la deriva sobre un témpano de hielo que continuamente disminuía de tamaño, preparándome de este modo una muerte horrorosa.

En estas condiciones pasé muchas horas de espanto; murieron varios de mis perros y yo estaba a punto de derrumbarme por la angustia cuando vi su barco fondeado y recobré las esperanzas de que me socorrieran y me salvaran la vida. No tenía idea de que los barcos llegaran tan lejos hacia el Norte, y me asombró verlo. Rápidamente destruí parte del trineo para construir remos, y por medio de ellos conseguí, fatigándome infinitamente, mover mi balsa de hielo hacia donde estaba su barco. Había decidido que si usted se dirigía hacia el Sur, me confiaría a la misericordia del mar antes de abandonar mi propósito. Esperaba poder convencerle de que me facilitara un bote con el cual pudiese perseguir a mi enemigo. Pero afortunadamente usted se dirige hacia el Norte. Me recogió a bordo cuando mis fuerzas estaban exhaustas; las múltiples privaciones a que hubiese estado expuesto pronto hubiesen producido mi muerte, a la cual aún temo, puesto que no he cumplido con mi tarea.

¡Ay! Los espíritus que me guían me conducirán hasta el demonio y me permitirán el descanso que tanto deseo, o ¿debo morir y él continuar viviendo? Si es así, prométame, Walton, que no escapará, que usted le perseguirá y conseguirá con su muerte mi venganza. Pero, ¿puedo atreverme a pedirle que continúe con mi peregrinaje, que soporte las privaciones que he sufrido? No; no soy tan egoísta. Sin embargo, cuando yo haya muerto, si apareciera, si los servidores de la venganza le llevaran hasta usted, júreme que no lo dejará vivir, jure que no triunfará sobre mis numerosas desgracias y que no vivirá para alargar la lista de sus horribles crímenes. Es elocuente y persuasivo, y hubo un tiempo en que sus palabras tuvieron poder sobre mi corazón; pero no se fíe de él. Su alma es tan demoníaca como su figura, y está llena de traición y maldad. No le escuche; pronuncie los nombres de William, de Justine, de Clerval, de Elizabeth, de mi padre y del desdichado Víctor, y clave una espada en su corazón. Estaré cerca y dirigiré el acero en la dirección correcta.

Continúa la narración de Walton:

26 de agosto de 17..

Margaret, has leído esta extraña y terrorífica historia; ¿no sientes que la sangre se te congela de horror, como aun ahora cuaja la mía? Algunas veces, debido a una repentina agonía, no podía continuar el relato; otras, su voz se quebraba e incluso terminaba con dificultad las palabras tan llenas de angustia. Por momentos, sus hermosos y tiernos ojos se encendían de indignación, y más tarde eran sometidos por el abatimiento del dolor y apagados por la infinita desdicha. Algunas veces gobernaba su semblante y su tono, y relataba los incidentes más horribles con voz tranquila; luego, como un volcán en erupción, su cara cambiaba repentinamente y expresaba la ira más salvaje mientras gritaba maldiciones a su perseguido.

Su relato es coherente y fue contado de tal modo que parece la más sencilla de las verdades. Sin embargo, te confieso que las cartas de Félix y Safie, que él me enseñó, y la aparición del monstruo, visto desde nuestro barco, me dieron una mayor convicción de verdad sobre su narración que sus afirmaciones, por muy honestas y coherentes que fuesen. ¡Ese monstruo existe realmente! No puedo dudarlo; sin embargo, estoy absorto de asombro y admiración. Algunas veces intentaba conseguir de Frankenstein los detalles de la creación de su criatura, pero él era hermético en este asunto.

«¿Está loco, amigo mío?», me decía, «¿adónde le lleva su insensata curiosidad? ¿Crearía usted también un demoníaco enemigo suyo y del resto del mundo? ¡Quédese en paz, en paz! Aprenda de mis desgracias y no intente incrementar las suyas».

Frankenstein descubrió que yo tomaba notas de su historia; me pidió verlas y él mismo las corrigió y las alargó en muchas partes, pero principalmente dio mayor vida y fuerza a las conversaciones que mantuvo con su enemigo. «Puesto que registras mi narración», dijo, «no dejaré que llegue mutilada a la posteridad».

Así ha pasado una semana, mientras escuchaba el relato más extraño que alguna vez haya creado la imaginación. Este relato y el amable comportamiento de mi huésped crearon en mí un interés por él que dominó mis ideas y todos los sentimientos de mi alma. Espero poder serenarle, pero ¿puedo aconsejar que continúe viviendo a alguien tan infinitamente desdichado, tan despojado de toda esperanza de consuelo? ¡Ay, no! Sólo podrá tener alegría cuando tranquilice su destrozado espíritu con la muerte y la paz. No obstante, todavía le queda un consuelo: la soledad y el delirio; cree que cuando sueña conversa con sus amigos, y por medio de esa comunicación consigue consuelo a su desventura y estímulo para sus venganzas; cree que no son creaciones de su imaginación sino seres verdaderos que vienen a visitarlo desde un mundo remoto. Esta fe da solemnidad a sus sueños y los hace casi tan impresionantes e interesantes como la misma realidad.

Nuestras conversaciones no se limitaban siempre a su propia historia y a sus desgracias. Sobre cada asunto de literatura general tiene unos conocimientos ilimitados y una percepción rápida y aguda. Su elocuencia es contundente y conmovedora; no puedo oírle sin llorar cuando relata un incidente patético o intenta arrancar pasiones como la piedad o el amor. ¡Qué gloriosa criatura debe de haber sido en sus días de prosperidad, si es tan noble y excelente ahora que se encuentra en la ruina! Parece ser consciente de su propia valía y de la magnitud de su caída.

«Cuando era más joven», dijo, «me creía destinado a una gran empresa. Mis sentimientos eran profundos, pero poseía un juicio tan imparcial que me hacía apto para fines ilustres. Este convencimiento del valor de mi propia persona me sostenía en momentos en que otros se hubiesen sentido oprimidos, puesto que consideraba criminal desperdiciar con una melancolía inútil aquellos talentos que podían ser útiles a mis semejantes. Cuando reflexionaba acerca de la obra que había realizado, nada menos que la creación de un animal sensible y racional, no podía compararme a mí mismo con el común de los emprendedores. Pero estas ideas, que me sostuvieron en los comienzos de mi carrera, ahora sólo me sirven para hundirme más en el polvo. Todas mis especulaciones e ilusiones se han desvanecido y, como el arcángel que aspiraba a la omnipotencia, estoy encadenado en un infierno eterno. Tenía una viva imaginación y, además, mi capacidad de análisis y mi dedicación eran intensas; reuniendo estas cualidades concebí la idea y ejecuté la creación de un hombre. Ni siquiera ahora puedo recordar desapasionadamente mis sueños cuando mi trabajo estaba aún incompleto. En mi imaginación pisaba el cielo, por momentos exultante ante mi capacidad, y en otros ardiente ante la idea de sus posibles efectos. Desde la infancia fui imbuido de grandes esperanzas y de una gran ambición; ¡pero ahora estoy hundido! ¡Ay!, amigo mío, si me hubiese conocido como yo era entonces, no me reconocería en este estado de degradación. El desánimo rara vez llegaba a mi corazón; un elevado destino parecía sostenerme, hasta que caí, para no volver a levantarme jamás».

¡Debo dejar a este ser admirable! He ansiado tanto tener un amigo, he buscado a quien simpatizara conmigo y me quisiera. En estos mares desiertos lo he encontrado, pero me temo que sólo lo he conocido para conocer su valor y luego perderlo. Yo haría que se reconciliara con la vida, pero él rechaza la idea.

«Le agradezco, Walton», dijo, «sus amables intenciones hacia un desdichado como yo; pero, al hablarme de nuevos lazos y afectos, ¿cree usted que alguien puede reemplazar a los que he perdido? ¿Puede algún otro hombre ser para mí lo que fue Clerval, o alguna mujer ser otra Elizabeth? Aun cuando los afectos no estuvieran movidos por algún mérito superior, los compañeros de nuestra niñez siempre poseerán un cierto poder sobre nuestro espíritu que no podría conseguir un amigo hecho más tarde. Conocieron nuestro temperamento infantil, que, aunque puede modificarse, nunca será totalmente erradicado; pueden juzgar nuestros actos sacando conclusiones más certeras acerca de la integridad de nuestros motivos. Una hermana o un hermano nunca sospecharían que el otro ha cometido fraude o le ha engañado, a no ser que los síntomas hubiesen aparecido antes; en cambio, otro amigo, no importa lo fuertes que sean sus lazos, puede, a pesar de sí mismo, ser considerado sospechoso. Pero yo he disfrutado de amigos, queridos no sólo por el hábito y la relación, sino por sus propios méritos; y dondequiera que yo esté, la voz serena de Elizabeth y la conversación de Clerval siempre susurrarán en mis oídos. Ellos han muerto y hay sólo un sentimiento que puede persuadirme a conservar mi vida en esta soledad. Si yo estuviese comprometido en una empresa o proyecto elevado y viviera en un estado de tensión espiritual producida por la inmensa utilidad que podría prestar a mis semejantes, debería vivir para concluirla. Pero ese no es mi destino;

debo perseguir y destruir al ser a quien he dado la vida; entonces habré cumplido con mi destino en la tierra y podré morir».

2 de septiembre.

Mi querida hermana:

Te escribo rodeado de peligros e ignorando si estoy destinado a volver a ver alguna vez a la querida Inglaterra y a los queridos amigos que allí viven. Estoy cercado de montañas de hielo que impiden toda posibilidad de escape y amenazan con embestir a mi barco a cada instante. Los valientes hombres que he convencido para acompañarme en este viaje me miran esperando ayuda, pero yo no puedo prestársela. Mi situación es terriblemente espantosa; sin embargo, mi coraje y mis esperanzas no me abandonan. No obstante, es horrible pensar que la vida de todos estos hombres está en peligro por mí. Si morimos, será a causa de mis locos proyectos.

Pero, Margaret, ¿cuál será tu estado de ánimo? No te enterarás de mi destrucción y estarás esperando ansiosamente mi regreso. Pasarán los años y te asaltará la desesperación y también la tortura de la esperanza. ¡Ay! Mi querida hermana, la exasperante destrucción de tus sentidas ilusiones es una perspectiva más terrible que mi propia muerte. Pero tienes un marido y unos adorables niños; puedes ser feliz. ¡Qué Dios te bendiga y te permita serlo!

Mi desdichado huésped siente la más tierna compasión hacia mí. Intenta darme esperanzas y habla de la vida como si fuera algo que él valorara. Me recuerda cuán frecuentemente estos mismos accidentes han ocurrido a otros navegantes que han intentado navegar por este mar y, a pesar de mí mismo, me hace creer que hay buenas perspectivas. Hasta los marineros sienten el poder de su elocuencia; cuando él habla, dejan de estar desesperados; se levanta su espíritu, y mientras oyen su voz creen que estas inmensas montañas de hielo son colinas minúsculas que se desvanecerán ante la voluntad del hombre. Estos sentimientos son transitorios; cada día de espera hace que el miedo los invada, y casi temo un motín causado por esta desesperación.

Ha ocurrido un hecho de un interés tan especial que, aunque es muy poco probable que estas cartas lleguen alguna vez a tus manos, no puedo evitar registrarlo.

Aún estamos rodeados de montañas de hielo y el peligro de morir aplastados todavía es inminente. El frío es excesivo, y muchos de mis desafortunados compañeros ya han encontrado su tumba en este desolado paraje. La salud de Frankenstein decae a diario; sus ojos todavía brillan encendidos por la fiebre, pero está exhausto, y cuando, de pronto, se mueve y hace algún esfuerzo, vuelve a hundirse rápidamente en el abatimiento.

En mi última carta mencioné mis temores de que hubiese un motín. Esta mañana, mientras estaba sentado observando el pálido semblante de mi amigo —con sus ojos entreabiertos y sus brazos colgando apáticos— fui sorprendido por media docena de marineros que querían acceder al camarote. Entraron y su líder se dirigió a mí. Me dijo que él y sus compañeros habían sido elegidos por los demás marineros para venir en delegación a hacerme un reclamo que sería injusto rechazar. Estábamos rodeados de hielo y posiblemente nunca escaparíamos; pero ellos temían que, ante la remota posibilidad de que el hielo se disipara y se abriese un paso, yo fuera tan imprudente como para continuar el viaje y someterlos a nuevos peligros, después de haber superado este felizmente. Insistieron, por tanto, en que me comprometiera, bajo promesa solemne, a dirigir inmediatamente el curso del barco hacia el Sur si el hielo lo liberaba.

Este discurso me perturbó. No estaba desesperado, ni había considerado todavía la idea de regresar si el hielo nos liberaba. Pero, ¿tenía derecho a negarme a su petición o cabría la posibilidad de que lo hiciera? Estaba dudando antes de responder, cuando Frankenstein, que había permanecido en silencio hasta ese momento, y que apenas parecía tener fuerzas suficientes para atender a lo que se decía, se incorporó; sus ojos centelleaban y sus mejillas se enrojecieron con repentino vigor. Dirigiéndose hacia los hombres, dijo: «¿Qué quieren decir? ¿Qué están pidiendo a su capitán? ¿Es, entonces, tan fácil apartarlos de su destino? ¿No creían que esta era una expedición gloriosa? ¿Y por qué era gloriosa? No porque el camino fuera tranquilo y plácido como en los mares del Sur, sino porque estaba lleno de peligros y horrores, porque a cada nuevo incidente sería reclamada su fortaleza y su coraje debía ser demostrado, porque el peligro y la muerte la rodean, y ustedes debían enfrentarlos y superarlos. Por eso era una empresa gloriosa, por eso era honorable. Después iban a ser aclamados como benefactores de su especie, sus nombres, dorados como si perteneciesen a hombres valientes que salieron al encuentro de la muerte por el honor y el beneficio de la humanidad. Y ahora, ante la primera posibilidad de peligro, o, si quieren, la primera prueba poderosa y terrorífica impuesta a su coraje, se retiran y se conforman con ser heredados como hombres que no tuvieron la fuerza suficiente para soportar el frío y el peligro, y así, estas pobres almas heladas vuelven a sus cálidos hogares. Eso no requería toda esta preparación; no necesitaban haber llegado tan lejos y arrastrar a su capitán a la vergüenza de una derrota para demostrarse a ustedes mismos que son cobardes. ¡Ay! Sean hombres, o más que hombres. Sean firmes en sus propósitos y firmes como una roca. Este hielo no está hecho del material de sus corazones; es mutable y no puede resistirse a ustedes si ustedes están convencidos de que no lo hará. No regresen a sus familias con el estigma del fracaso marcado sobre la frente. Vuelvan como héroes que han luchado y conquistado y no saben qué es inclinarse ante el enemigo».

Habló modulando de tal forma la voz ante los diferentes sentimientos que expresaba en su discurso, con su mirada tan llena de elevadas intenciones y heroísmo, que como puedes imaginarte estos hombres se sintieron conmovidos. Se miraban unos a otros y fueron incapaces de responder. Luego hablé yo; les dije que se retirasen a considerar lo que se había dicho y que no los llevaría más al norte si deseaban firmemente lo contrario, pero que yo esperaba que cuando reflexionaran volvieran a tener coraje.

Al marcharse se volvieron hacia mi amigo, pero él estaba hundido por la languidez y casi privado de la vida.

Cómo terminará todo esto no lo sé; pero preferiría morir antes de regresar con vergüenza y mis propósitos incumplidos. Sin embargo, presiento que ese será mi destino; los hombres no aceptarán voluntariamente seguir soportando las actuales privaciones, puesto que no les animan ideales de gloria y de honor.

7 de septiembre.

La suerte está echada; he aceptado regresar si no somos destruidos. Mis esperanzas se han visto así frustradas por la cobardía y la indecisión. Regreso ignorante y desilusionado. Se requiere más filosofía de la que yo poseo para soportar esta injusticia con paciencia.

12 de septiembre.

Ya todo ha pasado; regreso a Inglaterra. He perdido mis ilusiones de gloria y de ser útil a mis semejantes; también he perdido a mi amigo. Pero trataré de explicar en detalle estas amargas circunstancias, mi querida hermana, y aunque navego de regreso hacia Inglaterra y hacia ti, no me desanimaré.

El 9 de septiembre el hielo comenzó a moverse y, a la distancia, se oyeron rugidos como truenos producidos por las islas que se quebraban y partían en todas direcciones. El riesgo era inminente, pero como no podíamos hacer nada, mi principal atención estaba dedicada a mi desafortunado huésped, cuya enfermedad empeoraba de tal manera que se vio totalmente confinado a la cama. El hielo se partía a nuestras espaldas y era llevado con fuerza hacia el Norte. Una brisa surgió de poniente, y el día 11 un paso hacia el Sur quedó totalmente libre de hielo. Cuando los marineros lo vieron, y vieron que tenían aparentemente asegurado el regreso a su país, estallaron en un alboroto largo y continuado de alegría. Frankenstein, que estaba dormitando, despertó y preguntó cuál era la causa del tumulto. «Gritan», dije, «porque pronto regresarán a Inglaterra».

«¿Entonces, regresan realmente?»

«¡Ay de mí! Sí. No puedo oponerme a sus ruegos. No puedo conducirlos involuntariamente al peligro, debo regresar.»

«Hágalo, si quiere, pero yo no lo haré. Puede abandonar su propósito, pero el mío me ha sido asignado por el cielo, y no me atrevo. Me siento débil, pero seguramente los espíritus que me asisten en mi venganza me dotarán de energía suficiente.» Diciendo esto, intentó saltar de la cama, pero el esfuerzo fue demasiado grande para él; cayó hacia atrás y perdió el conocimiento.

Pasó mucho tiempo antes de que se recuperara, y varias veces pensé que su vida se había extinguido completamente. Finalmente abrió sus ojos; respiraba con dificultad y era incapaz de hablar. El médico le dio una bebida sedante y nos ordenó que le dejáramos descansar. Mientras tanto, me dijo que seguramente a mi amigo no le quedaban muchas horas de vida.

Después de oír esta afirmación, sólo podía sentirme triste y esperar pacientemente el fin. Me senté junto a su cama, mirándolo; sus ojos estaban cerrados y yo creía que dormía; pero, unos momentos después, me llamó con voz débil y, pidiéndome que me acercara, dijo: «¡Ay de mí! Las energías de las que dependía me han abandonado; siento que pronto moriré, y él, mi enemigo y perseguidor, aún puede estar vivo. No crea, Walton, que en los últimos momentos de mi existencia siento ese ardiente odio y deseo de venganza que alguna vez expresé; pero me siento justificado a desear la muerte de mi adversario. Durante los últimos días he estado ocupado examinando mi conducta del pasado; no la encuentro culpable. En un rapto de locura entusiasta creé una criatura racional y estaba obligado a asegurarle la felicidad y el bienestar en la medida que me fuera posible. Este era mi deber; pero había otro más importante. Mis deberes hacia los seres de mi propia especie reclamaban más mi atención, puesto que implicaban una mayor cantidad de felicidad o desdicha. Instado por esta visión, me negué, e hice bien en hacerlo, a crear una compañera para la primera criatura. Entonces, él demostró una maldad y un egoísmo sin par; destruyó a mis amigos; se dedicó a la destrucción de seres que poseían exquisita sensibilidad, felicidad y sabiduría, y no sé dónde puede terminar esta sed de venganza. Él es desdichado y para que no pueda hacer desdichados a los demás, debe morir. Mía era la obligación de destruirlo, pero he fracasado. Mientras actuaba impulsado por motivos egoístas y maliciosos, le pedí a usted que llevara a cabo mi tarea inconclusa, y renuevo mi petición ahora, cuando sólo me animan la razón y la virtud.

Sin embargo, no puedo pedirle que renuncie a su país y a sus amigos para cumplir con esta tarea, y ahora que está regresando a Inglaterra, tendrá pocas oportunidades de encontrarlo. Pero dejo a su juicio considerar este asunto y evaluar sus obligaciones; mi juicio y mis ideas ya están distorsionados por la próxima llegada de la muerte.

No me atrevo a pedirle que haga lo que yo creo correcto, porque aún puedo estar engañado por la pasión.

Que él viva para ser un instrumento de destrucción me perturba; por lo demás, esta hora, en que espero mi liberación que no tardará en llegar, es la única feliz de que he disfrutado en varios años. Las siluetas de mis amados difuntos revolotean ante mí, y me apresuro a llegar a sus brazos. ¡Adiós, Walton! Busque la felicidad en la serenidad y evite la ambición, incluso aquella, solo aparentemente inocente, de distinguirse en ciencias o en descubrimientos. Pero, ¿por qué digo esto? Yo he fracasado en mis ilusiones, pero otro puede tener éxito».

Mientras hablaba, su voz se hacía cada vez más débil; finalmente, exhausto por el esfuerzo, se entregó al silencio. Una hora más tarde, intentó volver a hablar, pero no pudo; apretó débilmente mi mano y sus ojos se cerraron para siempre, mientras una sonrisa amable desaparecía de sus labios.

Margaret, ¿qué comentario puedo hacer sobre la prematura desaparición de este espíritu glorioso? ¿Qué puedo decir que te permita comprender la profundidad de mi tristeza? Todo lo que expresara sería inadecuado y poco convincente. Mis lágrimas fluyen; mi espíritu está ensombrecido por la desesperación. Pero viajo hacia Inglaterra, donde podré encontrar consuelo.

Algo me interrumpe. ¿Qué presagian esos sonidos? Es medianoche, la brisa sopla serena y el vigía en cubierta apenas se inmuta. Nuevamente hay un sonido que parece una voz humana, pero más ronca; viene del camarote donde aún yacen los restos de Frankenstein. Debo levantarme e ir a ver. Buenas noches, hermana mía.

¡Santo Dios! ¡Qué escena estaba ocurriendo! Aún me mareo al recordarla. No sé si seré capaz de relatártela; sin embargo, la historia que acabo de contarte estaría incompleta sin su catástrofe final.

Entré en el camarote donde reposaban los restos de mi desdichado y admirable amigo. Sobre él se inclinaba una silueta que no puedo describir con palabras: estatura gigante y de proporciones torpes y distorsionadas. Mientras estaba así inclinado sobre el ataúd, su cara estaba oculta tras largos mechones de desordenados cabellos; tenía extendida una de sus grandes manos, de un color y una textura que la hacían parecida a la de una momia. Cuando escuchó el sonido de mis pasos, dejó de hacer exclamaciones de tristeza y horror y saltó hacia la ventana. Nunca vi algo tan horrible como su cara, de una asquerosa y espantosa repugnancia. Cerré mis ojos involuntariamente e intenté recordar cuáles eran mis obligaciones en relación con este destructor. Le dije que se detuviera.

Se detuvo, mirándome asombrado; nuevamente se volvió hacia la forma sin vida de su creador y pareció olvidar mi presencia; cada rasgo y cada gesto parecían instigados por la más salvaje furia surgida de alguna pasión incontrolable.

«¡Esta también es mi víctima!», exclamó. «Con este asesinato se han consumado mis crímenes; los desdichados episodios de mi vida han llegado a su fin. ¡Ay, Frankenstein! ¡Ser generoso y entregado! ¿Vale de algo que ahora te pida perdón? Yo, que irremediablemente te he destruido a ti destruyendo a quienes más amabas. ¡Ay de mí! Está frío, no puede responderme.»

Su voz parecía sofocada y mis primeros impulsos, sugeridos por mi obligación de obedecer la última voluntad de mi amigo, se detuvieron por una mezcla de curiosidad y compasión. Me acerqué a este ser tremendo; no me atrevía a volver a levantar la vista hacia su cara, puesto que había algo demasiado temible y extraño en su fealdad. Intenté hablar, pero las palabras se ahogaron en mis labios. El monstruo continuó profiriendo salvajes e incoherentes reproches hacia sí mismo. Finalmente tomé la decisión de dirigirme hacia él cuando hubiera una pausa en la tempestad de su pasión. «Tu arrepentimiento», dije, «es ahora irrelevante. Si hubieses oído la voz de la conciencia y tenido en cuenta el remordimiento antes de llevar tu diabólica venganza hasta este extremo, Frankenstein todavía estaría vivo».

«¿Estás soñando?», dijo el demonio. «¿Crees que entonces yo no sufría la agonía y el remordimiento? Él», continuó, señalando el cuerpo, «él no sufrió durante la consumación de los hechos, ¡ay!, ni la diezmilésima parte de la angustia que yo padecí durante el lento proceso de su ejecución. Un terrible egoísmo me asediaba mientras el remordimiento envenenaba mi corazón. ¿Piensas que los gritos de Clerval eran música para mis oídos? Mi corazón estaba preparado para sentir el amor y la simpatía, y cuando se sintió desgraciado también se volvió susceptible al vicio y al odio. Soporté la violencia de este cambio con una tortura que jamás podrás siquiera imaginar.

Después del asesinato de Clerval, regresé a Suiza, con el corazón destrozado y vencido. Me compadecía de Frankenstein; mi compasión llegó al horror; me aborrecí a mí mismo. Pero cuando descubrí que él, que era al mismo tiempo autor de mi existencia y de mis indecibles tormentos, se atrevía a tener esperanzas de felicidad; que, mientras aumentaba mi desdicha y mi desesperación, buscaba su propia dicha en sentimientos y pasiones de las que se me privaba para siempre, una envidia impotente y una amarga indignación me llenaron de sed de venganza. Recordé mi amenaza y resolví que sería cumplida. Sabía que me esperaba una terrible tortura, pero era el esclavo, no el señor, de un impulso que detestaba pero no podía desobedecer. Sin embargo, cuando ella murió, no, no me sentí desdichado. Me había liberado de todos mis sentimientos, calmado toda mi angustia, para perderme en el exceso de mi desesperación. A partir de ese momento la maldad fue mi bien. Llegado hasta aquí, no tenía elección sino adaptar mi naturaleza a algo que había elegido voluntariamente. Cumplir con mi demoníaca empresa se volvió una pasión insaciable. Pero ahora todo ha terminado: ¡ahí está mi última víctima!».

Al principio me sentí conmovido por la desdicha que expresaba; sin embargo, cuando recordé lo que Frankenstein me había dicho acerca de su elocuencia y persuasión, y cuando mis ojos volvieron a encontrarse con el cuerpo sin vida de mi amigo, la indignación volvió a encenderse dentro de mí. «¡Desgraciado!», le dije. «Estaría bueno que hubieses venido a quejarte sobre la desolación que has causado. Lanzas una antorcha encendida sobre un conjunto de casas y, cuando se han consumido, te sientas sobre las ruinas y lamentas su caída. ¡Demonio hipócrita! Si este, cuya muerte lamentas, aún viviera, continuaría siendo objeto de tu persecución y víctima de tu maldita venganza. No es compasión lo que sientes; lamentas que la víctima de tu maldad haya dejado de estar al alcance de tus poderes.»

«¡Ay, no es así, no es así», interrumpió la criatura. «El significado aparente de mis actos debe haberte transmitido esa impresión. Pero yo no busco un compañero de mis sentimientos de desgracia. Nunca encontraré comprensión. La primera vez que ambicioné tenerla quise compartir todo el amor a la virtud, y los sentimientos de felicidad y afecto que desbordaban de mi corazón. Pero ahora que la virtud se ha vuelto una sombra para mí, y que la felicidad y el afecto se han transformado en una amarga y odiosa desesperación, ¿dónde encontraría el afecto? Me conformo con sufrir sólo mientras duren mis sufrimientos; me satisface que, cuando muera, mi memoria esté cargada de odio y oprobio. Alguna vez los sueños de virtud, de fama y de alegría serenaron mi fantasía. Alguna vez fantaseé con conocer seres que, perdonando mi apariencia externa, me amarían por las excelentes cualidades que yo era capaz de revelar. Me nutría de grandes ideas de honor y devoción. Pero ahora el crimen me ha degradado situándome por debajo del animal más despreciable. No puede haber culpa, maldad ni desgracia comparables a la mía. Cuando recorro el catálogo de mis pecados, no puedo creer que yo sea la misma criatura cuyas ideas estuvieron alguna vez pobladas de trascendentes y sublimes imágenes de belleza y de majestuosa bondad. Pero así es: el ángel caído se ha convertido en un diablo malvado; pero hasta ese enemigo de Dios y del hombre tenía amigos y compañeros en su desolación. Yo, en cambio, estoy solo.

Tú, que consideras a Frankenstein tu amigo, pareces conocer mis crímenes y mis desventuras. Pero, a pesar del detalle con que te los ha contado, no puede haber reflejado las horas y los meses de desgracias que he soportado sumido en pasiones impotentes. Yo no satisfacía mis propios deseos cuando destruía sus esperanzas. Estos permanecían ardientes y anhelados para siempre; todavía deseo el amor y la amistad, y sigo siendo rechazado. ¿Acaso no es esto injusto? ¿Debo ser considerado el único criminal cuando toda la humanidad ha pecado en mi contra? ¿Por qué no odiáis a Félix, que apartó a golpes de su puerta a quien era su amigo? ¿Por qué no execráis al campesino que quiso destruir al salvador de su hija? ¡No, estos son seres virtuosos e inmaculados! Yo, el desdichado, el abandonado, soy un engendro al que hay que rechazar, golpear y pisotear. Incluso ahora me hierve la sangre al recordar esta injusticia.

Pero es cierto que soy un desgraciado. He asesinado a seres adorables e indefensos; he estrangulado a una criatura inocente mientras dormía y he apretado el cuello hasta provocar la muerte de quienes nunca hicieron daño, ni a mí ni a ningún otro ser. He condenado a la desdicha a mi creador, ejemplo selecto de quien es digno de amor y admiración entre los hombres; lo he perseguido hasta provocar su irremediable ruina. Aquí yace, blanco y frío por la muerte. Usted me aborrece, pero su odio no puede igualar el que yo siento por mí mismo. Miro las manos con que he ejecutado estos actos, pienso en el corazón de quien los concibió y ansío que llegue el momento en que estas manos tapen mis ojos y mi imaginación deje de albergar esas ideas.

No tema, que no seré instrumento de nuevas desgracias. Mi trabajo está casi acabado. Ni su muerte, ni la de ningún otro hombre es necesaria para consumar mi vida o llevar a cabo algo que aún no haya realizado. Sólo mi vida es necesaria. No crea que tardaré en realizar este sacrificio. Me iré de su barco sobre la balsa de hielo que me trajo hasta aquí y buscaré el extremo más nórdico del globo; preparé mi pira funeraria y reduciré a cenizas este cuerpo desdichado, para que sus restos no puedan inspirar a ningún curioso e impío desgraciado a crear otro como el que yo he sido. Moriré. No continuaré sintiendo las agonías que ahora me consumen ni seré víctima de sentimientos insatisfechos y que aún están vivos. Ha muerto quien me ha traído a la vida y, cuando yo ya no exista, hasta el mero recuerdo de ambos se desvanecerá rápidamente. No volveré a ver el sol ni las estrellas, ni a sentir los vientos jugando sobre mis mejillas. La luz, las sensaciones y los sentidos dejarán de existir para mí. En esas condiciones encontraré la felicidad. Hace algunos años, cuando las imágenes que ofrece este mundo se presentaron ante mí por primera vez, cuando sentí la apacible tibieza del verano y oí el murmullo de las hojas y el canto de los pájaros, y esto significaba todo para mí, habría llorado hasta morir; ahora la muerte es mi único consuelo. Corrupto por los crímenes y destrozado por el más amargo remordimiento, ¿dónde puedo encontrar descanso sino en la muerte?

¡Adiós! Le dejo, y con usted, al último ser humano que verán estos ojos. ¡Adiós, Frankenstein! Si todavía estuvieses vivo y todavía anhelaras vengarte de mí, tu deseo sería mejor saciado si me dejaras vivir en lugar de destruirme. Pero no ha sido así; perseguiste mi extinción, para que no causara más desgracias, y si todavía, por algún medio desconocido para mí, no has dejado de pensar y de sentir, no podrías desearme una desgracia mayor que la que siento. Arruinado como estás, mi agonía superaría la tuya, porque el amargo dolor del remordimiento no cesará de molestar en mis heridas hasta que la muerte las cierre para siempre.

Pero pronto moriré», gritó con triste y solemne entusiasmo, «y no volveré a sentir lo que ahora siento. Pronto este ardiente sufrimiento cesará. Subiré triunfalmente a mi pira funeraria y me regocijaré en la agonía de las torturantes llamas. Se apagará el reflejo del fuego y mis cenizas serán arrastradas por el viento hasta el mar. Mi espíritu dormirá en paz y, si piensa, seguramente lo hará de manera diferente. Adiós».

Diciendo esto, saltó por la ventana del camarote hasta la balsa de hielo que estaba junto al barco. Pronto lo arrastraron las olas y se perdió en la oscuridad y la distancia.

ÍNDICE